跨文化视野下文学翻译研究

贾继南 ◎ 著

吉林出版集团股份有限公司

版权所有　侵权必究

图书在版编目（CIP）数据

跨文化视野下文学翻译研究 / 贾继南著. — 长春：吉林出版集团股份有限公司，2023.8
　　ISBN 978-7-5731-4015-9

Ⅰ．①跨… Ⅱ．①贾… Ⅲ．①文学翻译－研究 Ⅳ．①I046

中国国家版本馆CIP数据核字（2023）第150506号

跨文化视野下文学翻译研究
KUAWENHUA SHIYE XIA WENXUE FANYI YANJIU

著　　者	贾继南
出版策划	崔文辉
责任编辑	孙骏骅
封面设计	文　一
出　　版	吉林出版集团股份有限公司
	（长春市福祉大路5788号，邮政编码：130118）
发　　行	吉林出版集团译文图书经营有限公司
	（http://shop34896900.taobao.com）
电　　话	总编办：0431-81629909　营销部：0431-81629880/81629900
印　　刷	廊坊市广阳区九洲印刷厂
开　　本	787mm×1092mm　1/16
字　　数	220千字
印　　张	10
版　　次	2023年8月第1版
印　　次	2023年8月第1次印刷
书　　号	ISBN 978-7-5731-4015-9
定　　价	78.00元

如发现印装质量问题，影响阅读，请与印刷厂联系调换。电话：0316-2803040

前　言

　　一个民族最主要的文化来自经典文化作品的传承与发展传播，在跨文化交流中，经典文学作品的翻译至关重要。经典文学作品的翻译传播是中西文化交流和融合的主要动力，中国与其他国家、民族的文化交流是中国文化发展的重要动力。文学翻译是指将一种语言的文学类作品翻译成另一种语言的行为，文学翻译者与文学接受者之间是一种相互影响的关系。文学翻译既是一种技巧，也是一门艺术，除了需要译出原文作者想要表达的内容外，译出原作品的风格也至关重要。

　　本书首先介绍了中西方经典翻译与文化交流，其次讲到了文学翻译概论和其主要类型，接着研究了文学翻译的文化视角、美学视角、意象视角、意境视角，最后探讨了跨文化视野下的文学翻译。本书涉及面广、实用性强，兼具理论与实际应用价值，可供相关文化工作者学习、参考。

　　本书在编写过程中借鉴了一些专家学者的研究成果和资料，在此特向他们表示感谢。由于编写时间仓促，编写水平有限，不足之处在所难免，恳请专家和广大读者提出宝贵意见，予以批评指正，以便改进。

目 录

第一章 中西方经典作品翻译与文化交流 ... 1
 第一节 我国对西方社科经典的翻译 ... 1
 第二节 西方对中国文化典籍的翻译 ... 8
 第三节 中西方的翻译思想与理论 ... 15
 第四节 中西方翻译的现状与未来展望 ... 28

第二章 文学翻译概论 ... 33
 第一节 文学翻译的内涵 ... 33
 第二节 文学翻译的意义 ... 37
 第三节 文学翻译的过程及原则 ... 39
 第四节 文学译者的基本素质要求 ... 42

第三章 文学翻译的主要类型 ... 47
 第一节 散文翻译 ... 47
 第二节 诗歌翻译 ... 50
 第三节 小说翻译 ... 54
 第四节 戏剧翻译 ... 58

第四章 文学翻译的文化视角 ... 62
 第一节 文化与翻译 ... 62
 第二节 文化差异对翻译的影响 ... 65
 第三节 文学翻译的文化意象 ... 75
 第四节 文学翻译中的文化缺省及其补偿 ... 80

第五章 文学翻译的美学视角 ... 91
 第一节 翻译美学 ... 91
 第二节 翻译审美客体 ... 98

第三节　翻译审美主体…………………………………………100
　　第四节　翻译审美活动…………………………………………103
　　第五节　翻译中的审美再现……………………………………107
第六章　文学翻译的意象视角…………………………………………115
　　第一节　意象的形象性…………………………………………115
　　第二节　意象的情理相融性……………………………………116
　　第三节　文化意象………………………………………………118
　　第四节　唐诗与宋词的意象比较………………………………119
　　第五节　文学作品意象结构的再现……………………………120
第七章　文学翻译的意境视角…………………………………………122
　　第一节　中国本土美学的意境论………………………………122
　　第二节　佛家美学的意境论……………………………………123
　　第三节　意境的美学特点………………………………………124
　　第四节　意境的含蓄美…………………………………………127
　　第五节　意境的留白美…………………………………………129
　　第六节　作品意境的层深结构…………………………………130
　　第七节　中国美学意境的文化内涵……………………………131
第八章　跨文化视野下的文学翻译……………………………………135
　　第一节　交际理论与文学翻译…………………………………135
　　第二节　解构主义视野下的文学翻译…………………………136
　　第三节　阐释学视野下的文学翻译……………………………139
　　第四节　全球化语境下的文学翻译……………………………142
　　第五节　国内外翻译与跨文化传播学…………………………145
　　第六节　文学翻译新视野——跨文化传播学…………………147
　　第七节　翻译的跨文化传播功能………………………………151
参考文献…………………………………………………………………153

第一章　中西方经典作品翻译与文化交流

第一节　我国对西方社科经典的翻译

一、清末民初我国对西方社科名著的翻译

19世纪四五十年代至20世纪20年代的清末民初时期，以鸦片战争为起始点，一直延续到五四运动之前。西方列强依靠军事力量打开了中国的国门，就在此时中国一些先进的知识分子和政治家也因此而觉醒。在鸦片战争之后，尤其是甲午海战之后，中国先进的知识分子意识到，中国之所以落后，除了因为科学技术的落后，重要的原因是社会观念的陈旧。

翻译——一种"师夷长技以自强"的手段，它的对象也不再仅仅局限于早期的自然科学著作之中，而是逐渐将政治、经济、法律等方面的西方社科名著纳入其中。如翻译的书有"西国章程之书"（法律文献）、"穷理格物之学"（主要是社科经典），还有"民史"（农业史、商业史、工艺史）。

在梁启超等维新派人士的倡导下，翻译重心向社科文献乃至社科经典的转移蔚然成风。《游学译编》《译书汇编》等译界刊物，商务印书馆、大同译书局以及文明书局等出版机构，广泛参与到社科名著的翻译中来。就译者而言，熊月之认为西学东渐的历史，也是中国造就自己翻译人才的历史。他曾做过系统的分类论述，晚清中国译才可以分为三类：第一类是中述人才，即与传教士等西方人士合作翻译时担任笔述工作的人，如李善兰、王韬、徐寿等，这类所谓的"中述人才"主要翻译的还是自然科学文献。第二类是西译类人才，也就是说自己通晓西文，能够独立开展翻译工作。此类人才中，最早的是林则徐的幕僚袁德辉，最出名的是严复、周桂笙、伍光建、马君武等。第三类是日译人才，即从日文转译西文，这类人数最多，如梁启超、章宗祥、杨廷栋等。后两类主要从事的就是社科经典的翻译。以留日学生为例，他们先后组织了大量的前所未有的翻译团体，如译书汇编社、东新译社、闽学会、湖南翻译社、会文学社、教科书译辑社、国学社等，主要翻译日译本的西方著作和日文著作，这些译介的西书多是政治、法律方面的。

作为清末很有影响的资产阶级启蒙思想家、翻译家和教育家，严复被誉为中国近代史上向西方国家寻找真理的"先进的中国人"之一。严复是当时翻译西方社科名著的译者中著述最精、贡献最大、影响也最为深远的译者。胡适指出"严复是介绍近世思想的第一人"。

梁启超更多是将西方先进的社会思想引入中国，这一行为对社科经典的翻译起到了推动作用。梁启超在旅日期间先后创办并主编了《新民丛报》和《新小说》，大力宣传西方新的哲学、政治和文化思想。随着有识之士的倡导和翻译家的译介，笛卡儿、康德、孟德斯鸠、卢梭、伯伦知理、达尔文、边沁、亚里士多德、培根等的自由、文明、科学、民权、进化等概念和思想，都陆续传入中国。

马君武是继梁启超和严复之后，译介较多西方社科经典名著的翻译家。马君武以诗歌翻译而享有盛名，但他在从事诗歌翻译的同时也翻译社科经典。马君武于1902年在日本创办并主编《翻译世界》，同年起陆续翻译了《斯宾塞女权篇达尔文物竞篇合刻》《法兰西今世史》《赫克尔一元哲学》《达尔文物种由来》（第1卷）（又名《达尔文天择篇》）等许多名篇。

以章太炎、杨荫杭为代表的优秀旅日翻译家也通过翻译日文译本对西方的社科思想给予译介，例如章太炎翻译的《社会学》、杨荫杭翻译的《物竞论》等译本，在当时的中国都产生了一定的影响。

（一）物竞天择，适者生存

这一时期严复所译赫胥黎的《天演论》在当时的中国掀起了最大的波澜，就影响力而言是巨大的。"物竞天择，适者生存"是其中的核心观点，"物竞"是指生物彼此之间的"生存性竞争"，也就是说优秀的品种将会战胜劣势的物种，强大的品种将会战胜弱势的物种；"天择"就是自然选择、自然淘汰。生物就是在"生存竞争"和"自然淘汰"的过程中演化的。而由于清政府的腐败无能，当时的中国在经历战争，尤其是中日甲午战争之后国力贫弱、民生凋敝，一步步陷入被殖民、被奴役的泥沼。以强者的姿态出现，在竞争中立于不败之地，才能改变这种"落后就要挨打"的局面。"物竞天择，适者生存"成了让中国摆脱国弱民穷状况的一剂良药。

严复在翻译斯宾塞的《群学肄言》和赫胥黎的《天演论》过程中，也受到了社会达尔文主义潜移默化的影响。他宣传"物竞天择，适者生存"的自然进化规律，号召国人团结互助，奋起抗争。这一思想成为当时救亡图存、维新变法的重要理论根据。

当时正在求学时期的鲁迅、陈独秀、胡适等人都深受《天演论》精神的影响。当然这种影响绝不仅限于少数几个具有进步思想的青年中间。胡适暗合《天演论》中"适者生存"这一理念，并改名为胡适之。

（二）个人自由、民族独立

近代西方哲学家笛卡儿、霍布斯、培根、康德的著作中都蕴藏着自由的思想，法国大革命前弥漫着的自由思潮在卢梭的著作中有所体现，英国的穆勒、边沁、斯宾塞都倡导自由主义。穆勒有两种自由观：一是有界限的自由，即行为自由，以无害于他人为准则；二是无界限的自由，人民不但要获得学术思想的自由（议论和著述的自由），还要有宗教信仰的自由。

梁启超阐明了个人"自由"和国家"自主"之间的关联。个人自由是国家自主的基础，国家自主能够确保个人自由得以实现，两者相互依存。他所关注的不仅仅是个人的"平等"和"自由"，也包含国家的"独立"和"自主"。

（三）民主思想、平等意识

民主是保护人类自由的一系列原则和行为方式，它是自由的体制化表现。

在翻译《法意》和《群学肄言》的过程中，孟德斯鸠的"君主立宪"思想和斯宾塞的"三育"思想对严复产生了潜移默化的影响，这两种思想成为他提出的"三民"思想的主要来源。严复在《原强》中创造性地提出"自由为体，民主为用"的口号，明确阐释了民主和自由的依存关系以及对中国国民素质提高的指导意义。严复于1895年提出鼓民力、开民智、新民德的"三民"思想。所谓鼓民力，就是要有健康的体魄；所谓开民智，主要是以西学代替科举；所谓新民德，是指倡导废除专制的统治，实行君主立宪制度，最终实现"尊民"愿望。

洋务运动时期，在"中学为体、西学为用"思想的指导下，人民明白依靠清政府转换自身体制、自上而下的社会改革被证明是行不通的。因此，普通民众日益成为关注的焦点，人们转而关注自下而上的这种对于国民性的根本改造的这种思想领域的变革。人人有自主权利，人人皆平等。在民权与国权关系上，民权是国权的根基。只有人人具有权利，才能确保一国的权利。

马君武在《〈民约论〉译序》《〈法兰西今世史〉译序》等文中对卢梭的民主思想也予以高度关注。马君武对于"主权在民"的推崇和对自由平等的关照等思想也都受到了《民约论》的影响。社会契约思想中的民主和平等思想直接化为近代中国追求民主革命、创立共和的思想原则。

"德先生"和"赛先生"更是成了新文化运动后引领进步青年学生的旗帜。清末民初民主观念被严复、梁启超和马君武等人以译介为契机加以推动与这一理念的提出不无关系。

二、20世纪五六十年代我国对俄苏、东欧社会主义国家文学的翻译

20世纪五六十年代，主要是指中华人民共和国成立至"文化大革命"爆发前的17年。俄苏文学是指俄罗斯文学和苏联文学的合称。

译界对于苏联文学采取的是全盘接受的态度，所翻译的主要有法捷耶夫、肖洛霍夫、高尔基、马雅可夫斯基、奥斯特洛夫斯基等著名苏联作家的作品，但也不乏其他作家作品。在俄苏文学中，以苏联文学为重中之重。在所有译介作品中，高尔基的作品译介得最多，仅1956年到1964年之间就出版了14卷《高尔基选集》，他的自传体小说三部曲《童年》《在人间》《我的大学》也是一版再版。肖洛霍夫的四卷本长篇诗史小说《静静的顿河》经修改重译后，在当时国内的读书界风靡一时。奥斯特洛夫斯基的《钢铁是怎样炼成的》在中国的发行量达几百万册，堪称出版发行史上的奇迹。除了知名作家的作品，比科斯莫捷米扬斯卡娅的《卓娅和舒拉的故事》、契诃夫的《海鸥》等书的译作，也得到了中国读者的青睐。

俄罗斯作家作品的翻译主要集中在19世纪俄罗斯经典作家的作品上。俄罗斯文学作家作品的翻译较之苏联文学的作品显得要少许多，但较之欧美国家的文学作品，其翻译出版的总数还是要多得多。鲁迅译的果戈理的长篇小说《死魂灵》于1952年果戈理逝世100周年之际，由人民文学出版社再版，同时出版的还有果戈理的喜剧剧本《钦差大臣》。《普希金文集》在1949—1957年曾再版过10次，契诃夫的作品也是译介的热点，他的戏剧《万尼亚舅舅》不仅被译成中文，在1954年契诃夫逝世50周年之际还得以在中国上演。除此之外，屠格涅夫的长篇小说《罗亭》《父与子》及作品特写集《猎人笔记》也都得以出版，还有《屠格涅夫戏剧集》（李健吾译）在1951—1954年间分四卷出版。

这一时期对于东欧社会主义国家文学的译介主要集中在反映民族独立、体现爱国主义精神的作品方面。波兰、捷克斯洛伐克和匈牙利三国知名作家占的比重最大。引入的捷克斯洛伐克作家及作品主要有伏契克及其代表作《绞刑架下的报告》、哈谢克及其代表作《好兵帅克》等。匈牙利作家的杰出代表裴多菲的长篇叙事诗《勇敢的约翰》和诗选也数次再版。对于波兰作家作品的译介，则主要集中在密茨凯维支、显克维奇两位作家。孙用译的《密茨凯维支诗选》在1954年和1958年先后出版和再版。

从整体上看，这一时期的译作以苏联文学为主体，辅之以东欧社会主义国家文学和俄罗斯文学。苏联文学所传递的文化价值主要体现在牺牲奉献精神、爱国主义和革命英雄主义三个方面，俄罗斯文学的译介给中国人带来了批判精神和人道主义精神，而东欧文学则更多是激起了刚刚建立新中国的人民更为强烈的自由和民族独立意识。

（一）爱国主义、革命英雄主义和牺牲奉献精神

苏联文学是以牺牲奉献精神、爱国主义和革命英雄主义为主要特征的，其中有相当一部分反映的是卫国战争时期的英雄人物身上所具有的可贵品质。马雅可夫斯基给中国读者留下深刻印象的是他用以表达苏联人民激昂热情的"阶梯诗"，其中最为著名的有长诗《好！》和《列宁》等。高尔基的《海燕》，海燕象征着无产阶级革命先驱者，把海燕放在暴风雨来临之前的大海上，实则是把它放在了俄国革命运动的前夕。长篇小说《钢铁是怎样炼成的》是当时在中国影响最为广泛的一部苏联文学作品，小说主人公保尔·柯察金的名言"把我的整个生命和全部精力，都献给了这个世界上最壮丽的事业——为了人类的解放而斗争"激励了数以百万计的中国青年读者。《卓娅和舒拉的故事》中的卓娅绝不屈从于法西斯势力，最终被处死，她的弟弟舒拉在姐姐死后屡建功勋，最终也牺牲在自己的工作岗位上。当然，东欧社会主义国家文学也不乏革命英雄主义和牺牲精神的典范，捷克斯洛伐克作家伏契克的《绞刑架下的报告》也是这种精神的集中体现。

这些作品在当时中国读者中广为传播，书中英雄人物所代表的牺牲奉献精神、革命英雄主义和爱国主义理想影响了几代热血青年。不知有多少青年在《钢铁是怎样炼成的》《卓娅和舒拉的故事》《海鸥》《勇敢》等作品中受到教育。

（二）民族自由意识

民族自由意识的传播主要依赖于东欧社会主义国家文学在中国的译介。连绵不断的战争带来政权的频繁更迭，这些国家的人民始终是以弱小民族的面貌出现，长期被西方列强所压制，有的甚至长期处于殖民地状态。东欧社会主义国家处于欧洲帝国主义列强的包围之中，是欧、亚、非三洲交界的咽喉地带，其中罗马尼亚、保加利亚、阿尔巴尼亚以及前南斯拉夫所处的巴尔干半岛更是有相当重要的地理位置。地理位置的特殊性决定了东欧各社会主义国家成了大国争相抢占的战略要地。历史上的磨难锻造出他们坚强的精神力量，锤炼了这些国家人民的意志，争取民族自由的意识在这些国家的普通民众间世代相传。

《密茨凯维支诗选》收录了《给波兰母亲》《青春颂》等名篇，奴颜媚骨的波兰贵族、坚贞的革命者以及残酷的沙俄统治者的形象跃然纸上。匈牙利诗人裴多菲的著名诗作《自由与爱情》中写到的"生命诚可贵，爱情价更高。若为自由故，两者皆可抛"将这种情绪生动形象地诉诸笔端。显克维奇的《火与剑》《洪流》《伏沃迪约夫斯基先生》三部曲，分别描述了波兰抵抗俄国、瑞典封建主及土耳其-鞑靼人入侵的斗争。所有这一切都足以说明他们的作品和其中所呈现的民族自由意识能在刚刚赢得国家独立的中华大地上引起中国人民共鸣的原因。

"弱小民族""被损害民族"不过是对生活在该地区各民族岌岌可危的生存状

态的客观呈现。东欧社会主义国家的文学作品被周作人、鲁迅等新文学作家归入"被损害民族的文学"之列。实际上，民族自由意识、爱国主义理想在所有这些翻译过来的东欧作家的作品中都有明显的表现，并不仅仅局限于裴多菲和密茨凯维支的作品。

（三）批判精神和人道主义精神

中华人民共和国成立之初，除了以理想主义和英雄主义为主线的革命文学之外，也译介了相当数量的批判现实主义作品，以此来暴露现实生活中的问题，所体现的主要是一种批判精神。这种精神在俄国作家契诃夫、果戈理和捷克斯洛伐克作家哈谢克的作品中有较为集中的体现。契诃夫的代表作《装在套子里的人》和《变色龙》讽刺、揭露的不仅仅是一个因循守旧的胆小鬼和一个见风使舵的警察，更是那个穷凶极恶的沙皇专制主义，是那个崇拜官爵的俄国社会。果戈理的剧本《钦差大臣》和长篇小说《死魂灵》将谄媚钻营的官吏、形形色色贪婪愚昧的地主以及广大农奴的悲惨处境等可怕的现实揭露得淋漓尽致。

鲁迅对果戈理的评价是"以不可见之泪痕悲色，振其邦人"，果戈理高超的讽刺艺术使他得到了鲁迅的推崇。契诃夫对中国作家的影响也较为明显。秦牧也曾说："三大小说家的作品给我很大的启迪，特别是契诃夫，两千字的篇幅他能写得那样生动、细腻和准确，写短容易，但要写得既短又好就难了。"

人道主义精神始终是贯穿俄国文学的，19世纪俄罗斯文学如此，20世纪苏联文学亦复如此。《普希金文集》中不乏"小人物"和"多余人"等现实生活中的普通人。屠格涅夫的作品不仅关注农民，还关注"新人"（新一代的平民知识分子）和"多余人"（贵族知识分子）。即便是《钢铁是怎样炼成的》一书中也有保尔和冬妮亚的爱情，但这一传统在20世纪50年代中期以前，人们却始终视而不见，这一状况直至1956年"解冻文学"时期的苏联文学步入高潮期后才有所改善。尼古拉耶娃的《拖拉机站站长和总农艺师》、肖洛霍夫的《一个人的遭遇》、爱伦堡的《解冻》都被译成中文。"解冻文学"关心人的命运，加强对人物心理的描写，反对公式化和概念化倾向。英雄人物开始让位于普通小人物。

三、现阶段我国对现代西方各种思潮流派著作的翻译

现代西方社会思潮可谓观点纷杂、学派林立，其中包括存在主义、西方马克思主义、意志主义、弗洛伊德主义、新康德主义、实用主义、功利主义、唯科学主义等。这些思潮在20世纪二三十年代由康有为、梁启超等资产阶级改良派介绍传入中国，被当成反帝、反封建专制的利器。后来，在改革开放之后这些思潮又重新得到审视。

社会思潮之所以能引起社会共鸣，与其价值取向的目标性分不开。一种思想只有与相当数量社会成员追求的目标相关，在反映相当数量社会成员的意愿时，才能

形成一种具有吸引力的思潮……由此可见，社会思潮总是和价值取向相关的，现代西方社会思潮之所以能够在中国掀起波澜，与其精神实质与中国当时国情的契合密不可分。不论是影响的角度还是从译介来看，意志主义、存在主义以及精神分析学派是最值得探讨的流派。

海德格尔和萨特是存在主义的主要代表，该思潮的重要代表著作是萨特的《辩证理性批判》和《存在与虚无》、海德格尔的《存在与时间》。生活·读书·新知三联书店于1987年出版了《存在与时间》（陈嘉映、王庆节译）的译本。萨特是存在主义思潮最具影响力的人物，其著作的译介最早掀起热潮。吴格非将萨特作品在新时期的评介分成两个阶段：第一阶段为20世纪70年代末到80年代中期，萨特主要以文学家的身份被介绍给中国读者；第二阶段为20世纪80年代中期至今，哲学界对萨特研究也从单纯的批判走向了认真客观的阐释和分析。1978年1月的《外国文艺》发表了林青翻译的萨特的名剧《肮脏的手》，这是"文化大革命"以后首篇被译介过来的萨特作品。1981年10月，柳鸣九编选的厚达562页的《萨特研究》由中国社会科学出版社印行7000册。在同时期所有与萨特有关的书籍中，这是阅读面最广、影响最大的一本，该书出版后很快售罄，于是在1983年7月又加印了3万册。

意志主义的主要代表人物是叔本华和尼采。作为创始人，叔本华最重要的著作之一《作为意志和表象的世界》（石冲白译）在1982年由商务印书馆出版。尼采是继叔本华之后，德国唯意志流派的另一位主要代表。"尼采热"是继"萨特热"和"弗洛伊德热"之后的又一热潮。尼采的主要著作《悲剧的诞生》《查拉图斯特拉如是说》和《看这个人》都有新译出版，每部著作至少有两种译本。《权力意志》《论道德的谱系》和《偶像的黄昏》等著作也首次有了中译本。

此外，在西方马克思主义流派经典著作的译介方面，卢卡奇的《历史和阶级意识》和《社会存在本体论》以及马尔库塞的《现代文明和人的困境》在1989年都有了中译本，人文主义的马克思主义被介绍到了中国。1993年还翻译出版了马尔库塞的《理性与革命》。这些译作的相继出版，在当时的中国社会产生了一定的影响。

在新时期，前两大特点对中国的影响较大，非理性主义在中国表现为人本主义精神和个性解放意识，对于现代资本主义社会矛盾的剖析，在中国也转化为经济飞速发展过程中对于"异化"的批判。

（一）人本主义精神

萨特的存在主义将"人的存在"作为哲学研究对象，探讨人在世界中的存在，人的价值、意义、自由以及限制等。萨特有一篇名著，题为《存在主义是一种人道主义》，存在主义对于人的关注由此可见一斑。

意志主义是一种视意志为最高原则，并用其建构世界、指导人生的哲学思潮。弗洛伊德主义更是将非理性主义夸大为泛性欲主义，片面强调人的本能和欲望等内在生命驱动力。这些思潮共同的"非理性主义色彩"实则从存在价值、本能欲望、意志力量三个不同的角度关注人本身。

虽然这些思潮有极端和片面的倾向和不足，但对于人的关注却在新时期中国对人主体意识的觉醒中起到了重要作用。萨特的名言"存在先于本质""懦夫使自己成为懦夫，英雄使自己成为英雄"，尼采的"我就是尼采，我就是太阳！""上帝死了"，弗洛伊德的"本我"和"潜意识"等，都通过译介为中国读者所熟知。人们渴望表达压抑已久的情感，而这种情绪在萨特、尼采和弗洛伊德对人的关注中获得了最大限度的释放。"自我"和"人道"成了新一代作家关注的焦点。张辛欣的《在同一地平线上》和徐星的《无变奏主题》中都有对人的存在的关注。还有人指出，在张爱玲小说中可以觅得弗洛伊德主义的踪迹，其中有关于俄狄浦斯情结、本能、个体本能和社会文明之间的冲突等人性要素。

（二）个性解放意识

在中国伦理思想史上，儒家思想中有"重义轻利"的理念，强调"克己""节欲"，宋明理学家甚至提出"存天理，灭人欲"。"三纲五常"更是将人们束缚于封建宗法等级之中，使人始终背负着沉重的精神枷锁。而西方现代社会思潮则反其道而行之，主张个性解放和精神自由。自由是萨特的存在主义、尼采的权力意志和弗洛伊德主义的核心内容。

第二节　西方对中国文化典籍的翻译

一、西方各国对中国古代文化典籍的翻译

（一）《论语》等儒家经典在西方各国的翻译

儒家经典的翻译始于明末清初的传教士，他们在中国传教的过程中发现，儒生集团是中国的统治集团，基督教教义倘若不结合儒家思想，就难以得到广泛的传播。为了消解基督教和儒家思想的冲突，并利用儒家经典为传教服务，以利玛窦为代表的传教士实行了"补儒"与"合儒"的举措，他们主动与中国士大夫来往，还认真攻读和研究中国儒家经典，并将这些经典译为西文出版。意大利传教士罗明坚是来华传教士中最早从事中国古典文献西译的人。早在1582年，他就将《三字经》译为拉丁文。在返回欧洲以后，他还将"四书"中《大学》的部分内容翻译成拉丁文并发表。1593年，利玛窦将"四书"，即《大学》《中庸》《论语》《孟子》翻译成拉丁文，寄回意大利出版发行，不过遗憾的是该译本已经遗失。而法国的传教士

金尼阁则在1626年将"五经",即《诗》《书》《礼》《易》《春秋》译为拉丁文,并附以注解,在杭州出版,然而这些译本也不知去向。1658年,意大利耶稣会士卫匡国在慕尼黑出版了《中国上古史》。

1687年,比利时传教士柏应理在巴黎出版《中国贤哲孔子》一书,中文标题为《西文四书直解》,包括《大学》《中庸》《论语》的译文和注解,尚缺《孟子》。这是现存最早的较为完整的儒家经典拉丁文译本,也是17世纪欧洲介绍孔子及其著述的最完备的书籍。此书并非一人一时之作,而是几名欧洲传教士多年工作的结晶。

《中国贤哲孔子》的主体部分为《大学》《中庸》《论语》的译文和注解,共288页,总题目为《中国之智慧》。译文的最大特点是力图证明中国的儒家经典著作其实和基督教的教义一致。然而,尽管此书的最初目的是借"译"宣教,给那些到东方传教的人提供帮助,但实际发行后,在社会各界引起了广泛关注和强烈反响,对中国文化的西传具有客观上的先驱作用。《中国贤哲孔子》对启蒙时期的西方哲学家和思想家的影响尤为突出,法国启蒙思想家大多读过此书。伏尔泰在《风俗论》中介绍孔子学说,资料来源就是柏应理的这本书。孟德斯鸠认真阅读了这部艰涩的拉丁文译著,并做了详细的笔记,他还在笔记中将书中的许多段落译成法文。英国政治家、散文家坦普尔在读过《中国贤哲孔子》一书之后,极为推崇孔子的伦理思想,并将孔子的学说与希腊哲学相提并论。《中国贤哲孔子》是第一部比较完整地向西方介绍中国传统文化的书籍,它的出版具有重大意义。

法国作为18、19世纪国际汉学研究的中心,也产生了不少儒家经典的译本。18世纪法国的汉学家宋君荣曾翻译过《诗经》《书经》《礼记》和《易经》。1817年,法国汉学家雷慕沙在巴黎出版了《中庸》译本,该版本共160页,刊有汉文、满文、拉丁文直译本和法文译注,书前有关于孔子道德的评论。

自1843年起,19世纪最著名的英国汉学家理雅各开始主持《中国经典》(The Chinese Classics)的翻译工作,涉及儒家经典九种和道家经典两种,并各自附以原文、注释及长篇绪论。

《中国经典》陆续出版后,在西方引起了轰动,欧美人士由此得以深入了解中国传统文化,理雅各也因在翻译上的成就与汉学研究方面的贡献,在当时国际汉学中心巴黎获得了极高的赞誉。19世纪90年代,理雅各已在牛津担任汉文教授,此时,他再次开始对《中国经典》进行修订。理雅各的《中国经典》可说是影响最为深远的儒家经典译著。

亚瑟·韦利翻译的儒家经典的英译本也具有鲜明的特色,因此影响深远、流传广泛。1937年9月,亚瑟·韦利所译的《诗经》(The Book of Songs)在伦敦出版,共358页。此书出版后曾多次重印,经过修订后,还出过美国版,最近一次重印是在1996年。1938年11月,韦利的《论语》英译本(The Analects of Confucius)在伦敦出版。此书出版后曾多次重印，并于1946年在荷兰再版，在美国也至少有两种版本。韦利在译本"序言"中说明，《论语》的文字似乎显得机械而枯燥，但在翻译时，他已明确地认识到《论语》的文学性，所以他在翻译中尽量体现出《论语》作为文学作品的特征，以满足相关读者的需要。因此，韦利的《论语》译文比较具有现代气息，晓畅易读，文学性较强，其影响超越了汉学研究群体，影响了普通读者。

除了拉丁文、法文、英文译本以外，儒家经典在德国和俄罗斯的翻译和研究也十分普遍。20世纪初的德国著名汉学家卫礼贤就曾译出多种儒家经典，并在欧洲国家得到广泛赞誉。卫礼贤1899年来到青岛开始传教生涯，不久，他开始向德语读者译介中国的古典作品，以儒家典籍为主。他在不同报刊上先后发表了节译的《诗经》（1904）、《大学》和《论语》（1905）等。1910年，他翻译的《论语》全文由德耶拿的迪德里希斯出版社出版了第一版。后来，他还翻译出版了《论语》修订版和《孟子》（1914）、《大学》（1920）、《中庸》（1930）等一系列儒家著作的德文译本。由于这些译著，卫礼贤不仅在德国，甚至在整个欧洲都赢得了声誉。

《易经》德译本使卫礼贤享有盛誉，至今已再版20多次，成为西方公认的权威版本，相继被转译成多种文字，传遍整个西方世界。瑞士著名心理学家荣格曾高度称赞卫礼贤的德文译本《易经》，认为这一译本在西方是无与伦比的。受到这部《易经》译本的启发，荣格提出了重要的"共时性原则"，并将这种"共时性原则"作为其分析心理学发展的基石。

相比之下，俄罗斯对中国儒家经典的翻译则体现了不同的发展路径。俄国汉学家对中国典籍的翻译自18世纪中期开始，初期以翻译满文典籍、史志以及蒙古学书籍为主，后来通过满文逐渐掌握汉语，进而开始儒家经典的翻译。俄罗斯"汉学第一人"罗索欣曾指导学生沃尔科夫翻译了"四书"，这是俄国翻译儒学著作的最早尝试。在儒家经典翻译领域做出开拓性贡献的是罗索欣之后的另一位著名汉学家列昂季耶夫。1782年，列昂季耶夫首次进行了《易经》的俄译尝试，向俄罗斯人介绍了《易经》中的辩证思想，并分别于1780年和1784年出版了《大学》与《中庸》。

现当代俄罗斯（苏联）汉学家较为重视中国文学作品，而对儒家经典的翻译相对较少。嵇辽拉是当代汉学家中少有的儒学研究和翻译专家，也是俄罗斯最著名的儒学专家。20世纪末，嵇辽拉总结自己毕生的研究成果，开始全面而系统地翻译《论语》。1998年，嵇辽拉的《论语》俄译本顺利出版，他因此获得俄罗斯前总统叶利钦颁发的"俄罗斯最杰出的科学活动家"的金质奖章。

（二）《道德经》等道家经典在西方各国的翻译

西方各国对道家经典的研究和翻译也可追溯到来华的传教士。法籍的传教士傅圣泽是较早对道家经典进行研究的西方学者。他曾对两种《道德经》的版本做过笺注，认为"道"是指基督教的造物主"上帝"，"道"相当于"上帝"，也相当于天。

傅圣泽对《道德经》的解读方法和主要观点在早期来华的传教士当中是非常普遍的，他们往往寻找一切证据，将中国儒道经典和基督教教义联系起来。

1816 年，法国汉学家雷慕沙出版满语本《太上感应篇》的法文译本。该书包含数千个传说、轶事和故事，反映了道教的信仰和习惯，可读性极强。1842 年，儒莲实现了老师的理想，出版了全译法文本《道德经》。儒莲在译本中正确地表达了《道德经》的内容，他认为《老子》的"道"和人们的行为、思想、判断、理性是两回事，因此主张采用"自然"一词来理解"道"。这一观点强化了《道德经》作为宗教典籍的作用。当时的大多数汉学家将儒莲译本视为最佳译本。

《道德经》的英文翻译也具有悠久传统。《道德经》的英译本主要包括如下几种：1891 年的理雅各译本《道家的经典：道德经》、1934 年的韦利译本《道及其威力：道德经以及它在中国思潮中地位的研究》、1963 年的陈荣捷译本《老子之道》、1963 年的刘殿爵译本《道德经》、1977 年的林保罗译本《老子〈道德经〉及王弼注译本》、1989 年的陈爱琳译本《道德经新译新注》以及 1989 年的韩禄伯译本《老子道德经：新出马王堆本的注译与评论》。在这些译本当中，理雅各译本、韦利译本和韩禄伯译本在各自所处的历史阶段都极具代表性。

韦利的译本于 1934 年在伦敦出版。此书是韦利的著名译著之一，内容包括《前言》《导论》《道德经》译文以及附录短文六篇。韦利在前言中申明，这一译著是为喜爱人类通史的普通读者服务的。书中附录的六篇短文，分别介绍了老子与《道德经》写作的传说、《道德经》的各种中文注释本、阴阳与五行的含义、《道德经》在世界上的影响等方面的内容。值得指出的是，韦利还是一位诗人和文学家，他的翻译往往极富文学色彩，但这部译著中的《道德经》译文却更注重表达老子的哲学思想，而并不注重译著的文学性。

二、西方各国对中国古代文学名著的翻译

（一）《三国演义》在西方各国的翻译

《三国演义》最早的英译文片段是托姆斯所译的《著名丞相董卓之死》，发表于 1820 年。1834 年，德庇时所著的《汉文诗解》收录了他所摘译的《三国演义》。此后，威廉斯摘译的《三国演义》第一回，登载于《中国丛报》（*Chinese Repository*）1849 年版第 18 期。1876 至 1880 年，司登特节译的《孔明的一生》，连载于《中国评论》（*China Review*）杂志。翟理思也翻译了不少《三国演义》片段，分别收录于他不同的著作中。1886 年，阿兰特选译了《三国演义》的部分篇目，登载于《北京东方学会杂志》。1902 年，《亚东杂志》的创刊号登载了卜舫济所译的《三国演义》部分内容。1902 年，上海出版的《皇家亚洲学会华北分会杂志》登载

了杰米森所译的"草船借箭"的故事。1905年，上海基督教长老会出版社出版了约翰·斯蒂尔所译的《三国演义》第四十三回。此外，北京外文出版社出版的英文版《中国文学》（Chinese Literature）1963年第一期也发表有杨宪益和戴乃迭摘译的《三国演义》片段，题为《赤壁之战》（The Battle of the Red Cliff）。

1925年，上海别发洋行出版了邓罗所译的《三国演义》，分两卷。长期以来，邓罗译本是《三国演义》唯一的英文全译本，因此，尽管存在很多错误，还是在西方产生了较大的影响。事实上，对于西方读者来说，这个全译本篇幅太长，人物和情节也过于繁多。因此，该译本在1959年重印时，加上了米勒的导言，对于读者欣赏邓罗的全译本起到了一定的帮助作用。

1972年，张慧文的《三国演义》选译本在香港出版，译本主要包括赤壁之战的故事。此后的一个《三国演义》英译本则于1976年由纽约潘蒂昂图书公司出版，译者为罗慕士。他的译本也是选译，题为《三国：中国的史诗剧》，包括原书第二十回至八十五回的内容，涵盖了全书一半多的内容。该书的导言专门针对一般读者，较为通俗易懂。评论者认为，罗慕士译本将《三国演义》译为生动的英语，已足以取代邓罗的译本。

（二）《水浒传》在西方各国的翻译

《水浒传》的法译文出现较早。早在19世纪中叶，法国著名汉学家巴赞就摘译了《水浒传》的部分内容。1879至1909年在上海出版了意大利著名汉学家晁德莅编译的拉丁文与中文对照五卷本《中国文化教程》，第一卷载有晁德莅的《水浒传》拉丁文摘译，内容是武松的故事。1897年，法国人德·比西将晁德莅编译的《中国文化教程》第一卷转译为法文，其中就包括《水浒传》的摘译。《水浒传》最早的法译文单行本于1922年出版，书名为《中国的勇士们》，包括《水浒传》前十二回的全译，全书共219页，附有插图。

1978年，法国伽利玛出版公司出版了《水浒传》一百二十回本的全译本，这是译者谭霞克用了近十年的时间完成的。全书分为两巨册，共2500页，译文词汇丰富，语言优美，行文亦生动活泼，能真切地传达出原著的艺术风貌。它被推崇为"世界巨著的一部代表译作"，并获选为1978年的最佳读物。由于译本的巨大成功，谭霞克荣获法兰西1978年文学大奖。

《水浒传》的英译最早也以片段译文的形式出现。1872年，香港出版的《中国评论》第一卷载有署名"H.S."的《一个英雄的故事》，内容为林冲故事的节译。1901年出版的翟理思的《中国文学史》在对《水浒传》进行介绍时，选译了"鲁智深大闹五台山"的故事。1929年，英国汉学家杰弗里·邓洛普所翻译的七十回本《水浒传》的英文节译本在伦敦和纽约同时出版。

《四海之内皆兄弟》这个译本于1933年在纽约和伦敦分别出版，全书共1279页，分为两卷，附有插图，并由伦敦和纽约的不同出版社多次重印。赛珍珠的翻译主要是直译，但译本的书名却和原书名完全不同。她选择了孔子的名言"四海之内皆兄弟"作为英译本的书名，因为这句话反映了梁山好汉所崇尚的道义精神。西方评论界认为，这一译本文字流畅，但并未充分传达原文的风格。

1937年，杰克逊翻译的《水浒传》七十回节译本由上海商务印书馆出版。全书分为两卷，卷一包括第一至三十回，共434页；卷二包括第三十一至七十回，共435页。卷一正文前有一百零八将人名表、梁山以外人名表及施耐庵序，两卷书后都印有"扈三娘活捉王矮虎"画图。杰克逊这个英译本是用意译的方式译出的。一些美国评论家指出，尽管在杰克逊的译本中存在很多错误，而且原著的精神和风味都大大失落了，但有些生动的章节还是译得不错，一百零八将人名表也对读者的理解有所帮助。杰克逊译本曾于1953年、1968年和1976年在英美重印。

《水浒传》的德文翻译也有多种。第一个将《水浒传》的片段文字译成德文的是鲁德尔斯贝尔格，他的两篇译文分别是关于杨雄和潘巧云的故事以及武松的故事，都收录于他所编译的《中国小说》一书中，发表于1914年。弗朗茨•库恩在出版《水浒传》译本之前，也于20世纪30年代中期发表了三篇德译文。

1927年，《强盗与士兵：中国小说》在柏林出版，共293页，这是七十回本《水浒传》在西方的第一部节译本，在欧美有一定的影响。我们在前文曾提到，杰弗里•邓洛普就曾将此德译本转译成英文。1934年，弗朗茨•库恩翻译的一百回本《水浒传》的节译本在莱比锡出版，书名《梁山泊的强盗》，共839页，1964年重印。库恩译本采取意译的方式，是一百回本《水浒传》的自由选译本，译文成功地传达了原书的精彩之处，在西方有较大影响。

（三）《西游记》在西方各国的翻译

《西游记》的英译数量较多，情况大致如下：

片段译文。《西游记》最早的片段英译文出现于19世纪末。1895年，上海北华捷报社（North China Herald）出版了塞缪尔•伍德布里奇所译的小册子《金角龙王——皇帝游地府》，包括原著第十回、第十一回的部分内容。翟理思的《中国文学史》一书，在对《西游记》内容进行介绍时，也翻译了原著第九十八回中的一段文字。1905年，上海北华捷报社出版的《亚东杂志》（*Eastern Asia Magazine*）登载了詹姆斯•韦尔翻译的两段英译文，分别为《西游记》前七回的摘译和第九至第十四回的摘译。1922年倭讷编著的《中国神话与传说》在伦敦出版，其中第十六章介绍了《西游记》，包括小说主要情节的片段译文。1921年，卫礼贤编著的《中国神话故事集》于纽约出版，其中包括《西游记》情节的译述。1965年出版于纽约的《中国文学宝库：散体小说戏剧集》也收录了编者翟楚和翟文伯所翻译的《西游记》第五十九回，载于216—234页。1966年，英文版《中国文学》登载了杨宪益和戴乃迭摘译的《西游记》。1972年，夏志清和白之合译的《西游记》第二十三回登载于白之主编的《中国文学选集》（Anthology of Chinese Literature），题为《八戒的诱惑》（The Temptation of Saint Pigsy）。

几种选译本。《西游记》最早的英译本题为《圣僧天国之行》，于1913年由上海基督教文学会出版，译者为蒂莫西·理查德。该译本包括前七回的全译和第八回至第一百回的选译，并于1940年重版。1930年，海伦·M·海斯的一百回选译本《佛教徒的天路历程：西游记》于伦敦和纽约同时出版。1944年，纽约还出版了陈智诚与陈智龙合译的《西游记》英文选译本，书名《魔猴》，并附有插图。

亚瑟·韦利译本。1942年，亚瑟·韦利的《西游记》英译本在纽约出版，书名为《猴》。韦利的译本准确精彩，流畅可读，大获成功，自1942年刊印以来，曾多次重印。此外，韦利还将《西游记》译为《猴子历险记》，专供儿童阅读。

余国藩译本。1977年，《西游记》的第一个全译本的第一卷由芝加哥大学出版社出版，译者是著名的华裔汉学家余国藩。余国藩的译本《西游记》共分四卷，现已全部出齐。余国藩的《西游记》英文全译本，受到西方学术界的高度赞扬与肯定。评论家一致认为，余国藩译本忠实于原文而又流畅可读。注释和长篇的导言都为普通读者提供了很多必要的信息，对他们很有帮助。遗憾的是，由于书籍市场和读者心理的变化，余国藩译本始终未能像当年的韦利译本那样受到普通读者的欢迎。

在法国，《西游记》的翻译早在19世纪中叶就开始了。当时在巴黎出版的《亚洲杂志》刊出了西奥多·帕维所译的《西游记》，译文后来收录于帕维编译的《故事与小说集》。1912年，苏利埃·德·莫朗的《中国文学选》一书在巴黎出版，收录了《西游记》的片段译文。此外，徐仲年编译的法文本《中国诗文选》出版于1933年，该书也摘译了《西游记》的两段译文。

《西游记》的德文译介始于卫礼贤编译的德文本《中国通俗小说》一书。该书出版于1914年，其中第十七篇、第十八篇、第九十二篇以及第一百篇都与《西游记》内容有关。1946年，乔吉特·博纳与玛丽亚·尼尔斯合译的《西游记》的德文百回选译本于苏黎世出版，书名《猴子取经记》，共464页，附有插图。该译本根据韦利的英译本《猴》转译。1962年，约翰娜·赫茨费尔德翻译的德文选译本《西游记》由格雷芬出版社刊行，共502页。

（四）《红楼梦》在西方各国的翻译

《红楼梦》的英译跨越了170多年的时间，凝聚了不同译者的艰苦努力，促成《红楼梦》这部中文巨著在英语世界广泛流传。1846年，英国驻宁波领事罗伯聃将《红楼梦》第六回的一些片段译为英语，译文登载于《正音撮要》（The Chinese

Speaker）（又称《官话汇编》），由宁波的基督教长老会出版社出版。

乔利译本。在 1892 到 1893 年间，第一个较为系统的《红楼梦》英文摘译本由香港别发洋行及澳门商务排印局分别出版第一、二卷，书名为 *HungLouMeng* 和 *The Dream of the Red Chamber*。译者为英国驻澳门副领事乔利。

王良志译本（一）。明恩溥（Dr. Arthur Smith）为其撰写序言。这一译本共有 95 章，约 60 万字，主要着眼于宝黛的爱情故事。

王际真译本。1929 年，王际真的《红楼梦》英文节译本由纽约达波德·多伦公司和伦敦路脱来奇公司同时出版，书名为 *Dream of the Red Chamber*。著名汉学家亚瑟·韦利为该译本作序。该译本在 20 世纪 60 年代以前是英语世界主要流通的《红楼梦》译本。

王际真译本（二）。经过近 30 年的增补和修订，新译本中加入了大量的细节描写。这个译本共有 60 章，574 页。美国著名诗人和评论家马克·范·多伦为其作序。该译本流传很广。

麦克休译本。1957 年，《红楼梦》的另一个英译本 *The Dream of the Red Chamber*，由纽约的潘蒂昂公司出版。伦敦的路脱来奇及克甘公司则于 1958 年出版这一译本。译者为美国的麦克休姐妹（Florence Mchugh and Isabel Mchugh），译本共有 582 页，并于 1975 年由美国格林伍德公司重印。

1973 年至 1980 年，英国汉学家、原牛津大学中文教授大卫·霍克思翻译的《红楼梦》前 80 回由英国的企鹅出版社分三卷出版，书名为 *The Story of the Stone*，三卷的副标题分别为 *The Golden Days*（1973），*The Crab Flower Club*（1977），*The Warning Voice*（1980）。1982 年至 1986 年，约德翻译了后 40 回，在同一书名下分两卷出版，副标题分别为 *The Debt of Tears*（1982）与 *The Dreamer Wakes*（1986）。

第三节　中西方的翻译思想与理论

一、西方的翻译思想与理论

（一）西方古代及中世纪时期的翻译思想

对宗教典籍的翻译拉开了西方翻译史的帷幕。然而，最早的《圣经》译本虽然可以追溯到古希腊时期的《七十子希腊文本》，但真正开启西方翻译思想源流的却是罗马人。因为在整个罗马帝国时期，罗马人翻译了大量的希腊文化典籍，而这些翻译实践催生了西方人最初的翻译理念和翻译思想,有人也因此将罗马人推崇为"西方翻译理论(思想)的发明者"。在罗马帝国早期和中期的翻译家中,特别值得关注的有西塞罗、贺拉斯、昆体良以及帝国末期的哲罗姆和奥古斯丁五人。

西塞罗是罗马历史上著名的演说家、政治家、哲学家和修辞学家。在翻译大量希腊文学、政治和哲学著作的基础上,他在《论优秀的演说家》和《论善与恶之定义》两本书中表达了对翻译的看法。他提出,"要作为演说家,而不是作为解释者进行翻译",认为在翻译时"没有必要字当句对,而应保留语言的总的风格和力量"。译者在翻译的时候"不应当像数钱币一样把原文词语一个个'数'给读者,而是应当把原文重量'称'给读者"。因为在西塞罗看来,最优秀的演说家必须能"用其演讲教导、娱乐、感动观众的心灵",因此"作为演说家"进行翻译,其用意就是要求译者在翻译时要考虑读者因素,要考虑翻译文本的接受效果。至于"翻译时没有必要字当句对",这表明西塞罗反对"逐字"翻译,推崇自由翻译。他强调在翻译的时候选词造句要以符合自己的语言也即译入语的用法为准,以便使译文能达到感动读者的目的。在此基础上,西塞罗认为翻译也是一种文学创作。西塞罗推崇创造性的自由翻译,以译文的效果作为追求的目标,他的这一翻译思想可以说开启了西方翻译史上文艺学派的先河,他也因此被称为西方翻译史上第一位翻译思想家。

继西塞罗之后,贺拉斯成为另一位有代表性的翻译思想家。贺拉斯是罗马最著名的抒情诗人、批评家兼翻译家。在翻译观点上,他受西塞罗的影响,同样认为翻译必须避免直译,应该采取灵活的翻译方法。他主张将希腊优秀的诗作翻译改编成戏剧。他认为如果遇到拉丁语中没有的新词,可以通过翻译借用希腊词语,这样不仅可以满足写作、翻译的需要,同时还可以丰富祖国的语言。贺拉斯的翻译观对后世的影响很大,他在《诗艺》一书中所说的"不要费事以一个忠实的译者逐字翻译"流传甚广,常被后人引用以批评死扣原文、不知变通的翻译。

昆体良也是这个时期重要的翻译思想家。作为著名的演说家和修辞学家,昆体良对翻译的看法主要集中在《演说术原理》一书中。他注意到希腊语和拉丁语两种语言之间在词汇、修辞等方面的差异,但他并不认为这种差异会导致无法传译。在他看来,无论语言、文化间有多大差异,但表达同一思想、观点、情感的途径是多样的,翻译虽然无法获得与原作同样的效果,但可以通过各种手段接近原作。他主张用最出色的词汇翻译希腊作品。原文是诗歌,可以用散文的形式翻译。最后,昆体良还提出"翻译要与原作进行竞争"。他认为翻译也是创作,翻译应该比原作更好,应该超越原作。

在罗马帝国的早期和中期,翻译实践以世俗典籍为主要对象。到了罗马帝国末期,随着基督教在帝国境内获得合法地位,《圣经》翻译成为一股潮流,出现了像哲罗姆和奥古斯丁这样有代表性的翻译实践者和思想家。

哲罗姆生前被誉为罗马神父中最博学的人，他对语法、修辞、哲学、希腊宗教诸多知识领域无一不精通。在任教皇达马苏一世的秘书时，他耗时23年，翻译完成了《通俗拉丁文本圣经》。哲罗姆的《通俗拉丁文本圣经》与《七十子希腊文本》一起成为中世纪流传最广、最具有权威性的《圣经》译本，它后来还代替《七十子希腊文本》成为西方各国民族语《圣经》翻译的第一原本。

在长期的翻译实践中，哲罗姆形成了自己的翻译观。他强调自己翻译的时候并不采用逐字对译的方法，而是采用意译的方法。但他同时也很清楚地认识到，翻译《圣经》这种崇高的宗教文本不宜一概采用意译，而应该主要采用直译，他强调意译应更多地应用于文学翻译中，翻译方法的选择要依翻译文本的类型而定。

罗马帝国晚期另一位与哲罗姆齐名的翻译家就是著名的神学家、作家奥古斯丁。在《论基督教义》等文章中，他发表了对翻译的看法。他提出，一个合格的《圣经》译者必须具备以下三个条件：首先是要通晓两种语言，其次是熟悉并"同情"所译题材，最后是要具有一定的校勘能力，即能够对《圣经》各种不同文本进行对比，以便找出正确的译文。奥古斯丁还提出翻译中应该注意三种不同的风格：朴素、典雅和庄严。他认为这三种风格的取舍主要取决于读者的要求。他还进一步发展了亚里士多德的"符号"理论，指出翻译中必须考虑"所指""能指"和译者"判断"的三角关系。在有关翻译单位的问题上，他认为翻译的基本单位是词，这也反映了他比哲罗姆更倾向于直译。

奥古斯丁与哲罗姆相似的地方在于他们并不是一味提倡比较自由的翻译方法，而是强调根据翻译对象的性质选择翻译方法。这个观点在西方翻译思想史上具有开创性的意义。

在中世纪早期300年时间里有两位翻译家值得关注，他们是古罗马哲学家波伊提乌和西撒克逊王阿尔弗烈德。波伊提乌出生于罗马显贵之家，受过良好的教育，博学多才，对翻译情有独钟，曾立下宏愿要将亚里士多德所有的作品翻译成拉丁文，甚至还想翻译柏拉图的所有作品。当然，他的宏伟计划并未完全实现。他认为只要将原文的内容完美地传达出来，就可以不用考虑原文的语言形式。

阿尔弗烈德国王是一位学识渊博、勤于翻译实践的学者。他翻译了奥古斯丁的《独语》，波伊提乌的《哲学的慰藉》《英格兰人民教会史》以及教皇格利高利一世的《宗教慰藉》等作品。至于翻译方法，他认为应该"有时采取逐字翻译，有时采取意译"，全看译者是否能够"最简洁最清晰地解释原文"，总之，要"采取最易懂的方式将其他语言翻译成英语"。

中世纪末期最著名的翻译理论家是列奥那多·布鲁尼，意大利著名的人文主义者、学者和政治家，他翻译过柏拉图、亚里士多德等希腊哲学家的作品，他是西方翻译史上最早对翻译问题进行专题研究的学者，被称为这个时期对翻译思想贡献最大的人。在《论正确翻译的方法》一文中，他指出，翻译不是一件简单的事情，它的本质是语言之间的转换。因此，要想翻译出优秀的作品，译者必须精通两种语言，尤其是应该对所涉及语言的种种特征有全面的把握，包括修辞特征等。对于有文学特性的作品，译者要能把握原文的韵律和节奏，尤其是原作特有的风格。译者在翻译的时候要全身心投入，努力保留原作的风格。布鲁尼还提出，译者在翻译的过程中"要使自己脱胎换骨"，成为原文作者那样，完全保留原文及原作者的风格特征。这个观点透露出西方翻译实践和思想逐渐侧重于文学翻译。

（二）西方文艺复兴时期的翻译思想

多雷是法国文艺复兴时期著名的人文主义者、印刷商、学者和翻译家，他翻译、编辑过《圣经·新约》，弥撒曲、柏拉图的对话录《阿克赛欧库斯》以及拉伯雷的作品。他不仅是一位勤奋的翻译家，同时还是一位杰出的翻译思想家。在《论出色翻译的方法》一文中，他对翻译问题进行了系统的论述。他说，要想翻译得出色，必须做到以下五点：第一，充分吃透原作者的意思；第二，精通所译作品的语言，同时对译语也能熟练应用；第三，切忌做逐字翻译的奴隶；第四，避免生词僻语，尽量使用日常语言；第五，注重译语修辞，让译文的词语安排不仅读起来朗朗上口，听上去也能让人感到愉悦甜美。多雷所列出的翻译五原则包括对翻译的理解、译者对语言的掌握、翻译的方法以及译作的风格等问题。从这个意义上说，这篇论文可视作西方最早的一篇系统论述翻译问题的文章，在西方翻译思想史上占有相当重要的地位。

文艺复兴时期另一位重要的翻译思想家是德国的马丁·路德。如前所述，路德是16世纪德国宗教改革运动的领袖，德语版《圣经》的译者，被公认为是"德国文学语言之父"。他从事翻译的目的很明确，就是要让普通的民众都能读懂《圣经》，从而为他所追求的宗教改革服务。为此目的，路德在选择翻译的语言时坚持一个基本原则，即使用普通民众的语言。

文艺复兴之后，西方历史进入了近代时期。从17世纪到19世纪，西方资本主义获得了充分的发展，社会繁荣，科技发展加速，西方各国之间的文学和文化交流也日趋频繁。这一切都促使翻译活动及翻译思想更加繁荣，这段时期也成为近代西方翻译史上的繁荣发展时期。这一时期具有代表性的翻译思想家先后有英国的德莱顿、泰特勒，法国的于埃、巴特，以及德国的歌德、施莱尔马赫和洪堡。

17世纪是英国翻译活动的高潮时期，涌现出了不少翻译思想家。德莱顿是其中的主要代表人物，被称为17世纪英国最重要的诗人、批评家、剧作家和翻译家。1697年，他翻译的维吉尔的作品出版，这是他最主要的译作。德莱顿在生命的最后一年，即1700年，还翻译出版了《古今寓言集》，内容为奥维德、乔里和薄伽丘等人作品的译述。他对翻译的分类在西方翻译思想史上影响甚大。他将翻译分成三类：第一类为逐词译，即将原作逐词、逐行从一种语言转换成另一种语言。第二类为释译，即具有一定自由度的翻译。在这类翻译中，原作者一直留在译者视线内，不会消失，但原作者的遣词造句却不像他所表达意思那样受到译者严格的遵循。第三类为拟译，在这类翻译中，译者享有自由，不仅可以与原文的造句行文和意思不同，而且可以在认为适当的时候将两者都抛弃，只是从原文中撷取一些大概的提示，随心所欲地在原文基础上再度创造。德莱顿在区分三类翻译的基础上进一步分析，他认为翻译时既不能采用逐词译，也不能采用拟译。因为若采用前一种方法，语言之间的差异会导致这种翻译不可能实现；若采用后一种方法，译者竭力美化原作，这种补偿性翻译又太过自由，也背叛了原作的意思。

于埃是17世纪法国著名的翻译家和翻译思想家。在当时法国译坛自由翻译成为潮流的大趋势下，于埃提出翻译要忠实于原文和原作者。于埃十分重视译文对原文和原文作者的忠实，这里的忠实并非要求译者死扣原文的字句，而是要在兼顾语言流畅的条件下，传达出原作的风格和原作者的风采，这对译者提出了更高的要求。不可否认，他的翻译忠实观对法国译坛盛行的自由翻译之风起到了一定的纠偏作用。

（三）西方18世纪至19世纪的翻译思想

18世纪至19世纪，西方翻译活动发生了明显的变化，宗教典籍翻译已经逐渐退潮，《圣经》翻译的重要性已经大不如从前，取而代之的是翻译大量的文学作品和社科经典。在翻译实践的推动下，西方翻译思想有了大幅度的飞跃，主要表现在翻译思想比较成熟，翻译观点更加系统和多样，既有从传统语言学角度讨论翻译的洪堡，也有从阐释学角度切入翻译问题的施莱尔马赫；既有提出划分翻译种类的歌德，也有提出翻译标准的泰特勒。可以说，正是从这个时期开始，西方翻译理论思维进入萌芽阶段。

歌德是享誉世界的文学巨匠，精通拉丁语、希腊语、法语、英语、西班牙语等。歌德对翻译有独特的见解，他认为翻译的重要性是显而易见的，译者是"人民的先知"。关于翻译的方法，歌德认为朴实无华的翻译是最恰当的翻译，而自由翻译则无法传达出原作的精髓。

同时期德国另两位重要的翻译思想家是施莱尔马赫和洪堡。施莱尔马赫是德国著名的神学家、哲学家，也是探索阐释学理论的第一位学者。1813年6月24日，他在柏林德国皇家科学院做了题为《论翻译的不同方法》的演讲，这篇演讲整理成文字后成为翻译研究领域的一篇具有标志性意义的论文，在文中他表达了如下一些翻译观点：

首先，施莱尔马赫区分了"真正的翻译"和"纯粹的口译"。作为西方第一个做此区分的人，他认为"纯粹的口译"主要指从事商业翻译，是一种十分机械的活动，可以实践，但不值得为之付出特别的学术关注。

其次，施莱尔马赫将"真正的翻译"进一步区分为"释译"和"模仿"。前者主要指翻译科学或学术类文本，后者主要指处理文学艺术作品。两者的主要区别在于：释译要克服语言的非理性，这种翻译如同数学的加减运算一样，虽然机械但可以在原文和译文之间达到等值，而模仿则利用语言的非理性，这类翻译虽然可以将文字艺术品的摹本译成另一种语言，但无法做到在所有方面都与原文精确对应。

他的这一思想后来被美国翻译理论家韦努蒂所采用，发展出了翻译的归化与异化理论，在当前中外翻译界引起了极大的关注和回应。

二、中国的翻译思想与理论

（一）建立在佛经翻译基础上的中国翻译思想

中国翻译活动的历史十分悠久，距今已有几千年的历史，但是翻译思想的出现则要晚得多，直到两汉时期佛经翻译开始以后才陆续出现。一些基本的翻译观念，便是在佛经翻译实践的基础上形成的。

佛经翻译自两汉开始，以唐为高峰时期并一直延续至宋元时期，这段时期可视作中国翻译发展史的第一阶段。在这一阶段，佛经翻译的主角都是出家僧人，译者多半来自西域，外来译者和本土译者的比例大致为10∶1。

开启中国传统译论源流的也许可首推支谦，他的《法句经序》被视作中国最早讨论翻译的文字。支谦共译佛经88部，118卷。《高僧传》评价支谦的译经"曲得圣义，辞旨文雅"。支谦觉得前人翻译的佛经"其所传言，或得胡语，或以义出音，近于质直"，所以他主张"其传经者，当令易晓，勿失厥义"，更进一步要求翻译时要"因循本旨，不加文饰"。支谦的翻译思想反映了早期佛经翻译中"质派"的译论观点，在中国翻译史上具有重要的影响和地位。

晚于支谦的道安是另一位著名的译经大师。道安总结了佛经翻译中五种会导致失去原文本来面目即"失本"的情况，以及译者会碰到的三种困难即"三不易"。"五失本"的第一种情况是因为佛经原文的词序是倒装的，翻译时要按照汉语习惯把将颠倒过来，会导致"失本"；第二种情况是佛经原文文字质朴，汉语崇尚文采，翻译时对原文加以修饰，会导致"失本"；第三种情况是佛经原文有较多烦琐重复的内容，翻译时将它们都简略掉了，会导致"失本"；第四种情况是佛经原文中在长行后有偈颂复述，即所谓"义说"，类似汉人韵文中的乱辞，内容其实是重复的，翻译时将这些千五百字的"义说"都删除了，会导致"失本"；第五种情况是佛经原文中每讲完一事转述新的内容时，会将前面所说的内容再说一遍，这些重复的话也全部都删除了，从而也会导致"失本"。而翻译中的"三不易"是：第一，原文中圣人之言与其所处时代相应，比较古雅，现在时过境迁，翻译时要改古适今，很是"不易"；第二，原文中千年之前的圣人之言立意高远，要把其中所蕴含的丰富含义传递给浅俗大众，殊为"不易"；第三，释迦牟尼大弟子阿难是佛祖的同时代人，他在出经时尚且反复斟酌、兢兢业业，现在我们这些与佛祖相距千年的凡夫俗子来翻译佛经，那就更是"不易"了。道安的"五失本、三不易"说不光指出了佛经翻译所面临的困难，从某种程度上而言，还触及了翻译的一个本质问题，即翻译的不可译性，这在当时来说相当不容易。

到了南北朝时期，由于当时的统治阶级大力扶植佛教，全国兴建了很多寺庙，所谓"南朝四百八十寺"描写的便是那一时期的景况。佛教在这个阶段十分兴盛，相应地佛经翻译也随之增多。据有关统计，南北朝时期翻译佛经668部，共1439卷，主要译经师达58名。佛经翻译事业的繁荣给翻译思想的发展提供了土壤，这方面的代表要数生活于南北朝至隋这个时期的彦琮。

从公元618年至907年，中国历史进入唐代，这不仅是中国封建社会发展的鼎盛时期，也是中国佛经翻译极度兴盛的高潮时期。在这一时代，出现了很多知名的译经师，其中最著名的是玄奘。他先后主持翻译了《大般若经》等经论75部，共计1335卷，成为我国古代佛经翻译数量最多的僧人。玄奘译经的质量很高，被称为"新译"，以区别于他之前出现的佛经译本。

玄奘对翻译理论的贡献在于他提出了"五不翻"的观点。所谓"五不翻"指的是佛经在从梵文译成汉语的时候，有五种情况不能采用意译，而应该保留原文的发音，即采用音译。这"五不翻"分别是：第一，"为秘密故"；第二，"含多义故"；第三，"此无故"；第四，"顺古故"，这时只需沿用而无须另译；第五，"生善故"。整体而言，玄奘的"五不翻"，讨论的是更加详细的翻译方法，即在什么情况下使用音译。讨论问题的具体化表明了理论的发展和深入。

唐代是我国佛经翻译的高峰期，玄奘提出的"五不翻"以及他所主持的译场实践对后来的佛经翻译都有很重要的指导和启发意义。公元907年唐朝灭亡，中国封建社会进入五代十国时期，随后进入宋元时期，佛经翻译渐渐走向衰退，像盛唐时期的大型译场早已不见。这说明，中国历史上第一次翻译高潮，即佛经翻译已经告一段落。在经历了宋元长达600年的沉寂后，中国翻译史上的第二次翻译高潮出现了，这就是从17世纪初至18世纪中叶即明末清初的西方科技翻译高潮。这次翻译高潮与第一次翻译高潮有很多相似之处，如刚开始时都是外来译者成为翻译的主力，后来随着翻译活动的增多，逐渐有本土译者参与。明末清初的西方科技翻译高潮的前奏是西方传教士的翻译活动。西方传教士来到中国主要目的在于传教，同时他们也介绍了西方的学术，促进了中西科学文化的交流。在这次翻译浪潮中，最著名的本土译者是徐光启。

（二）建立在社科经典、文学名著翻译基础上的中国翻译思想

徐光启（1562—1633）是明末著名的科学家、政治家，中西科学交流的先驱，"中

国圣教三柱石"之一。

对于翻译，徐光启以下几点看法值得注意。首先，徐光启认识到了翻译的重要性。他认为，只有通过翻译学习别人的长处，才谈得上后来的超越。这种拿来主义的翻译态度是十分宝贵的思想，放在当时的历史与文化语境下，显得弥足珍贵。其次，徐光启翻译的目的是"以裨益民用"。最后，徐光启的翻译实践扩大了翻译的对象和范围，从宗教和文学扩展至自然科学如数学、农学、历法等领域。

然而，徐光启的实践和主张后来并没有得到延续。明亡后，清朝统治阶级并没有意识到学习他人的重要性，反而在以后实行"闭关锁国"政策，不仅传教士的在华活动被严格控制，西方典籍翻译也受到限制，中西方的文化交流进入低谷。

清朝的自我封闭阻碍了中西方的交流。1840年，西方列强的炮舰敲开了中国的大门，中国开始被迫向西方打开国门。在清末这个"三千年未见之变局"的时代，一批先觉的中国人开始将目光投向西方，寻求中国自立富强之途。这个时期涌现出了众多的翻译家，时代赋予他们的译论以强烈的致用特色。这里有"开眼看世界"的第一人林则徐，有洋务派坚持"中学为体、西学为用"的代表，也包括了像马建忠和严复这样眼光更加高远的人物，他们强调翻译的重要作用。

林则徐以及洋务派很多人士主张翻译西书以强国体，他们在翻译实践方面有很大贡献，但在翻译思想方面建树甚微。清末对翻译思想贡献最大的是马建忠和严复。马建忠（1845—1900），字眉叔，今江苏镇江人，清末洋务派重要官员，维新思想家和语言学家。马建忠参与主办洋务，投身实业。

马建忠在甲午年冬（1894）写下了《拟设翻译书院议》一文，他有感中国"见欺于外人甚矣"，认为要想改变时局必须做到知彼之虚实，而要达此目的，非翻译西书而不可。因此，在马建忠看来，"译书之事"，乃当今急务。马建忠的"善译"说与美国著名翻译理论家奈达博士的"等效"论十分相似，都强调译本的接受效果。然而"善译"只有合格的译者才能达到，这就要求及时培养译才。马建忠意识到这一点，呼吁"译书之才之不得不及时造就也，不待言矣"。马建忠提出的"善译"说以及关于建立翻译书院的建议，都体现了一位中国学者在翻译问题上的远见卓识，也是中国翻译理论建设的重要思想资源。

晚清思想家中对中国译论做出最大贡献的当推严复。严复（1854—1921），字又陵，又字几道，今福建福州人，清末著名思想家、译家和教育家。严复对翻译思想的贡献在于他提出了著名的"信、达、雅"说，这三个字直到今天仍然在中国翻译界有着重要的影响，成为中国传统译论的重要里程碑。

有学者指出，严复的"信、达、雅"三字虽然早在佛经翻译里就出现过，但将三者总结在一起加以说明的，则始自严复。对后世而言，严复翻译思想中的"信"和"达"并没有引起多大的争议，关键在"雅"上，人们对此意见不一。梁启超的批评自然不无道理，毕竟浅显易懂的语言可以最大限度地推广译本，以达到启蒙的目的，但严复心中的读者并不是普通的民众，而是当时的士大夫阶级。

严复之后，中国传统译论继续沿着自己的轨迹进展，先后出现了傅雷的"神似"说和钱锺书的"化境"论。傅雷（1908—1966），著名翻译家和文学评论家，上海市南汇县人。1927年赴法学习，主攻美术理论和艺术评论。1931年回国后，傅雷开始了一生的法国文学的翻译和介绍工作，译作丰硕，共30余种，且风格独特，备受好评。其中家喻户晓的译作有《高老头》《欧也妮·葛朗台》《邦斯舅舅》《约翰·克利斯朵夫》等。

傅雷之所以能取得如此令人瞩目的翻译成就，首先在于他对翻译极其认真负责的态度。其次，这与傅雷本人深厚的专业修养分不开。傅雷不只具有精深的中、法文语言修养，还对音乐、美术、艺术等各种相关学科也都有极高的造诣，丹纳的《艺术哲学》内容旁涉多种学科，翻译起来极为不易，唯傅雷能把它顺利译出。

傅雷翻译思想中最为人推崇的是他的"神似"说。傅雷的"神似"说正视中西语言文字和文化差异的客观存在，强调译者不应片面追求所谓的忠实即"形似"，而要求译者应该从更本质的层面去传递原文的内容，包括原作的风格、意境、神韵等。

钱锺书（1910—1998）是中国现代著名学者和作家。他家学渊源，从小接受良好的古典文学教育，不仅在文学创作上成就卓著，其长篇小说《围城》被译成多种语言广为流传。他在学术研究领域的成就也是举世瞩目，其学术巨著《管锥编》以及诗论《谈艺录》、论文集《七缀集》等都是中国学界的经典之作。钱锺书并不以翻译著称，尽管他曾从事过多年《毛泽东选集》的英译，但在《管锥编》里广征博引世界各国经典格言的同时，还提供了许多精彩的绝妙佳译。

所谓"化境"说，出自他1981年发表的《林纾的翻译》。在这篇文章中钱锺书指出："文学翻译的最高标准是'化'。"

中国的传统翻译理论从支谦到钱锺书主要经历了两个大的发展阶段，即古代的以佛经典籍为主要翻译对象的第一发展阶段和近现代及当代以社科经典、文学名著为主要翻译对象的第二发展阶段。这两个发展阶段的主要翻译对象尽管发生了变化，但其翻译思想基本上是一脉相承的。罗新璋把中国传统的翻译思想和理论归纳为"案本""求信""神似""化境"这八个字，可谓深得中国传统译论之真味。"案本""求信"四个字非常贴切地归纳出了建立在佛经典籍翻译基础上的中国古代翻译思想，那就是"原文至上""追求忠实"。而"神似""化境"则非常形象地点出了建立在文学翻译基础上的中国近现代和当代翻译思想的精髓，从表面的忠实向深层次的忠实发展，从文本表面的相似到追求译文与原作接受效果的一致。中西翻译思想出现实质性变化只能在中西翻译发展史的第三阶段，对西方而言是在第二次世界大战结束以后，对中国而言则大约在20世纪70年代末80年代初以后。

三、中西方翻译思维的差异

（一）整体与个体的翻译思维

1. 汉民族的整体观与英美人的个体观

中国传统哲学强调思维上的整体观，将天、地、人视为一个统一的整体。整体观使得汉民族偏重直接而全面观察事物，经常发现事物各方面的对应、对称和对立。

英美人也强调整体性，但更关注整体中的个体，而不是个体的堆积，着眼于物质与能量的分别研究，注重元素、结构和形式的分析。"头痛医头，脚痛治脚"的方法也是西方个体观的体现。

2. 整体和个体思维与汉英语言特征

汉语句子内部及句子之间注重内在关系和整体性，依据意义上的连贯或意念，句子之间可以少用或完全不用关联词语或形式词语。如

三省十八县，汉家客商，瑶家猎户、药匠，壮家小贩，都在这里云集贸易。猪行牛市，蔬菜果品，香菇木耳，海参洋布，日用百货，饮食小摊……满街人成河，万头攒动。若是站在后山坡上看下去，晴天是一片头巾、花帕、草帽，雨天是一片斗篷、纸伞、布伞。（古华：《芙蓉镇》）

本例采用了"流泻式疏放铺排"方式，"无主从之分，只有先后之别""句子、词组不辨，主语、谓语难分"，使用"人称"主语、主动语态、无主句和流水句等，句子相互之间的关系或意义较为模糊，表现了汉语语法的隐性和柔性。如下面的英语语段，即上面汉语例子的英译：

From eighteen counties in three provinces came Han merchants, Yao hunters and physicians, and Zhuang peddlers. There were two markets for pigs and buffaloes, stalls of vegetables, fruit, mushrooms and edible fungus, snakes and monkeys, sea-slugs, foreign cloth, daily necessities and snacks...The place swarmed with people, rang with a hubbub of voices. If you looked down from the back hill on fine days, you saw turbans, kerchiefs, straw hats; on wet days, coir capes and umbrellas of cloth or oiled paper.（Gu Hua:Furong Town）

很明显，英语的词语、句子内部，以及句与句之间的组织和连接十分明确、严谨，以求个体的满足和完善。它以丰满的形态外露，重形合，句中各种意群成分的结合都用适当的连接词和介词来表现相互关系，形式严谨而缺乏弹性，力求言能尽意、关系裸露。

（二）悟性与理性的翻译思维

1. 汉民族重悟性思维，英美人偏理性思维

儒、道、佛等先秦时代的思想家重视"悟"，如老子的"无"中生"有"等。

柏拉图、亚里士多德、笛卡儿、康德、黑格尔等进行的哲学研究，直到后来的分析科学、语言哲学等，都分别从不同角度探讨并强调了人的认知理性的逻辑性、抽象性、普遍性和必然性。

2. 悟性和理性思维与汉英语言特征

汉民族重顿悟，讲求悟性，含蓄的哲学思想弥漫于汉语，汉语的模糊性（词性模糊、语义模糊、语言单位模糊）便是这一特点的反映，尤其在文言文中，重悟性使其语法呈隐性，话语中可以不断出现文字的跳跃，注重意念流，其清晰的脉络全凭"悟性""交流"。例如：

（若）知彼（而又）知己，（则）百战（而）不殆；（若）不知彼而知己，（则）（将）一战（及）一负；（若）不知彼（而又）不知己，（则）每战（将）必败。

本例中的句子或分句中都省去了一些词语（如例中括号内增加的词），但句与句或分句与分句之间的语义、逻辑关系等并没因此而受到影响，读者可从上下文中或"意序"中悟出。

语言学家叶斯柏森把英语称为具有"阳刚之气"的语言。英译上例子时，不但要把省略的部分补充出来，还要增加英语词法、句法等所需要的成分。

（三）具象与抽象的翻译思维

1. 汉民族重具象思维，英美人偏抽象思维

古代中国人非常重视具体的"象"，强调思维认识过程中表象的作用，以感觉、知觉、表象为依据，习惯于形象思维，注重直观经验。在认识过程中往往以表象代替概念，进行类比推理，从一般的、本质的和必然的属性来把握对象，撇开了个别的、非本质的和偶然的东西，以感性认识为主。

在《范畴篇》中，亚里士多德对语词做了分类，对印欧语的句子进行了抽象概括，总结出主谓（SV）结构。公元前5世纪，古希腊就开始了语法研究，归纳出语言的基本特征。特拉克思著有影响深远的经典语法著作《读写技巧》，这样的语法著作及其语法研究表明西方人更善于抽象思维。

2. 具象和抽象思维与汉英语言特征

在具象思维的影响下，汉语更倾向使用具体的词语，使用"'实''明''直''显''形''象'的表达法"，常常以"实"的形式表达"虚"的概念，以具体的形象表达抽象内容，以语义连贯代替形式衔接，但能从语言的逻辑关系及上下文中"悟"出其意义和逻辑关系。在诗词中，具象词语更是得到广泛

的运用。

（四）直觉与逻辑的翻译思维

逻辑思维是运用概念、判断、推理、分析、例证、实证等理性方式来研究和认识事物的本质和规律，研究思维形式及其规律的科学。汉民族以直觉思维为主，而英美人则以逻辑思维为主。

1. 汉民族重直觉思维，英美人偏逻辑思维

我国先秦时的儒家、道家和佛教都注重直觉体悟宇宙本体。孔子说"内省不疚"，由心的内省来领会宇宙的根本规律。

形式逻辑对西方中世纪时期以及之后的西方哲学和自然科学都产生了深刻的影响。15世纪下半叶，自然科学的发展把自然界分门别类地进行剖析，进一步推进了形式分析思维模式。

2. 直觉和逻辑思维与汉英语言特征

直觉思维不以试验和分析为重，对事物本质的认识会有很大的或然性和神秘性。不像英语，汉语的语言结构不够严谨，语法分析不够明确、系统，话语的理解主要建立在"悟"的基础之上。例如：

出了垂花门，早有众小厮们拉过一辆翠幄青绸车，邢夫人携了黛玉，坐在上面，众婆子们放下车帘，方命小厮们抬起，拉至宽处，方驾上驯骡，亦出了西角门，往东过荣府正门，便入一黑油大门中，至仪门前方下来。（《红楼梦》第三回）

本例有多个表示动作的词语，都是按照事件的时序排列的，前后顺序一目了然，动作描写形象生动，自然流畅。尽管动作的执行者几次变更，分别有"众小厮们""邢夫人""黛玉""众婆子们"，但整个描述还是清清楚楚、错落有致，因为汉语是以事件为中心来组织，而不是以人物为中心来组织的。

根据亚里士多德的形式逻辑，逻辑的产生是建立在对语言强烈的哲学意识和深刻的哲学反思之上，而不是仅仅出于对思维规律的兴趣。由于受形式逻辑的影响，英语结构明确、形式严谨、形态清晰。所以，翻译上例时，要增加一些形态或形式的词语，如名词单复数、冠词、动词的时态以及句子间的连接词语等：

Outside the ornamental gate pages were waiting beside a blue lacquered carriage withkingfisher-blue curtains, into which Lady Xing and her niece entered. Maids let down the curtains and told the bearers to start. They bore the carriage to an open space and harnessed a docile mule to it. They left by the west side gate, proceeded east past the main entrance of the Rong Mansion, entered a large black-lacquered gate and drew up in front of a ceremonial gate.

它们对各自的语言都会产生一定的影响，相互联系，互为因果，构成不同民族所特有的思维倾向。

（五）文字、思维和语言之间的关系

汉字是象形文字，是音、形、义的统一体，"以形写意，从概念直接到文字"，具有直观性、直接性，必须从整体把握其意义。英语是拼音文字，"以形记音，以音载义"，走的是"从概念到语音再到文字"的道路，形态标记十分重要，这又与英美人的个体性思维相匹配。

英语采用了拼音文字，字形与字的读音具有一致性和对应性，语音是第一性的，文字是第二性的，在这种体系里，文字只能是"符号的符号"，与所指事物之间没有什么联系，"从概念先到语音再到文字"，无直观性，但很抽象。

从思维的规律和特点来分析，汉语不把逻辑分析或是理性认识的结果展示在语言的表层，而当作一个过程和手段，其目的是使对事物的描写更直接，更直观，更具有整体性。

英语句法中，抽象的逻辑分析不仅是一个过程，而且借助于曲折变化、复合句句法结构等语法手段表达思想，形态是抽象逻辑分析的重要手段和结果。

（六）中西方思维差异对翻译的影响

西方文化的思维模式以主客体对立为出发点，崇尚理性；而东方式思维则呈直觉性、感性的特征，往往以经验、感受去以己度人，去参悟、领会，有着明显的笼统性和模糊性，强调整体，忽视个体，强调义务责任，形成集体意识，并具有传统导向的作用。

人区别于动物的最大的特点就是思维，各国人们可能会由于各自语言的起源、构成等不同造成相互理解上的困难，但人们对客观事物的思维活动是一致的，所以各国人们的相互理解并不是不可能的，也显示出了翻译工作者的重要性。精确的翻译要求对原文准确理解，这时思维的差异就会对两种语言的转换产生影响，接下来将从思维方式、思维习惯、思维风格等多方面进行讨论：

1.思维方式差异对翻译的影响

（1）中国人喜欢采用散点式思维方式，西方采用焦点式思维方式。

中方习惯于由多归一的顺序，以动词为中心，以时间逻辑事理为序，横向铺叙，形成"山多归一"的流水式的"时间型造句法"，西方人擅长由主到次、由一到多的空间构造法（王秉钦《文化翻译学》）。

（2）中方倾向于具体化，西方更倾向于抽象主义。中国人喜欢将事物一一举出来，而西方则是说出事物的特征，或进行概括。

（3）长期以来中国人形成了以人为中心来思考一切事物的方法，中国传统思维是以主体自身为对象，而不是以自然为对象（王秉钦《文化翻译学》）。

2. 思维习惯不同对翻译的影响

虽然各国人们的思维活动是一致的，但是并不代表对于同一事物他们的理解也一样，对事物的喜好也一样。在翻译过程中，译者常常根据自己积累的文化经验和养成的思维习惯进行联想。例如，当中国人谈到"狗"（dog）时，脑海中常出现"走狗、猪狗不如、狗仗人势"这类贬义色彩的词，而在西方"dog"除了是个中性词外，主要具有褒义色彩，他们把狗看成是自己的朋友，像"a lucky dog"（幸运儿）"Love me, love my dog"（爱屋及乌）。"牛"在中国人的眼中是"吃苦耐劳""任劳任怨"的象征，鲁迅的诗"横眉冷对千夫指，俯首甘为孺子牛"如果生搬硬套地进行翻译的话，一定会使译文费解。可见，思维习惯不同，对词义的错误理解会影响译文的准确性。

3. 思维风格不同对翻译的影响

中西方思维风格不同，造成句子的侧重点不同，句子中事物表达方式不同。如英文句子一般重心在前，中文句子重心靠后。此外，中西方在事物的表达上出现差异，还有地域、历史背景等的影响。

综上所述，思维是翻译活动的基础。在经济全球化时代，随着中西方交流的不断深入，对中西方思维差异对翻译的影响的研究，能使中西方进行更深层的了解。

第四节　中西方翻译的现状与未来展望

一、中国翻译事业的历史与发展

（一）我国翻译事业的早期起源

翻译产生的首要条件是必须有文字。秦始皇统一全国以后，统一文字，与之交往的国家也必须有文字，否则翻译工作仍不可能。

其次，翻译工作的出现还与中外交往有很大关系。战国秦汉时，南征北战东征西讨，疆域不断扩大，对外交往也不断扩大。互相往来，使翻译事业成为必要并应运而生了。

翻译事业还受物质条件的限制即书写工具的限制，在东汉蔡伦发明造纸术以前，中国有用龟甲、骨片书写的，有用丝绸写字的，更多的是用竹木简写字和写书，因此这种条件不允许进行大规模的书籍翻译。造纸术发明后，其可能性才增大。

翻译工作的产生还有一个很重要的因素，那就是需要能精通交往之两国文字的人，在丝绸之路上的西域人和僧人往往携带大量经典书籍回国进行翻译。翻译事业基本上也就产生了。

（二）各个朝代的翻译发展

翻译工作出现后，各个朝代几乎都设置了管理这一工作的人员和机构。在秦汉时有一种官员叫典客，他的任务是接待少数民族事务等，汉景帝时改名为大行令，汉武帝以后称为大鸿胪，其属官有行人、译官等，其译官就是负责语言沟通联系的。《汉书·地理志》和《汉书·西域传》记载，西汉时设置译长一职，专为主持传译和奉使的任务，同时在西域各属国中亦设有译长。汉魏之交，相当于译长职务的是译使，也就是出使外国或外国来中国时负责传译的使者（《汉书·地理志》《三国志·田畴列传》）。随着翻译工作的不断发展，翻译机构组织也在不断扩大和完善，译场为中国古代佛教翻译经籍的组织，自晋代以后，渐趋完备，有私人和团体组织者，还有以国家之力设立者，分工甚为细密，有译文、笔受（亦称缀文）、度语（亦称传语）、识梵、润文、识义、校勘、监护等项（《宋高僧传》）。隋唐以后在长安、洛阳等地仍然设有译场从事翻译工作。由于隋唐宋以前，中国的科技文化始终走在世界前列，故而这以前翻译的书籍，基本上都是佛教经典著作。到明清（鸦片战争前），翻译组织更多更完善，有语言、科技等各方面的翻译。明清王朝还设置了专门翻译边疆民族及邻国语言文字的机构——四译馆。明永乐五年（1407）设四夷馆，选国子监生习译事，隶翰林院，内分鞑靼（蒙古）、女直（女真）、西番（西藏）、西天（印度）、回回、百夷（傣族）、高昌（维吾尔）、缅甸八馆。后以太常寺少卿提督馆事，并增八百（掸）、暹罗二馆。清初改名为四译馆，省蒙古、女真二馆。乾隆十三年（1748）并入会同馆，更名"会同四译馆"，合并八馆为西域、百夷二馆。清初还设置了启心郎和笔帖式这两个官职。笔帖式是一种低级官员，掌理翻译满汉章奏文书，以满洲、蒙古和汉军旗人担任。总的来说，翻译组织从产生起，是不断发展趋向完善的。

西汉末期，在中外经济文化的交流中，佛教也从印度传入了中国。东汉初年，佛教在统治阶级中间开始流传。汉明帝时蔡愔奉命到西域求佛经，他请得摄摩腾、竺可兰二僧来到洛阳，并带回了一批佛教经典，汉明帝就在洛阳兴建了中国第一所佛教寺院白马寺，让两位僧人从事梵本佛经的汉译。此次翻译非同一般，它成为中国佛教传播和佛经翻译之始。

汉桓帝在位时，佛教影响更加深入宫廷，西域名僧安世高、支谶等都先后到了洛阳。他们翻译佛经多种，使佛教的影响越来越大。支谶在40多年间先后译出佛经达23部67卷。到魏晋时期玄学发展到其顶峰，但南北朝时期佛教唯心主义又代替了玄学，其影响也远远超过玄学。而《无量清静平等觉经》的汉译，又成为净土经典翻译的先驱。安世高在20余年间，译佛经达95部115卷。所译重在佛教上座部禅法，如《安般守意》《阴持人》等禅经，宣扬数息、止观坐禅方法，对中国后世禅学有一定影响。

梁武帝时，一度定佛教为"国教"，可见佛教影响之大。同时，大量的佛经又被翻译过来，这时期共翻译经1000多部，3437卷之多。而三国两晋时期，佛经翻译也并未间断。如三国时佛教翻译家支谦在30年间，译出88部，118卷。西晋僧人竺法护翻译达175部，354卷。而此后另一翻译家道安法师，对我国翻译事业的发展做出了重大贡献，他整理了已译的经典，撰成了中国第一部"经录"，他极力提倡翻译事业并第一次总结了翻译的经验。在他的主持下，翻出了许多重要经论，集中和培养了许多学者和翻译人才，为后来鸠摩罗什的大规模翻译事业提供了有利条件。

鸠摩罗什是中国佛教三大翻译家之一，先后译经74部384卷，他介绍了中观宗的学说，成为后来三论宗的渊源。成实宗、天台宗也都是基于他所译的经论而创立的，没有这些佛经的译出，这些宗派的产生都是不可能的。他和玄奘法师是佛经翻译事业中的两大巨匠，他所翻译的经典，不仅是佛教的宝藏，也是文学的重要遗产，它对中国的哲学思想和文学上的影响非常巨大。

三大佛教翻译家之一的真谛，古印度西部优禅尼国人，他因梁武帝的聘请来华，译出很多经论，尤以有关大乘瑜伽宗的为主，其中《摄大乘论》的翻译对中国教佛思想有较大影响，对沟通中印文化起了重大作用。

隋唐时期，中外经济文化交流更加繁荣，唐朝时与亚非许多国家都建立了联系，此时的中印文化交流也是空前的，古印度的天文、历法、医学、音韵学、音乐、舞蹈、绘画、建筑等陆续传入，对中国有较大的影响，很多都逐渐融于中国文化之中，成为中国文化的一部分。唐代中印文化交流史上，两国的佛徒做出了卓越的贡献，其中最著名的是我国的僧人玄奘和义净。玄奘即三藏法师，中国三大佛教翻译家之一，唯识宗的创始人之一，唐太宗时他到天竺，在那烂陀寺从戒贤受学，并游学各地，经过17年的学习又回到了长安，译出经论75部，凡1335卷。他多用直译，笔法严谨，所译经籍对丰富中华文化有一定贡献，并为古印度佛教保存了珍贵的典籍，世称"新译"。而今印度研究自己古代的文学科技，又必须把这些东西重新翻译过去，这些资料的价值就更显得珍贵了。义净所译的佛经作为资料对我们今天研究7世纪印度、巴基斯坦和南洋各国的历史、地理的人们，也同样是很珍贵的历史资料。

隋唐时期宗派的研究中心是佛性问题，各宗派都围绕这个问题，把人的心理活动、精神修养（主要是宗教道德修养）和世界观的问题紧密联系起来，构成自己的佛教唯心主义的哲学体系。这些哲学体系，不仅是当时整个哲学的重要组成部分，而且对以后的哲学思想有着深远的影响。后来的唯心主义哲学体系继承了他们的唯心主义传统，而唯物主义哲学家则批判地利用他们所提出的思想资料，丰富了唯物主义哲学思想。可以这样说，不了解隋唐佛教哲学，就不可能完整地了解中国中古以后的哲学史。这些影响也足以说明它们关系之紧密。

宋元明时期，由于程朱理学的产生和发展，理学逐渐占据统治地位，而佛教及译佛经处于低潮阶段。这以后，翻译方向逐渐转向了科技方面。

明清时期，欧洲正进入资本主义时期，天文、地理、数学、机械、力学等方面有了很大的发展，我国的科技、文化在世界上已不再是遥遥领先了，同时中国哲学思想上理学占统治地位，因此这时期的翻译工作都是关于科技方面的。比较有贡献的翻译家有明代徐光启、李之藻等，清代有张诚等。徐光启的科研范围广泛，以农学、天文学为突出，较早从利玛窦等学习西方科技知识，包括天文、历法、数学、测量和水利等学科，并介绍到我国，他吸收西方先进的科技和中国传统的科技发明，在天文、数学、生物学和农学等方面所得的新成就，对生产力的发展有很大帮助。他主持编译的《崇祯历书》是我国天文历算学中一份完整可贵的遗产。他不仅把欧洲数学翻译介绍到中国来，还为我国近代数学的科学名词奠定了基础。他参加翻译的《测量全义》介绍了西方三角术和球面三角术，引述了许多新公式。三角函数表也是经徐光启等首次介绍到我国的。这些都对我国数学的发展做出了不可磨灭的贡献。很多翻译著作都促进了中国生产力的发展，生产力的发展又推动了社会的进步，明末资本主义萌芽的发展与这些西方著作的翻译有着不可分割的联系。

二、西方翻译事业的历史与发展

西方有文字可考的最早笔译活动之一可追溯到大约公元前 250 年罗马人里维乌斯·安德罗尼柯用拉丁语翻译的荷马史诗《奥德赛》，距今有 2200 多年。从古至今，翻译活动不仅深受政治、文化、宗教、语言等多种因素的影响，而且会随着社会时代的不断变迁而发生着新的变化。根据翻译历史上主要翻译对象与内容的不断变化，并结合人们对翻译具体活动认识的发展阶段过程以及翻译活动的各个不同的历史阶段在社会中所处的地位与影响，研究学者们把西方翻译发展历史划分为三个不同的历史阶段，即以宗教文献为主要翻译对象的宗教翻译阶段、以文学经典名著为主要翻译对象的文学翻译阶段和以实用文献为主要翻译对象的非文学翻译阶段。

翻译界对西方翻译史上主要阶段的划分也是各不相同。严格而言，公元前250年，译界开始对《七十子希腊文本》进行翻译，从这个翻译活动开始，一直持续到16世纪，即译界对《圣经》的翻译，译界将这段时间称为宗教典籍翻译历史时期，而后开启了以文学名著、社科经典为主要翻译对象的文学作品翻译阶段。而自从第二次世界大战以后，译界对实用文献的翻译活动逐渐成为翻译的主要部分，翻译活动从而不断地发展，成为一个专门的职业；与此同时，翻译理论意识得到了迅速的发展，西方翻译历史开始了实用文献翻译的阶段。

第一个历史时期与阶段即对宗教典籍《圣经》的翻译阶段。在西方，主要的宗教典籍翻译即为对《圣经》的翻译。译界对《圣经》的翻译经历了几个里程碑式的历史发展阶段：首先是公元前250年译界对《七十子希腊文本》的翻译，其次是公元4世纪到5世纪译界对《通俗拉丁文本圣经》的翻译，以后是中世纪初期各民族语的古文本（如古德语译本、古法语译本）、16世纪宗教改革运动以来的近代文本，以及后来各式各样的现代文本。

第二个历史时期与阶段即文学翻译阶段。译界把西方的文学翻译分为四个时期：早期的文学翻译（民族语言的形成到文艺复兴时期）、启蒙时期的文学翻译（17世纪到18世纪）、浪漫主义时期的文学翻译（18世纪末到19世纪三四十年代）及现代主义时期的文学翻译（19世纪末到"二战"结束）。在西方早期的文学翻译时期，较有影响的翻译人物有雅克·阿米欧、托马斯·诺斯、弗罗里欧等。17世纪英国最伟大的翻译家是约翰·德莱顿，在翻译理论的发展方面，他写过大量的论文和序言，其中阐述了自己对于翻译的不同的看法和观点，系统而明确地提出了许多不同却十分实用的翻译原则。他的翻译观点与原则主要包括以下几个方面：翻译是一门艺术，翻译必须掌握原作的特征；翻译必须考虑读者；译者必须服从原作的意思；翻译是可以借用外来词的。

第三个历史时期与阶段即实用文献（非文学）翻译阶段。以信息技术为核心的第三次科技革命，强有力地推动了实用文献的翻译。当今的译界，越来越以对科技、商业等实用文献的翻译为核心内容。在西方翻译史上，20世纪下半叶曾出现过两次"质"的飞跃：一次是在翻译研究领域中引入了语言学的有关理论，从而出现了翻译研究的"语言学转向"；另一次是在文化语境、历史和传统等更为广阔的领域中引入了翻译研究，展开了翻译研究工作，从而出现了翻译研究的"文化转向"，进而使翻译研究发展成为一门更为独立的科学。

随着当前世界全球化的加速，世界各国对翻译的需求越来越多，要做好各种翻译，对译者来说是倍感压力。翻译技巧需从翻译实践中不断地总结，但在这一过程中，译者需对中西翻译历史阶段有个清晰的认识，只有了解翻译工作的过去，才能更好地创造翻译工作的美好未来。

第二章 文学翻译概论

翻译文学作品，是译者对原作品在其创作的情感、文学的价值、文学的意境和美学的内涵等方面的解读与诠释，并利用另一种语言文字使相关文学作品当中蕴含的美学价值能够重新体现出来。本章主要内容为文学翻译的内涵、文学翻译的意义、文学翻译的过程及其原则、文学译者的基本素质要求。

第一节 文学翻译的内涵

一、文学翻译的相关概念

（一）文学的含义

14世纪时，从拉丁文Litteris和Litteratura演变而来的文学（Literature）一词，延续了字词知识与书本著作的古文原意，成为与社会政治、历史哲学、宗教伦理比肩共存的形象表征。在当时的研究语境中，并无与其他文化产品的迥异之处。然而，时至18世纪，文学有了自身独特的美学形式和情感表达方式，别具一格的文学作品开始从普通的文化产品中获得独立并脱颖而出。

汉语中的文学术语在国内也有着清晰的演变历程。秦汉时期的文学，带有浓厚的文化与学问色彩；及至魏晋时期，文学与文章开始呈现词义趋同的倾向；5世纪左右，由南朝宋文帝倡导的"四学"使得文学具备了与史学、玄学和儒学分庭抗礼的独立地位，并形成了独特的审美价值和美学属性；及至接受西方文化理念的现当代，国内学者对文学的界定与理解，开始充分地体现为对文学著作用语习惯和审美风格的强调与关注。

总体来说，文学有广义和狭义之分。"只要是用文字编著而成的作品都可以被称为文学，这是文学的广义层面；特指用优美的语言和灵动的文字写就而成的作品才可以被称为文学，这是文学的狭义层面。"就此分类来看现今的文学作品，诸如戏剧、散文、小说和诗歌等，都属于狭义层面的文学。

因此，本书探讨的文学著作皆为狭义层面的文学作品，书中提及的文学翻译专指对戏剧、散文、小说和诗歌等文学作品的翻译。

（二）文学翻译的含义

文学翻译的历史溯源中外有别。国内最早出现的诗歌翻译，可追溯至公元前1世纪，由西汉文学家刘向在其著述《说苑·善说》中记载的古老壮族民歌《越人歌》，是国内文学翻译的起点；国外最早出现的史诗翻译，可追溯至约公元前250年，由古罗马史诗与戏剧的创始人里维乌斯·安德罗尼柯用意大利的萨图尼尔斯诗体译出了荷马的《奥德赛》，用于教学。自文学翻译诞生之日起，人类对其的思考与探索就未曾止步。及至当代，对文学翻译的研究更多地开始以专著的形式获得呈现。不同的学者持有不同的研究目的，从多个角度出发，对文学翻译进行了深度研究，得到了环环相扣的各种结论。由此可知，认清文学翻译的本质与内涵极为必要。对于国内外众多学者给出的文学翻译定义，下面将择其要者分而述之。

1. 北京师范大学王向远教授认为，文学翻译主要是对文学作品中的文本信息进行语言转换，这种行为更多地带有介质载体的色彩，而不具备本体属性。

2. 苏联著名文学翻译家兼翻译理论家加切奇拉泽认为，文学翻译的过程也是译者进行文学再创作的过程，译著既要尊重原著的艺术真实，也要反映译者的价值观念和思维理念。

3. 我国知名作家兼文学评论家茅盾先生认为，文学翻译的过程是借助语言营造原著艺术意境的过程，译文需要使读者感受到原著的美与神韵。

4. 我国著名文学研究家、作家兼翻译家钱锺书先生认为，文学翻译不应是对文字牵强生硬的再转变，而应该弥合两种语言之间的文化差异，在译著中保留原著的风味。

5. 北京师范大学郑海凌教授认为，文学翻译是译者对原著的艺术化转换，是译者从审美的角度再现原著的艺术风格与思想内容，使读者通过译文就能获得与阅读原著相同的美感和启发。

6. 张今和张宁教授在其合著的《文学翻译概论》中指出，文学翻译是专注于文学领域社会语言的沟通与交际过程。文学翻译的首要任务，应该致力于促进社会繁荣、政治清明、经济发展和文化进步，并通过语言间的转换，实现对原著镜像的完美展示。

由上述分析可知，文学翻译的初级阶段，涉及文字符号的译介；及至高级阶段，文学翻译则重在展示原著的艺术风格与形象特质。此时的翻译语言，已不再满足于传递信息，而是对原著的再创作，是不同文化观念的融合汇流，是艺术的展示与再现过程，既要客观真实地反映原著，又要追求艺术风格、社会影响和读者效果的有机统一。

因此，认清文学翻译的本质与内涵，有助于加深对文学翻译原则、过程、意义与价值的理解。

二、文学文本的结构特点

文学翻译虽然是从词语、句子着手的,但译者须放眼整个文学文本或语篇,方可更好地理解与传译词语、句子表情达意的力量与效果。有道是:"篇之彪炳,章无疵也;章之明靡,句无玷也;句之清英,字不妄也。"(刘勰《文心雕龙·章句篇》)因此,如何分析与把握文学文本对做好文学翻译具有十分重要的价值与意义。文学文本表面上是由一系列字、词、句组合而成的构成物,那么它是一个怎样的构成物呢?中外文论对此进行了广泛的探讨。

(一)中国古代文本结构论

中国古代主要有两种文本结构论:一种是"言象意"论,另一种是"粗精"论。《周易·系辞上》中记载有"书不尽言,言不尽意"和"圣人立象以尽意,设卦以尽情伪,系辞焉以尽其言"的观点,初步涉及文本的言、象、意三要素。庄子在《外物》中提出了"得意忘言"的观点:"言者所以在意,得意而忘言。"魏晋时的王弼在《周易略例》中对前人的"言意"论做了进一步的扩展与阐发:"夫象者,出意者也;言者,明象者也。尽意莫若象,尽象莫若言。言生于象,故可寻言以观象;象生于意,故可寻象以观意。意以象尽,象以言著。"在王弼看来,"言""象""意"构成了表情达意逐层深入的层次结构。

清代刘大櫆在《论文偶记》中将文学文本区分为"粗"与"精"两个层面:"神气者,文之最精处也;音节者,文之稍粗处也;字句者,文之最粗处也。然余谓论文而至于字句,则文之能事尽矣。盖音节者,神气之迹也;字句者,音节之矩也。神气不可见,于音节见之;音节无可准,以字句准之。"由此可见,文学文本由外在的可见的音节、字句之"粗"和内在的不可见的意义或意蕴(神气)之"精"构成。刘大櫆的弟子姚鼐在《古文辞类纂》中将先师简略的层次论进行了具体化:"所以为文者八,曰:神、理、气、味、格、律、声、色。神、理、气、味者,文之精也;格、律、声、色者,文之粗也。然苟舍其粗,则精者亦胡以寓焉。学者之于古人,必始而遇其粗,中而遇其精,终则御其精者而遗其粗者。"从这里可以看到,读者先从作品的语言层面(格、律、声、色)入手,而后进入作品的意义层面(神、理、气、味),及至"御其精者而遗其粗者",则表明领悟了作品的意蕴之后,可以摆脱原来作品中的具体描写,进入更高层次的欣赏、体验与品味了。

这两种颇具代表性的文本结构论,有层次构成上由"实"到"虚"的共同之处,也有层次认知上的深浅之别,这对我们今天进一步认识文本结构是有很大启示意义的。

(二)国外文本结构论

西方传统文论将文学文本结构分解为若干构成要素,如情节、性格、思想、主题、措辞、韵律等，其中起决定性作用的要素划归内容方面，其他一些要素则划归形式方面，为表现内容而存在。与"要素构成论"并行的还有中世纪晚期意大利诗人但丁提出的"层次构成论"。他将诗的意义划分为四个层次：①字面意义，是词语本身字面上显示出的意义；②寓言意义，是在譬喻或寓言方式中隐晦地传达出的意义；③道德意义，是需要从文本中细心探求才能获得的道德上的教益；④奥秘意义，是从精神上加以阐释的神圣意义。但丁的"四分法"大致相当于将文学文本划分为两个层次：字面意义层和由字面意义表达的深层意义层（包括寓言意义、道德意义和奥秘意义）。

从总体倾向来看，"要素构成论"与"层次构成论"均呈现出内容和形式的二元划分与语言的工具性。针对传统文本构成论中的症结，现代文本构成论随之应运而生。其中有代表性的是现象学家英伽登（Roman Ingarden）的文本构成论，他将文学作品的构成要素划分为五个层次：①字音层，即字音、字形等的语义与审美意义；②意义单位，即每一句法结构都有它的意义单元；③图式化方面，即每一个所写客体都是由诸多方面构成的，在文学作品中出现时只能写出其某些方面；④被再现客体，即文学作品中所表达的人、物、情、事等；⑤形而上性质层，即揭示出生命和存在更深的意义，如作品所表现出的悲剧性、戏剧性、神圣性等。这五个层面逐层深入、彼此沟通、互为条件，成为一个有机的统一体。不言而喻，这些论述同样可以启迪我们今天进一步探索文学文本的结构。

（三）现代文本结构论

对文本结构的现代化探索，可以结合当下的研究成果，采用我国著名文艺理论家、北师大已故教授童庆炳的"三分法"，将文学作品的文本结构划分为以下三个层次：①文学话语层。该层次是译著供读者欣赏时，所用的实际话语体系。该体系不仅生动形象、精练凝重并富有节奏感，而且具备面向文本艺术风格的内在指向性，包含原著作者丰富的想象力、情感与知觉体验的心理蕴含性，以及跳过语言常规，引发作者趣味与美感的阻断拒绝。②文学形象层。该层次需要激活读者的联想和想象能力，进而唤醒读者头脑中生动活泼、具体形象的生活图景。③文学意蕴层。该层次特指文本所包含的情感与思想性内容，又可细分为历史内容层、审美感知层，以及对人生进行抽象思考的哲学意味层。

不同的文本结构论揭示出文学文本这个构成物所包含的不同侧面与层次，它们之间虽不乏共同之处，但却有内涵、功能与用途之别。文本层次的结构特点，可以引导译者／读者如何确立文学文本的研究范围与层次，如何认识文学文本层次陈陈相因、逐层深入的艺术整体性与审美的重要性，可以为译者／读者如何进行译文的选择与表达以及评析提供具体而有效的认识手段与操作方法。

第二节 文学翻译的意义

翻译是对不同语言进行转换，传达意义、交流文化的一种方式。任何两个不同的国家甚至是民族，只要有交流和业务往来，翻译就必不可少。人类社会如果没有思想沟通，缺乏文化交流，就很难取得进步。从古至今，中外的文化交流都离不开翻译的重要作用。用季羡林先生的话来形容则更为生动形象、深刻警策：如果将文化比作河流，那么，中华文化之所以从未枯竭，是因为虽然水时而丰满，时而匮乏，但是，总是有新水注入，水流注入的流量多多少少，其中有两次大的注入，分别来自印度和西方，而之所以这两次注入能够成功，是因为有翻译的力量。

翻译不仅在社会文化方面有着巨大的功能，而且对文学翻译的作用也意义重大。在对中国社会文化造成的影响方面，文学翻译的重要作用主要有以下几个层面。

一、文学翻译对文学语言方面的影响

"中国文学翻译最早可追溯到六朝时期，较为系统地译介外国文学则是近一个世纪的事。"在大量译介外来文献的过程中，受到最为直观显著影响的是文学语言的词汇与语法。

在当时，中国的文学语言被佛经极大地丰富了。一些翻译来自佛典中的佛教概念，在经过一代又一代文人墨客的整理和归纳之后，开始进入汉语中，汉语的词汇量因而变得更加丰富。一些译者将佛教中的概念用原有汉字进行翻译，然后加入一些新的含义，如"境界"和"姻缘"等词汇；还有一些诸如"菩提""菩萨"和"佛陀"等音译外来词。当今的文学研究和创作过程中，也常常使用这些词汇所表述的内容。这些形式在带来大量的佛典词汇的同时，也引入了一些外来的语法结构，然后这些外来的语法结构又反过来影响和改变人们的思维方式以及表达形式。例如，人们的想象力受佛经中丰富多彩的比喻启发，创作方法也开始变得更加灵活、自由，进一步促使表达效果获得显著且有效的提升。

白话文运动的发起和进展，都受到了"五四"时期文学翻译的影响。文学翻译是当时有名的作家用以向现代文学输入养分的一种方式，在这种探索中不断前进、不断寻找正确的方向。瞿秋白曾和鲁迅讨论翻译问题时说过，翻译不仅能提供给我们中国读者著作原本的内容，它还能够重新开发出一种全新的现代语言。翻译，让我们认识了更多新的词汇、新的句法，不断丰富并完善了我们关于文学词汇和文学细腻程度的认识。

很多翻译实践家也都认可这一理论。文学翻译在中国现代语言的发展过程中，起着至关重要的作用,甚至有学者曾指出,我们的白话文如果不曾受到外语的影响,或许就一直是古代的白话,既没有全新的名词形式,也没有外来的语法结构,更不会有今天的现代汉语形式。

二、文学翻译对艺术表现形式方面的影响

长于思辨和善于使用形象词等,都是佛典文学的重要特征。中国文学广泛使用了一些佛典中的表现手法,这缘于佛典著作的大量译介和广泛传播。在魏晋时期,中国的散文已经到了骈偶泛滥的地步。但是,汉译佛经由于通俗易懂的语言,给当时的文学领域带去了新的生机和活力,并逐渐发展成为一种全新的文学新体。诗歌的风格也开始更为通俗、自由,诗意中逐渐开始出现明理诗句。到了宋代,诗人借诗说理、写诗如参禅已经发展成为一种时尚。偈颂中使用的异常夸张和奢靡的艺术手法,使诗歌的表现方式更加丰富,艺术表现力更加强大。

中国文学受近现代文学翻译的影响更为深远。于1899年被近代著名翻译家林纾翻译而成的小说《巴黎茶花女遗事》,完全不曾出现任何中国古典小说章回体的踪影。在当时的社会形势下,这样的小说翻译形式不仅让小说的地位随之增高,更是扩大了其影响力,并推动中国文学的形式进一步向前发展。诸如徐志摩、闻一多、刘半农、戴望舒等著名诗人,都曾翻译并出版过外国诗人的著作,在这些诗作翻译过程中所使用的借鉴和模仿,对中国新诗的诞生和发展有着不可忽视的作用。诸如鲁迅、茅盾、巴金、冰心等著名作家,也都纷纷借鉴并吸收外来文学翻译作品的精髓,在中国的新文学发展进程中奉献出一份心力。

三、文学翻译对文艺思想方面的影响

通过文学翻译的形式,不仅产生了新的词汇和新的表达方式,诞生了新的文学体式以及新的艺术表现手法,还促进了社会文化思想的变革。其中,对中国文学理论影响最为深远的,非佛典的大量译介和传播莫属了。通过对佛典中一些方法论、知识论和宇宙论的研究,中国的很多文人针对文学创作中的要素、文学的属性和功能等内容提出了一些全新的理论和见解。其实,中国文学史上有很多类似形似和神似等的问题,都曾借鉴佛教和佛教典籍的观点。其中,最为经典的就是禅喻诗,其曾以禅论诗、禅悟诗、禅比诗等形式,成为中国文学史上的传统时尚。

中国在经历鸦片战争之后,国内开始掀起了一场思想斗争,其中最为激烈的就是封建阶级旧文化和资产阶级新文化之间的矛盾斗争。因而该时期的资产阶级民主主义思想,在很多文学翻译中都有所体现,不仅让中国的知识阶层拓宽了视野,而且强有力地撼动了原有的封建旧思想。

"五四"时期，受"德先生"的民主思想和"赛先生"的科学思想这两大主流思想的影响，大部分文学翻译都宣扬个性解放和平等自由的博爱理念。十月革命之后，由于开始译介一些苏联早期文学，也给中国无产阶级的革命文学提供了重要基础。我国的文学翻译水平进入新时期后，发展迅猛，空前绝后。通过不断译介欧美和拉丁美洲的大量文学作品，不仅帮助广大中国读者认识了许多全新奇特的文学世界，也对该时期中国作家的创作产生了重要影响，他们从中获得了许多丰富、新鲜的艺术资源。

第三节 文学翻译的过程及原则

一、文学翻译的过程

文学翻译的过程主要包含"理解"和"让人理解"两个方面，同时有关"理解"和"让人理解"的研究也是文学翻译研究的重要课题。理解指的是，译者自身理解并认识文学原文的行为，以及文学原文被译者所理解的过程。"让人理解"指的是，译者在"理解"之后对文学原文的再表达行为，以及文学原文被译者所表达的过程。"理解"和"让人理解"虽然是完全不同的两种行为和过程，但却相互影响、相互制约、相辅相成。

（一）理解的层次以及方法

译者对文学作品原文具象化的思维解释，就是文学翻译中译者的"理解"。这是一种译者对文学作品解读的心理活动，在这个心理活动中，译者的理性认识和感性认识应达到高度统一。译者只有对文学作品的原文有透彻的理解和认识，才能把原文正确地翻译出来。可以说，译者对于原文的理解和认识，是译者进行翻译工作的基础；而译者理解原文的过程，是翻译流程的前提和起点。译者对文学作品的理解一定要深入、透彻，只有这样才能把翻译工作做好，对作品进行理解时要把作品看成一个有机的整体，因形体味、披文入情、沿波讨源，从对文学作品文本构建系统的研究入手，逐渐由表及里、由外入内，深入作品的内部世界。

在文学翻译过程中，理解可以按照译者对文学作品原文理解深度的差异，划分为表层理解以及深层理解两部分。其中，表层理解停留在对作品外观以及字面等表层方面的理解上，主要涉及作品整体的节奏、韵律、结构，以及作品中运用的特定表现手法、修辞手法、典故运用、遣词造句等方面。而深层理解则是在表层理解基础上的进一步升华，深层理解不再停留在作品的表象，侧重于对作品构建机制和象征意义的理解。译者对文学作品的理解应由外入内、因形体味、披文入情，是一个对文学作品由表及里、见微知著的研究与分析过程。关于在翻译过程中对理解作品的认识，文学翻译家吕同六先生提出了以下极具代表性的看法：对文学作品的翻译，要建立在对作品使用的语言、作品的作家甚至是作品对应的文明，有深入的研究并取得一定程度的理解的基础上。由此可见，研究是理解的前提和基础，更是整个翻译工作所有环节的前提和基础。此外，对作品的研究应贯穿整个翻译过程的始终，不能把研究仅仅当成翻译工作中的前期环节。身为翻译工作者，要对研究有一个正确的认识，要把研究和翻译工作视为一个不可分割的有机整体，认识到翻译的过程就是一个研究的过程。在对文学作品进行研究时，要让自己全身心地投入其中，把自己完完全全地放入作者在作品中描绘的世界里，只有这样才能最真切地理解作品中人物的情感波动、思想内容等表层理解无法体会到的深层元素，进而加强对作品的理解、认识。

通过对作品拆解整体、多层透视、文外参照，可以实现对作品的理解。文学作品是一个有机整体，但是为了更具体地理解，也可以把整体看成是由若干部分组成的集合体。通过对文章的拆解，实现对作品各个部分的理解，在此基础上由各部分的联系找出文章的主体部分或重点部分并加以深入研究，以达到见微知著的效果，这就是所谓的拆解整体。此外，对作品的理解还可以以多层透视的方式进行，把文章结构划分为文学话语层、形象层与意蕴层三个层面，对各层次中的各要素进行审美价值和文学功能等方面的剖析，逐层理解，循序渐进，由浅入深。而文外参照则需要从作品所处的历史文化背景，以及作者的其他作品和作者本人的文艺思想等因素出发，来对作品的感情基调、风格个性以及时代特征等做出研究和理解。

（二）表达的目的以及原则

理解是翻译的前提和基础，但是，如果只有"理解"，并不能叫翻译，还需要有"表达"的配合，而表达指的就是前面所说的"让人理解"的过程。理解和表达，虽然本质完全不同，却有着十分密切的联系，两者相互影响、相辅相成。理解是以表达为目的的，而表达是建立在理解的基础之上的。作为表达的基础，理解会在很大程度上决定如何表达，但具体的表达方式是有特定的原则可以遵循的。

首先，表达要遵循力求与原文一致的原则。表达是建立在对文学作品原文理解的基础上的，是对原文所表达的信息的再现。译者不能脱离原文自行创作和改写，这违背了翻译中表达的基本原则。不同语言间可能会存在文化、历史等各方面的不同，在无法满足完全与原文一致的情况下，要用最接近的方式来对原文的对等信息进行表达。在作品的意义以及风格方面，必须与原文最大限度地保持一致。

其次，表达要遵循流畅、通顺、清晰的原则。表达的目的是让人接收信息，翻译的目的是让无法理解原文的人可以理解。如果表达无法做到流畅、通顺、清晰，就很难让人接受并理解，这样翻译也就失去了其原本的意义。

最后，表达要遵循符合作者艺术个性及创作个性的原则。如果只是把文学作品的翻译当成是文字、语句的翻译以及文章意义的转达，那就太肤浅了。除文章本身和意义的表达外，翻译文学作品还需要把作者的艺术个性及创作个性鲜明地表达出来。如果翻译过程中只在乎原文中说了什么，不在乎是怎么说的，忽视作者艺术个性及创作个性的表达，翻译过来的文章，将失去原文的韵味和原有的艺术价值，拜伦不再是拜伦，李白也变成了别人，这样的东西是无法让人产生阅读兴趣的。

二、文学翻译的主要原则

文学翻译的主要原则，会因译者的认知角度、经历经验、知识背景、时代背景、文化背景等方面的不同而产生差异。世界上所有的翻译大家都遵循自己独特的原则，塞莱斯科维奇讲究"翻译释意"，纽马克讲究"交际翻译与语义翻译"，"功能对等"是奈达的原则，费道罗夫认为应该"等值翻译"，泰特勒总结出了"翻译三原则"等。在我国，每个著名学者都对翻译秉持自己的观点，钱锺书在翻译中注重"化境"，傅雷在翻译时讲究"神似"，林语堂秉持"忠实、通顺、美"的原则，鲁迅提倡"宁信而不顺"，严复认为应该"信、达、雅"等。这些翻译大家各自的翻译原则既不同又相同，既有差异也存在共性，从各个层次、各个侧面、各个角度诠释了人类对翻译的认识。

这些既有的原则虽然具有指导性，但是过于抽象，缺乏可操作性，所有不同的原则，在后来的使用中演变出了种种可操作性强的使用方法。在国内翻译界，严复"信、达、雅"的原则，流行至今已有100多年，在这100多年里，这一原则的具体内涵以及构成一直是业内探讨的热门话题。基于严复的"信、达、雅"，林语堂先生于20世纪30年代在《论翻译》一文中，提出了"忠实、通顺、美"的翻译标准，并对翻译中应遵循的这"三重标准"进行了深入且细致的讲解。从林语堂先生的文章中不难发现，这"三重标准"是对严复"信、达、雅"和"译事三难"的继承、充实以及升华。其中"忠实、通顺"分别与"信、达"相对应，"美"更是在严氏理论基础上的创新、推进和延伸。林语堂先生关于翻译的原则和标准，充分体现了文学的艺术特征以及与审美间的关系，是对国内翻译界原有翻译原则的突破和升华。

（一）忠实的原则

在林语堂先生提出的关于翻译的原则和标准中，第一点就是"忠实"。译者在翻译过程中，要秉持对文学作品原文负责的态度，在文章的内容和意义等各个方面要忠于原著。林语堂先生认为应该从以下三个方面来体现对原著的忠实：①译者对于原文有字字了解而无字字译出之责任。译者所应忠实的，不是原文的零字，乃零字所组成的语意。在"忠实"的具体对象方面，林语堂阐述了自己的观点，他认为译者所忠实的是整体的语意，而非逐字对译。②译文需忠实于原文之字神句气与言外之意。"字神"是什么？就是一字之逻辑意义以外所夹带的情感色彩，即一字之暗示力。林语堂先生认为，翻译不能只注重字面意思，还要忠于意义、韵味等深层的内容。③译者所能达到之忠实，即比较的忠实之谓，非绝对的忠实之谓。林语堂先生认为"绝对的忠实"是很难达到的，翻译过程中应尽力做到"比较的忠实"。

（二）通顺的原则

翻译的目的是让无法理解文学作品原文的人，可以通过译文来对文学作品进行阅读和理解。所以，译文语言必须符合读者的语言规范和语言习惯，做到流畅、自然、清晰。林语堂先生关于"通顺"有以下两点详细的论述。①"译者心中非先将此原文思想译成有意义之中国话，则据字直译，似中国话非中国话，似通而不通，绝不能达到通顺的结果。"在翻译时要以中国语言的规范和习惯为标准。②"译者必将原文全句意义详细准确地体会出来，吸收心中，然后将此全句意义依中文语法译出。"由于各国语法上的差异，翻译时要以句为最基本的单位，这样才能保证文章的"通顺"。

（三）美的原则

翻译要保留原文的艺术价值，力求对原著"美"的全面诠释。优秀的翻译家进行翻译工作的过程，无异于一件艺术品的雕琢。林语堂先生认为文字的美体现在五个方面：文体形式之美、文气之美、传神之美、意义之美以及声音之美。林语堂创造性地将"美"引入翻译领域，对翻译界产生了深远的影响，引发了业内对"美"的研究与讨论。许渊冲、鲁迅等人认为，林语堂的"五美"完全可以总结为"三美"，即"形美""意美"和"声美"。

林语堂先生提出的"忠实、通顺、美"，为文学翻译树立了标准。对这"三重标准"的具体论述，为文学翻译提供了可操作性很强的手段与方法。

第四节 文学译者的基本素质要求

做好翻译工作，绝非易事。翻译工作者综合能力的体现主要有三个方面。第一，具有职业道德。就是高度的责任心，以及对工作内容要保证绝对的真实性。其中，责任心体现为对工作认真负责的态度，内容真实则体现出翻译工作者的职业操守。第二，扎实的工作能力。体现为翻译工作者至少要掌握两门以上的语言，并且能够流利地运用，相互转化。第三，有庞大的知识储备库。因为翻译工作的内容往往涉及诸多方面，要求翻译者自身对相关国家的基本情况、历史文化、政治生态等方面有了解，才能更好地开展翻译工作。翻译工作分为很多种，要做好文学翻译，需要做到以下几点。

一、具有语言的感悟力

文学是人类文明进步的产物，是语言艺术的表现形式。比如：个体性，表现出个人的思想情感；暗示性，表现出作品意在表达的思想；音乐性，表达出作品的旋律等。这就要求译者具有高水平的认知能力和感悟能力。认知能力是指对语言的深入了解，细化到词语的个别要义、表达出的情感、词语的运用、暗指的思想、作品创作的基调等；而感悟能力是指对文学内容表达的思想，做到准确体会。这需要译者对文章进行剖析，了解语言的结构、语言的声音，与作者产生共鸣，在情感以及内涵等层面上合理把握，分析作品的时代背景及人物性格，还有作者的创作意图等。比如，从诗句 O my luve's like a red, red rose（Robert Burns）中，可以感知两个 red 并不只是语义的概念重复，还暗含着作者强烈而深沉的情感抒发；诗句中含 /əv/、/aI/ 等双元音的词语的反复出现以及逗号的停顿作用，定下了该句徐缓悠扬的基调；诗句中含柔软辅音的词语占据主导，给人语气轻柔的印象；该诗句的主导步格为抑扬格（iambic），演绎着恒定的整体诗情；诗句中 a red, red rose 既因押头韵（alliteration）而得到了凸显，又暗示出一位光彩照人、亭亭玉立的美人形象；诗句中所用字词简洁明了，体现出平易、质朴、自然的语体风格。不可否认，语言的感悟力是还原作品本身的根本保证。如果只注重逻辑，就会出现偏差，甚至是南辕北辙，不能达到翻译的目的。

二、具有丰富的想象

想象是一种复杂的思维运算，是在原有事物的基础上，利用经验和心理活动进行构建的一种创造性的认知活动。想象是独立自主的构造，富有新颖性和创造性。想象可以归结为两类，再造与创造。文学创作需要想象，没有想象无法塑造艺术，无法表达出艺术的美感。文学翻译也不能缺少想象，否则就无法将原作者的文艺观念展示出来。因此，文学翻译的想象，属于再造想象。

译者可以借助想象更好地开展翻译工作。因为想象可以帮助译者对文本的内容进行深入的感触，从而发现其艺术价值，克服翻译的困难，从而译出高质量的作品。比如，对毛主席诗中的"炮火连天"一词进行翻译，需要借助想象，将炮火的形状、声音和震撼人心的画面一起描述。译者在具体的翻译工作中，可以查找原作者的创作背景及目的意义，进行选择性的传译。

在翻译表达阶段，译者丰富的想象可使译文简练新颖、生动形象，取得事半功倍的效果。例如"苍山如海，/ 残阳如血"（毛泽东《忆秦娥·娄山关》），许渊冲将其译为"Green mountains like the tide; / The sunken sun blood-dyed"。译者发挥想象进行了创造性变通，强化了原诗句在人们头脑中的形象，使"苍山"变得更为鲜活可触，使"残阳"变得更加震撼人心。具体来说，在上句的翻译中，由 the tide 可联想到 the sea（海），原作意欲传达的"苍山"之博大、宏阔、雄浑等气势隐约其间；由 the tide 的潮涨潮落（参见 Henry Wadsworth Longfellow 之诗"The Tide Rises, The Tide Falls"），似可看到群山起伏、绵延千万里的壮观景象；由 the tide 雷鸣般的浪潮，似可聆听到苍山中阵阵的林涛。如此等等，不一而足。在下句的翻译中，原句表现的是"残阳红如血"，译句通过对比联想再创造出一个"残阳虽红，血更红，残阳之红乃血染成"的诗意胜景，其间的意蕴可谓深刻而震撼人心。

因为中西方存在文化差异，所以翻译中也会遇到这种问题，译者可以借助想象来克服这一难题。比如陈陶的诗《陇西行》，关于骁勇的士兵有这样一句描写——"五千貂锦丧胡尘"，其中的貂锦若直译 sable-dad，则不能体现出该诗的情感，需要利用想象，将其翻译为 five thousand lances were broken / when the hu horsemen struck them，则能体现出战场的恢宏气势，其诗歌的丰富情感，让金戈铁马之声荡气回肠，在耳畔隐隐作响。

三、具有丰富的情感

以情感来进行翻译工作，才能将原作品完美地呈现。白居易曾言道："感人心者，莫先乎情。"意在指出作品的精髓，不外乎与读者产生共鸣，以情感为纽带，来鼓舞人、陶冶人。在现代，茅盾也指出，翻译作品首先要明白作者的思想，然后要领会作品的艺术，最后要自己身临其境走入作品中。著名翻译家张谷若也有同样的感悟，他说译者必须知道作者的创作情感。

贺拉斯曾说过，如果让读者哭，作品应该让自己先哭；如果能够让读者笑，作品应该让自己先笑。而译者同样如此。以上的中外著名学者都认为情感是作品艺术的最好体现。因此，文学翻译的工作绝不能忽略情感，否则译文将失去灵魂，让人读之无味，正如歌德所说："没有情感，就不存在真正的艺术。"

例如：

The wind sounded like the roar of a train passing a few yards away. The house shuddered and shifted on its foundations. Water inched itsway up the steps as first-floor Outside walls collapsed. No one spoke.Everyone knew there was no escape; they would live or die in the house.（Face to Face with Hurricane Camille-Joseph P.Blank）

有人将其译为：

风声听起来就像从几码远的地方经过的火车声一样。房子颤动起来,在地基上滑动。当一楼外墙塌陷时水慢慢地沿着台阶漫了上来。没人说话。每个人都明白谁也逃脱不了,他们要死要活都在房子里。

译文虽然能够表达原文的本意,但是如果节奏把握不好,略显迟缓,语气不够凝重,未能将原文对话的紧张气氛与故事发展的快节奏表现出来,就会让读者觉得是译者在心平气和地讲述,而不是自身投入紧张的剧情发展中。因此,要与原文有相同的艺术魅力,译文应该做出如下调整:

此刻,狂风骤响,如迅疾飞驰而过的列车,房子被狂吼的风震得瑟瑟发抖,甚至地基都开始摇晃起来。这时,一楼的外墙再也承受不住压力,轰然倒塌,海水如同狂猛的勇士,肆无忌惮地漫过楼梯。大家一声不吭,脸色煞白,都知道自己命悬一线,一个个把心一横,死活都在这房子里了。

译者领会原作品的情感时,受诸多因素的影响。有自己主观的心态,有客观身处的环境,包括政治环境等,但最主要的还是译者的艺术修养。没有审美的艺术眼光,就没有发现美的眼睛,一切情感的表达都无从谈起。

四、具有审美艺术修养

审美艺术是译者工作的灵魂,译者要想拥有审美艺术,需要具备下述两个方面的能力。一方面,要有良好的文学素养,这是翻译作品的基础,因为文学作品的译文,需要对其进行赏析,因此,译者需要有过硬的文学素养,才能胜任这项工作;另一方面,译者需要拥有庞大的知识储备,涉猎广泛,并且能够登堂入室,融会贯通。因为文学作品大多涉及社会各个方面,如政治、经济、科学等,如果译者在完全不明白的情况下进行翻译,不仅会捉襟见肘,甚至会词不达意,很难表达出原作品的艺术之美。例如:

so much depends upon,

a red wheel barrow.

glazed with rain water,

beside the white chickens.

有人将此诗译为:

一辆红色手推车,

着雨白色鸡群边。

直信此中有真意,

只是欲辩已忘言。

由此可见,译者用诗歌的形式对原作品进行展现。这样利用诗歌这种载体,虽然特点鲜明，但是不能把握原作品的感情，让原作品的艺术魅力消磨殆尽。根据这一点来看，此译诗并不能呈现出原作品的基本面貌。寻根问源，是译者没有把握原作品要表达的感情，没有体会作者的思想，没有足够的文学审美素养。因为，原诗的艺术表现手法有跨行和语法切断等，诗歌采取循序渐进、由上至下的手法，类似电影镜头的缓慢移动，层次感分明，浑然一体，让人身临其境，而且原诗歌还采取了以理寓物的表达方式，让语言升华，产生超媒体的功效，增加了艺术的感染力。所以，诗歌的目的在于，让读者通过心灵的交流感悟其中的韵味。

第三章 文学翻译的主要类型

对世界文学经典名著的翻译不仅为读者提供了了解世界各国历史的变化、社会思想的演进、文明的发展以及各国文学的源流、继承和发展的宝库，满足了读者的精神需求，丰富了读者的阅读选择，而且强化了新时期作家的"世界文学视野"和"世界文学意识"，在文学观念和创作方法方面对新时期的文学创作产生了巨大影响。本章内容为散文翻译、诗歌翻译、小说翻译、戏剧翻译。

第一节 散文翻译

一、散文的主要特征

散文分为两种形式，即广义和狭义。除了用韵律格式写出的文章以外，所有的散体文章都被称为广义散文；文字性比较强的文章，如小说、诗歌等，这些都是与狭义散文相并列的一种。散文具有强烈的区别性，同时这种特征也通过以下三方面来体现。

（一）感受的真挚性

散文多写真人真事、真景真物，而且是有感而发、有为而作。"说真话，叙事实，写实物、实情，这仿佛是散文的传统。古代散文是这样，现代散文也是这样。""真挚地表现出自己对整个世界独特的体验与感受，这确实是散文创作的基石。"散文能够很好地传递出作者的真实情怀，将作者的见闻和内心所触发的情感表达出来，这样的散文将人的情怀和体验赋予了风采。散文能够更加深入地和作者进行心灵交谈，因为它是作者内心真正的所想所感。

（二）选材的广泛性

散文在题材的挑选上非常自由。生活中常见的一些细节或者一些零散的片段等，都可以被作者用来抒发情绪，和散文主题有关联的一些资料也可以使用。散文在题材的挑选上是非常自由没有限制的，这一点在其他文学体裁上并没有体现出来。例如，散文可以不用考虑生活事件是否完整，也不用考虑冲突比较缺少的会不会进戏比较难。散文的题材可以是任何一件事或者人，或者花草树木，又或者民族历史。

（三）结构的自由性

散文与小说或者戏剧是不一样的，它的结构比较灵活自由，没有过多的限制。比如，小说可能需要设计一些更能够吸引读者的故事情节，而且人物的形象设计也要进行塑造。戏剧则对表演有着严格的要求，需要重点突出一些矛盾，才能让戏剧更加动人。灵活没有限制是散文的一个优势。

众所周知，散文在创作上是比较灵活的，它对结构是没有明确的规定范围的，但是散文在创作上，也是需要围绕主线来展开的，要做到"形散神不散"，不能杂乱无章。换句话来说，就是混乱中有秩序，有凝聚力，也可以不局限在结构上。

二、散文语言的主要特点

散文主要凭借的还是语言本身，并没有太多的技巧可以用来依靠，这是和其他文学样式所不同的地方。那么散文又有哪些特点？通过以下几方面就可以了解到。

（一）简练且畅达

"简练是中文的最大特色，也就是中国文人的最大束缚。"（林语堂）散文往往是作者表达内容和传递情感的一种写作方式，这种方式能够充分并有效地将作者的态度和感情表达出来。这种方式能让作者的真情得以充分流露。人们常说，散文在语言的表达上很随意畅达，这不光指表面，也指用词和情感表达。学者林非论及散文语言时指出，如果认为它也需要高度的艺术技巧的话，那主要是指必须花费毕生艰巨的精力，做到纯熟地掌握一种清澈流畅而又蕴藏着感情浓度和思想力度的语言。简练与畅达相辅相成，共同构建着散文语言艺术的生命线。

（二）口语体且文采化

散文能够正面和读者进行交谈和诉说，主要是因为，散文都是作者用自己的说话风格和亲身感受所写，这样才能显示出一种个性分明的谈话风格，也可以称作"口语体"。这种散文显得真实、自然和亲切，因为它的语言交流起来很方便，并且个性化比较强。这种语言能够很好地体现出"至巧近拙"，并不是没有文采。散文家徐迟认为：写得华丽并不容易，写得朴素更难。也只有写得朴素了，才能显出真正的文采来，越是大作家，越到成熟之时，越是写得朴素。而文采闪烁在朴素的篇页之上。

（三）节奏的顺势且顺口

散文在语音上有着抑扬顿挫、词义音节的停顿，这就是节奏美的体现。这种节奏美，在句式上往往能够凸显为长短相结合或者整散相间、句式交错。整句和散句相结合，不但能将意思表达通顺，还能让其层次分明，并且能使语言表达看起来更加自然。长句和短句相结合，既能够用简单的语言表达出激烈的情感，又能够将思想上的一些细节更加细致地描述出来。之后，在这些条件下再进行调配，这样就能够显得文章有条不紊，在情感表达上更加曲折离奇。节奏美的体现，不管是语音上或者句式上，都需要顺着事态的发展，并且读起来也要顺口。"顺势，就是依据状物抒怀的需要，配以合乎感情起伏变化的自然节奏""顺口，则是读起来朗朗上口，不别扭，不拗口，节奏合乎口语呼吸停顿的自然规律"。

三、散文翻译的基本原则

散文还有另外一个称呼，叫作美文，美主要体现在语言和意境上。语言上的体现，能够方便读者进行剖析，意境上的体现能够方便读者构想。也可以用另外两个词来代替，分别是"质实"和"空灵"。前者如果走向后者或者后者反照前者，都能够将审美向深层次发展。这两者彼此之间互相感染，这样才能使散文在艺术上更加具有神韵。所以，想要再次体现"神韵"可以依照下列原则。

（一）声响与节奏原则

散文和诗歌在节奏和声响当中是不同的，散文是内在的体现，而诗歌体现得比较明显，音乐性比较丰富多彩而且很有规律，但这并不代表散文是没有规律的、杂乱无章的。不同的是，散文在节奏和声响当中，能够更加灵活自由，并且能够将情感很好地表现出来，显得更加质朴。而前人很早就得出了这一结论。清代桐城派散文家刘大櫆说："凡行文字句短长，抑扬高下，无一定之律，而有一定之妙。"朱光潜说："事理可以专从文字的意义上领会，情趣必从文字的声音上体验。"翻译理论家奈达说："好的散文，同好诗一样，应该有语音和语义的跌宕起伏，以使读者阅读时能感受到节奏上的张弛。"可以得出结论，在翻译的过程当中，如果想要了解散文真正蕴含的情感，就要将节奏和声响这一部分充分地了解和认知，知道它们存在的意义。另外，翻译的人也可以根据句子的长短、文字的抑扬顿挫、语速快慢来分析和感受散文句子中作者想要表达的情感。

（二）个性化的话语方式原则

散文是"个人文学的尖端"（周作人）。散文"是主观的，以自我扩张、表现自我为目的，散文家不管他写什么，他都永远是在夫子自道"。这种方式能够将作者独有的话语方式体现出来，在散文当中也是最为明显的，当然也是在与其他文学的比较之下才能体现的。作者不同，所使用的话语方式也是不同的，这也导致了文章风格的不同。话语方式体现在作者的客观层面和主观层面上，客观层面主要表现在遣词造句上，主观层面主要表现在思想和审美上。如果想要了解作者独特的话语方式，建议可以从分析作者的具体篇章或者其他的文集上入手，或者也可以对作者所处的文学时代来进行分析。如果能够掌握作者的话语方式，对翻译重现作者的情感和个性来说是非常关键的。

（三）情趣的统一性原则

"形散而神不散"的标尺主要用于散文作品当中。"形散"专指结构和语言这两方面。散文的情趣能够统一就是"神不散"。内在的统一是很重要的，它能够将外在的部分也进行统一。语言表达方式多样、结构丰富，或者作者制造的情景当中，这些都是情趣统一的表现。这个过程是在不断升华的，它能够由里到外慢慢推进。而在翻译的过程中，可以根据原文的情趣统一进行选词用字，这样既能够使原文的审美主旨不改变，又能够翻译出和原文相类似的文风来。

第二节 诗歌翻译

一、诗歌的主要特征

诗歌是早期出现的特殊文学，和其他的文学类型有很大的区别。诗歌有四个非常显著的特点：形式的独特性、结构的跳跃性、表达的凝练性、语言的音乐性。

（一）形式的独特性

诗歌的组成部分含有诗韵和诗词，这也是诗歌这种文学方式和其他文学方式最大的不同特点。诗歌的表达看似艺术和自由，但并不是随性而写，也是具有条理性和逻辑性的。诗歌最外显的特点是分行，起到富含韵律、感受意境、张弛有力等作用。诗歌的诗行，第一种是指这一行就是一个完整意思的概括；第二种就是指这一行诗句的意思，还没有表达完整就起转另一行，具有跳跃性。诗歌最具特殊性的形象和艺术美的特征，就是由这两种诗行组成的。

（二）结构的跳跃性

与其他的文学形式对比，诗歌的内容一般不长，因为有字数和行数的限制，想要在固定的字数内表达出作者的所有情感和生活现状，需要放弃一些客观存在的事物和理性思维，因为诗歌所表达的世界是感性的，注重内心情感的表达和精神的追求，以感受和艺术为出发点。诗歌的跳跃跨度很大，包括时代的跨度、思维的跨度、想象的跨度等。当然这样的跳跃并不会影响诗歌意思的表达，反而加强了诗歌的艺术美，带来无限的遐想。

反映诗歌跳跃性的形式有很多种，最常见的有跨时代的跳跃、地理位置上的跳跃、外观图案上的跳跃、图案与图案之间的联想式跳跃，还有表达多种情感的诗行之间情感上的跳跃等。所以，诗歌的跳跃性很多样，并且多变，随着作者当时所呈现的个人情感和生活状态的改变，他想要表达的情感在诗歌中的呈现也会发生改变。

（三）表述的凝练性

诗歌是用深度性和专注性来影射现实生活，而不是以宽广性和多彩性来影射的。通常将生活中使人散发感情色彩的事物作为写作的来源和灵感，用精美的语言简述其外观形象以折射现实生活中的艺术美。诗歌可以深度影射生活中某个方面的特点，因此组成诗歌的词语和句子要极为凝练。总之，就是用更少的词语和句子来表达所要阐述的意义和感受。

（四）语言的音乐性

在各种各样的文学表达中，诗歌的艺术性最受关注，它的艺术性主要表现在诗韵和节拍上。节拍是指诗歌的音律上，每个音节在抑和扬之间有规律地变化和间隔所产生的听觉。英诗的音律是分为轻音和重音，古诗的音律分为高音和低音。诗韵又分为宏观诗韵和微观诗韵。前者是指组成诗词的每一个音节和展现音色的方式，例如，节拍、音节的特色；后者是专注于诗歌的某个韵律，例如，微观的诗韵能够加强诗歌的韵律感，韵律和节拍对了，更有助于读者感同身受地抒发情感，与作者达到心灵上的交流。

二、诗歌语言的主要特点

诗歌的创作，来自日常生活中的语言和灵感，是艺术的一种体现形式。诗歌和常用的语言极其相似，但又不同于日常言语的准则，它有自己的特殊规范，我们称之为"诗家语"，主要从以下几个特点来阐述。

（一）节奏与韵律的特点

诗是音乐性的语言，其音乐性首先体现在节奏上。音乐性有内外之分。"内在音乐性是内化的节奏，是诗情呈现出的音乐状态，即情感的图谱、心灵的音乐。外在音乐性是外化的节奏，表现为韵律（韵式，节奏的听觉化）和格式（段式，节奏的视觉化）。"在外国的诗歌中，节拍是由音节的步调构成的，音节是由抑和扬之间的变化组成的，外国的诗歌与我国的诗歌有很大的不同，并且更复杂。例如，在英国的诗歌中，音节的步调要欲扬先抑或者是先扬后抑，总是要有所变化的，诗歌每一行的音节的步调，也是有所限制的。英国诗歌的艺术性极强，在莎士比亚诗集的第十四首诗中，充分体现了音节的步调所组成的节奏，轻读音和重读音按照一定的顺序和规律排列，同时也证明了音节的组成，是抑和扬之间不断交替变化所产生的。在古诗中，节拍主要是用平仄来表示。

（二）诗歌的声韵

诗歌的艺术性不仅表现在节拍和韵律上，还体现在声韵上，声韵就是用来注音的音节反复出现而形成的，同时是语言学的一个重要组成部分。古代诗歌大多数是在结尾处出现韵律，我们称之为韵脚。以前外国的诗歌大多数是在诗歌的开头出现韵律，现在同我国古诗一样，在诗歌结尾处添加韵律。曾经有作者说过，如果诗歌中没有韵脚，那么这首诗歌就是没有灵魂的，可见韵脚对于诗歌情感传递的重要性。

在古诗中，根据韵母的开合度的不同，将结尾处的韵律分为三个等级，分别是响亮的、轻柔的、微妙的。诗歌中音节的轻读和重读也表达着不同的情感。例如，结尾处的重读，对应着敬请、奔放、大方、愉快的情感；结尾处适中力度的读，对应着舒适、安静、享受、平和的情感；结尾处的轻读对应着忧愁、焦虑、苦闷、思念的情感。

（三）诗歌的意象

笼统的、没有理由的情感传达，是很难感动他人的，然而细腻的、丰富的情感传达，则容易使人产生同样的细腻情感，令人印象深刻，情感的表达是作者创作诗词最重要的原因，因此，意象就是作者对于客观存在的事物，经过自己的思想情感和联想，创作出来的一种艺术形象。

比如，诗句 O, my luve's like a red, red rose（Robert Burns）中，诗人对恋人热情的赞颂与深情的爱恋浓缩于意象 rose 之中，rose 的红艳表征着恋人红润靓丽的脸庞，rose 的鲜艳表征着恋人青春健康、活力四射，rose 的芬芳表征着恋人高贵的品格、典雅的仪态，等等。

诗歌所表达的意境有很多种，诗词中所体现的意境，会带领读者用自己的角度和意识层面去感受诗词的意境美，以及理解诗词的含义。例如，从专业心理学角度分析，我们是通过感官去认知周围事物的，所以意境的体验也是通过感官上的认知联想来感受的。从具体层面分析，意境包括整体意境和特殊意境。整体意境不够明确，表达的情感也不够细腻，但是会激发读者产生更多的遐想；特殊意境是指人物和事物非常明确，情感的表达也足够细腻。从叙述的状态来看，意境分为动态的和静态的。动态的意境更具有体验性，更具有艺术美感；静态的意境就是简单地描述，忠实地还原。

诗歌的情感表达细腻多彩而且富有深意，在诗歌的创作过程中，不是只创作一个意境，而是创作多个意境，并组成一个完整的生态意境，这样诗歌呈现的意境和方式便更加多样化，情感的传递也更加浓烈，令人印象深刻。

意向的组合主要有并置（如"鸡声茅店月，人迹板桥霜"——温庭筠《商山早行》）、跳跃（如"朝辞黄河去，暮至黑山头"——《木兰辞》）、叠加（如"枯藤老树昏鸦"——马致远《天净沙·秋思》）、相交（如"万壑树参天，千山响杜鹃，山中一夜雨，树杪百重泉"——王维《送梓州李使君》）等类别。因此，了解意象的种类及其组合与系列呈现的类别可以看作打开诗歌这把"心锁"的钥匙。

（四）诗歌的反常化特点

"反常化"这一词汇，是俄国的某个作者创造出来的，虽然诗歌言语和我们常用的语言有相似之处，但大部分还是不同的，日常语言标准是指我们生活中所使用语言的规范和标准，将诗歌与日常语言标准的不同之处称为"反常化"，总的来说，反常化违反了日常语言的标准和典范，而语言的规范性是指语言有其自身的发展规律。所以诗歌的反常化特点，是指诗歌不仅违反了日常语言的规范性，同时也违反了诗歌语言自身的规范性。对日常语言的反常化，主要表现在语法、词语、音节等具体层面；对诗歌语言本身的反常化，主要表现在已经存在的条例和创造上，如字数和行数的限制、意境的创新、音律的创新等。

诗歌语言反常化的目的是取得新颖、独特、贴切的表情达意效果。诚如新批评派的休姆所言，诗歌"选择新鲜的形容词和新颖的隐喻，并非因为它们是新的，而对旧的我们已厌烦，而是因为旧的已不再传达一种有形的东西，而已变成抽象的号码了"。诗歌语言的反常化所造就的种种变异，是以种种正常规范为背景参照的，它们服务于诗歌内容与情感的表达。

三、诗歌翻译的主要原则

诗歌有其特殊的外在形象，显著的韵律，意向的形式多种多样。诗歌的这些显著性特点都具有一定的艺术美，所以在进行诗歌翻译的时候，要遵守以下几点才能体现它的艺术性。

（一）音美原则

诗歌最重视的是它的艺术性，不管是什么类型和形式的诗歌，都对诗歌的内容有很高的期望，音韵型的诗歌艺术性更显著，随性型诗歌的艺术性就显得非常自然。诗歌外在形象的艺术性和自身的艺术性都是顺其自然形成的，无论是外观形象还是情感表达，都发挥着传达自身情感的作用，也就是说，情与美要达到高度的结合，并共同发挥作用。所以，在描述诗歌想要表达的情感的过程中，对于美和情感的呈现与表达，要保持严谨的态度，与作者的思想感情的表达保持高度一致，所翻译出来的诗歌，在韵律、节奏等方面也要一致。

中西方的思想文化有很大的区别，其中诗歌的体现就是一个代表，从语言的特点方面来看，我国古诗的特点是节奏和格律等，而英诗的特点是音步和韵律等。

（二）形美原则

诗歌的外观形象是最显著的，在诗歌表达含义的阐述中，一定要保持原有的诗歌形式。诗歌的表达方式包括固有方式和非固有方式，固有方式体现了诗歌的严谨性和民族文化性，诗歌的字数和行数有一定的限制；非固有方式没有严格的限制，但是诗歌的外观形象却表现出诗歌的自由性和艺术性。说明在某种含义上，艺术美的呈现，也体现了诗歌的民族特色和代表的作用。外观形象的美，是指诗歌字数和分行的形式要遵守规范，在创作诗歌的过程中，作者是用一行的诗句完整地表达出诗歌要传达的情感，还是用几句诗词才可以完整地表达出诗歌要传递的情感，表现出诗歌没有一定的规范性。诗歌不同的表达方式，体现出诗歌不同的情感传达，同时也表达了作者的真实目的，所以，在诗歌翻译的过程中，要非常重视诗歌形式的艺术美的体现。

（三）意美原则

意境美是指读者的心被感动，达到了诗歌与读者心灵上的沟通。意境美产生的整个过程，需要作者、诗歌、读者三者参加，具体来说，就是作者赋予了诗歌情感，读者从诗歌中感受到了情感的过程，作者将想要表达的含义写进诗歌词汇当中，或者体现在内部框架上，读者理解含义可以从诗歌的词汇当中或者组织方式中读取。意境美的表达可以通过以下几种形式：①单纯还原诗歌中的意境，就是指描绘出诗歌中出现的事物；②诗歌中环境和人物的再现，即作者想要表达的思想感情；③加强诗歌中意境的深度还原，即诗歌中作者想要表达却没有表现出来的想法、目的、兴趣爱好等；④使读者体会到和作者一样的意象，就是读者在诗歌的情境中，无限地遐想，想象出自己想要的虚拟世界。每个作者所创作出来的诗歌艺术美都各有千秋，有的诗歌只体现出一种特别显著的艺术美，有的诗歌却体现出多种艺术美，所以在翻译的过程中要有针对性地处理。

第三节 小说翻译

一、小说的主要特征

小说要具备相对完整的情节，人物形象刻画要更加细致，故事背景要反映现实生活，环境描写要能传达出作者的所思所感。所以，小说的基本特征主要表现在人物刻画、情节讲述和环境描写方面。

（一）对人物刻画的细致性

人物描写在诗歌和散文中可有可无，但是小说与以上文学形式不同，它必须对人物进行刻画。否则，小说就失去了灵魂，不能称之为小说。随着对人物描写重视度的提高，小说这一文学形式才得以走向成熟。很多文学形式需要在一定规范内写作，比如戏剧写作需要考虑舞台表演方面的限制，诗歌创作需要控制在一定篇幅内，报告文学必须是真人真事。小说的写作，相对其他文学形式更加自由，小说作者在刻画人物时，可以综合使用各种艺术技巧，从各种角度、多个层次和侧面进行描写。小说对人物的刻画可以是外在形象方面的，也可以是内心活动方面的；可以直接描写人物的言行举止，也可以通过环境描写衬托人物特点。小说的人物形象也因此而更立体、更丰满。

（二）情节叙述的完整性

小说中有许多事件，这些独立的事件是按照一定逻辑串联起来的，这种构建故事的方法就是情节。小说因为有曲折精彩的情节才显得生动。戏剧、叙事类诗歌在情节设置方面，受舞台或篇幅限制较多，而小说能设置许多情节，刻画人物形象，表现冲突和矛盾，能通过不同的情节全面深刻地展现社会和人生。小说的情节也因此显得更丰富、更复杂、更有连续性和完整性。

（三）环境描写的充分性

小说的环境描写，主要围绕人物进行，涉及人物所在的具体场所、历史时期和社会环境，还包括周围的自然环境。不同的环境描写在小说中发挥着不同作用。环境描写可以帮助刻画人物，它通过衬托、暗示等间接方式体现人物的身份、性格和心理变化。环境描写推动着小说情节的展开，作者可以通过描写新场景提示新情节的出现，十分灵活。环境描写还具有象征性，由此可以体现小说的情感基调。如果人物周围环境是晦暗的，小说情感基调就偏向沉重压抑；如果人物周围环境是明快的，小说的情感基调就偏向愉快欢畅。小说可以根据需要，自由地进行环境描写，而不受篇幅和作品功用的限制。

二、小说语言的基本特点

在各种文学形式中，小说的语言和大众语言最接近。不过这并不意味着小说的语言就是大众语言，它在使用大众语言时会进行艺术修饰和升华。接下来就对小说语言的基本特点进行介绍。

（一）形象与象征的特点

小说语言一般不是平铺直叙的，也不是议论性的，小说在阐明道理、表达看法和传达情感时，多使用形象和象征手法。小说语言的形象性，是指通过生动细致的描绘，再现人物形象、场景和事件，让读者感觉仿佛身在其中，以体味作者想传达的观点，感受作者想表达的感情。小说语言描绘的是具体的、实实在在的人物和事物，以此来表达抽象的思想情感，在无形中影响读者。

小说语言的象征性，是指不用直接、明确地表现人事物或思想情感，而是根据事物间存在的某些联系，对一种事物进行描述，以此暗示另一种事物或思想感情，让读者自己去联想。小说的灵魂就是象征，小说语言是有限的，但是它表达的东西可能更丰富，往往有弦外之音。

小说语言的形象性和象征性也是其艺术魅力所在，留给了读者广阔的想象空间，启发着读者去思索。

（二）讽刺与幽默的特点

讽刺的手法虽然和形象及象征手法一样，不直接言明想表达的东西，但是它与后者存在差异。形象和象征手法表面提及的东西，与背后的事物或含义具有相似性或一致性，而讽刺手法表面所提及的东西，与它背后的含义往往是相反的。讽刺手法能让读者更注意正确的伦理道德观念，能增强教育意义；幽默表述则会更有趣，增强读者的共鸣。使用讽刺手法常常会带来幽默效果，所以这两种功能不同的手法，往往是结合在一起使用的。小说语言讽刺与幽默的特点体现在多个方面，实现这两种效果的方法也很多，如对人物语气和音调的描写、语言的语义和使用的句法等，具体效果要看语境和情景是怎样的。讽刺和幽默也是小说整体的一种语言风格，非常有技巧地传达着作者的情感和观点。

（三）词汇与句式的特点

小说语言注重词语和句式的选用，恰当的词语和句式也能带来艺术效果，帮助表达作者的思想情感。小说语言中有些是叙述语，有些是引语，即直接引用一般对话。不同性质的语言，使用的词汇也不相同。叙述用语的词汇相对更加书面和文雅；引语相对口语化，但与一般对话存在区别，是一般对话的艺术升华。一般对话中经常会出现一些问题，比如使用了错误的开头，思考想说的话时常常重复，不小心说漏嘴，等等，小说中的对话要避免这些问题。

小说语言使用的句式，有时是模式化的，如对称句、排比句等，有时则与一般语法习惯相左。各种句式带来的效果不同，灵活和创造性地使用各种句式，是表达思想感情的一个方法。比如，运用圆周句（periodic sentence）可以创造出悬念的氛围，运用松散句（loose sentence）可以取得幽默、讽刺或戏剧性等各种效果，运用一连串并列的短句（short sentence）可以显示一个连续而急速的过程，运用长句（long sentence）可以表现一个徐缓而沉思的过程，等等。与其他文学样式相比，小说受到的篇幅限制较小，因而享有更为充分的自由来选择与调配各种句式，为艺术的表情达意服务。

（四）叙述视角的特点

小说，顾名思义就是讲故事。小说语言要适应叙事的需要。小说方面的传统文学理论，主要对小说内容进行研究，比如故事内容是什么，人物、环境和情节等故事要素是怎样的。关于小说的现代文学理论将研究重心转移到小说讲故事的方法、规则，以及话语的结构上，即小说是怎样讲故事的。小说作者可以从第一人称的视角写作，也可以从第三人称的视角写作。在 19 世纪及以前，小说作者一般采用两种视角：一种是第一人称，作者讲述的是"我"看到和感知到的东西；另一种是第三人称，作者在这里是"全知者"。现代小说中则出现了一种新视角，作者把自己当作故事中的一个人物，从该人物的角度出发叙述他观察和感知到的东西。叙事视角不同，所产生的艺术效果也会不同。

三、小说翻译的主要原则

小说这种文学形式尤其擅长叙事，以刻画人物形象和描写环境为重点，因此，小说翻译需要遵循一系列与此有关的原则。

（一）再现人物语言个性原则

小说人物的语言展现着其个性，推动着情节的发展，表现着作品的思想主题。人物语言追求"神肖之美"，即不同人说话的内容和方式要符合其身份，而且具有较高识别度。小说翻译要在各个方面注意遵循这一原则。①人物的语言风格要符合其身份，如性别、年龄、职业、地位和文化水平，同时要与其个性和观念一致。②在人物性格变化和心理变化的情况下，其语言风格会出现变化。人物语言翻译要掌握其一般语言风格，也要特别注意和体现这些变化。③翻译人物对话时要避免语言风格雷同，体现出不同人的说话特点。原文中人物说话风格到底是简明洗练的还是拖泥带水的，到底是前言不搭后语的还是井井有条的，都要在译文中体现出来，正如金圣叹所说："一样人，便还他一样说话。"

（二）再现人物形象原则

小说注重人物形象的刻画，并且会从不同角度和不同侧面进行刻画。不过所有角度和侧面表现出的人物形象特点是一致的。比如作者会通过描写人物外形、举止、言谈和心理等展现人物性格，会通过叙事者的描述表现其形象，由此刻画出的人物形象是立体的、丰满的，但也有内在的一致性。小说在翻译方面要注意两个问题：一是在微观层面上，要注重对生活细节的再现，并与原文中对细节的描述保持一致；二是在宏观层面上，要注意人物所处的时代背景，对当时的社会文化语境进行还原。这两方面相辅相成，共同刻画着人物形象。

（三）转存叙事策略原则

小说用艺术的方式进行叙事，会使用各种叙事策略。叙述视角是策略之一，叙述视角的差异会带来不一样的艺术效果。第一人称视角能增强读者的共鸣，显得亲切；第二人称视角会增强规劝、建议和对话的意味；第三人称视角显得更客观，也保持了与读者的距离，综合使用各种视角，小说就能更真切、全面地反映现实生活，富于变化性。叙述策略除了叙事视角以外，还有叙述时间、节奏、速度等。叙述开始的时间，不一定非得是事件发生的时间；叙述节奏也可以有快有慢，以控制情节发展速度；叙述速度方面，可以采用快叙、慢叙和平叙等不同方法。为了展现原作的审美情趣和艺术效果，小说翻译需要同时对叙述内容和策略加以关注。

第四节 戏剧翻译

一、戏剧的主要特征

这里提及的戏剧的基本特征，主要是关于戏剧作品的。虽然戏剧作品也能被拿来读，但是用于舞台表演才是它的主要价值所在和主要作用。戏剧作品演的效果好不好，一方面受剧本本身水平的影响，另一方面受表演效果的影响，如演员表演技术、舞台布景、灯光设备和音响设备，服装设计、道具制作，等等。由此可以归纳出戏剧的特点：舞台性、综合性和直观性。这些特点也直接决定了戏剧作品所具有的特征。

（一）戏剧浓缩地反映现实生活

为舞台演出所用，是戏剧作品的主要价值。舞台演出的时间和空间是有限的，最长时间一般不超过3小时，场地也只是台上，而且舞台演出要直面观众。因此，剧本创作者需要对来源于现实生活的素材进行提炼，控制作品的篇幅，做到人物精练、场景简明、事件单纯，才能让深广丰富的现实生活以浓缩、概括的形式在舞台上重现，牢牢抓住观众的眼球。

（二）紧张、激烈的戏剧冲突

缺乏冲突，戏剧就不能称为戏剧。戏剧作品的创作，必须重视冲突的设置。戏剧冲突是戏剧作品的人物之间、人物和环境之间、人物在一定情境下与自身之间的矛盾和斗争。为了在短暂的演出时间和有限的舞台空间里，最大限度地吸引观众注意，调动观众情绪，戏剧冲突要集中发生，显得激烈、曲折、离奇、有张力，还可以用出人意料的剧情制造更强的艺术效果。生活中的冲突、不同性格的冲突，是戏剧冲突的灵感来源。生活冲突发生的原因，是不同性格的人之间的矛盾。戏剧作品的创作，要将这些矛盾和冲突艺术化，表面上要描绘出生活冲突，深层次上要体现性格冲突。

（三）戏剧以人物台词推进戏剧动作

台词即是剧本中人物的话语。台词是塑造人物形象的方式之一，是表现冲突的最基础的手段。台词的形式以对白或对话居多，此外还有旁白和独白等形式。剧作者及其话语，不能直接出现在剧本里，人物形象的塑造必须通过台词来进行。戏剧这种文学形式，因为台词才得以存在，它与小说等文学艺术在这方面有很大不同。台词的目的是引出人物的动作，或为人物动作的出现提供可能，它必须推动戏剧动作的进行和发展。

二、戏剧语言的基本特点

作为戏剧的基本组成材料，戏剧语言被用于情节的开展、人物形象的塑造和主旨的表达。戏剧艺术有别于其他文学艺术，戏剧语言也是独特的。戏剧语言的基本特点包括动作性、个性化和抒情性。

（一）动作性特点

戏剧语言特点中，最为基本的就是动作性，它戏剧性地表现了人物的语言。美国学者劳逊认为，一出戏就是一个动作体系，戏剧的基本要素是动作性。他还说道，一小段对话，一场或整个一出戏都牵涉具不具有动作性的问题。戏剧语言的动作性有两方面的含义：一方面，指伴随人物对话发生的动作，外在的包括人物神情脸色、语气音调和肢体动作等的变化，内在的如人物的内心活动等；另一方面，指因对话而发生的行为，如嘴上的争吵引发的厮打，通过谈话谋划后出现的行动等。戏剧语言的动作性，不但对人物性格进行了体现，对人物的所思所想进行了表达，而且推动着情节的展开。进一步解释就是，具有动作性的戏剧语言，让人物发生各种反应，最后转化成行动，或让人物之间的关系发生改变。

（二）个性化特点

所谓"言为心声"，什么人要说什么话。人物的语言会因其性情、身份和职业而不同。清代戏剧家李渔认为，"语求肖似"应成为戏剧语言的追求。他提到，戏剧语言应该"说一人，肖一人，勿使雷同，弗使浮泛"。意思是，每种人物应该有其对应的语言，不能都是一个腔调，对人物语言的设置不能浮于表面。个性化的人物语言，是符合人物的身份、内涵、生活环境和时代背景的，是符合人物的日常习惯、思想情感和当下心理活动的，要随着人物性格的变化而变化。

人物语言不是戏剧创作者自己的习惯用语，也不应是雷同的、模式化的书面语，它是个性化的口语。戏剧中人物的口语可能贴近生活、比较通用，但这不意味着它就是单一死板的,它的艺术性极强,是生动形象、各具特色的。

(三)抒情性特点

戏剧中的人物,通过语言表达思想感情。戏剧语言可以分为两种:一是舞台提示性用语,和小说的叙事语言相似,对时空变化、人物内心活动和行为进行说明,对塑造人物形象作用不是最大的;二是人物语言,或者叫台词,它是戏剧塑造人物、展现冲突的主要手段。

不同类型戏剧作品的语言,在抒情性方面也不同。例如诗歌体的戏剧作品,其语言的抒情性也与诗性有关,主要表现为有诗歌的韵律和意境,用韵文写戏剧的方式,在中国和外国都有。又如散文体的戏剧作品,其语言的抒情性与散文特点有关,更加口语化,同时有很多修饰和提炼,散文体多见于近代戏剧中。抒情的戏剧语言,能增强戏剧的艺术性和诗意,有利于人物形象的表现和剧情的发展。它极大地体现着人物的舞台魅力。

三、戏剧翻译的主要原则

戏剧翻译分两种,一种服务于读者阅读,另一种服务于舞台演出。考虑到"戏剧文学是适于舞台表现的文学。戏剧表演的使命便是它的基本特征",下面提到的戏剧翻译原则,主要是针对舞台表演的。

(一)戏剧翻译的顺口性

戏剧作品要被用于舞台表演才能实现其价值,要借演员的表达和表演完成其使命。所以为了方便表演和念白,戏剧语言必须顺口。这是戏剧创作时需要注意的问题,也是戏剧翻译需要遵守的原则。戏剧翻译要遵循顺口性原则,即译文的语言,一方面要能让演员念起来朗朗上口,抑扬顿挫;另一方面要能让观众听明白,语音清楚,简明易懂。而且,在遵循上口性原则的同时还要求戏剧语言是简短精练、生动活泼的,以适应舞台演出有限的时间和空间。因为台词说完了就过去了,无法暂停演出并对其加以解释。如果台词语句不通,冗长复杂,表演效果也会大打折扣。戏剧翻译使用的语言要生动鲜活,有力度和趣味,既能准确表达原文意思,也要符合时代特点。

(二)戏剧翻译的可表演性

戏剧要表演出来才能实现其价值。表演要求戏剧翻译使用的语言要有动作性,一方面要保证演员能够演出来,另一方面要与前后语境相互关联,能引发之后的情节。进一步解释就是,译文中的人物对白应该前后有关系、一环扣一环、具有流动性,要能够在一定逻辑上延续表演,而且能够帮助展开剧情。如果译文缺乏动作性或者前言不搭后语,就无法进行表演或者无法让剧情向前发展。诚如戏剧翻译家与表演艺术家英若诚所说的："作为一个翻译者，特别是翻译剧本的时候，一定要弄清人物在此时此刻语言背后的'动作性'是什么，不然的话，就可能闹笑话。"

（三）戏剧翻译的性格化

"一句台词勾画一个人物"（老舍），说出了戏剧台词之于塑造人物的重要性。"说一人，肖一人，勿使雷同，弗使浮泛"（李渔），则道出了戏剧人物需有鲜明而独特的性格。在戏剧翻译中，应针对不同人物的性格进行遣词造句。"译戏如演戏，首先要进入角色。""倘若不能进入角色，译成千面一腔，化千为一，戏就化为乌有。"戏剧翻译要对人物台词的意思和特点进行体会，对于人物说话的语调、语气和语势进行体会，才能更好地表现人物形象，翻译作品中的人物才能和原作一样各具特点、形象丰满、性格鲜明，禁得住玩味。

第四章 文学翻译的文化视角

第一节 文化与翻译

"文化"一词古已有之。在中国,"文化"一词最早见于先秦时代《易经》贲卦的象辞中,"观乎人文以化成天下,"言圣人观察人文,则诗书礼乐之谓,当法此教而化成天下也"。这句话含有文化出于自然而又能驾驭自然的意思,而人文活动便是人们对自然现象所做出的认知、重组、改造和利用的活动。就词源而言,古代汉语将"文化"合而为一使用最早出现于西汉刘向《说苑·指武》中,他写道:"圣人之治天下,先文德而后武力。凡武之兴,为不服也;文化不改,然后加诛。"这里把"文化"与"武威"对举,"文化"的基本含义便为"文治教化"侧重于精神层面的影响。这表明,在封建社会,文化是指封建王朝对社会所采取的文治和教化的总称。到了 20 世纪初,梁漱溟先生认为,"文化就是吾人生活所依靠之一切,意在指示人们,文化是极其实在的东西。文化之本义,应在经济、政治,乃至一切无所不包"。随着中西文化的交流与融合,《现代汉语词典》对"文化"的解释涵盖了三层意思:第一层为人类在社会历史发展过程中所创造的物质和精神财富的总和,特指精神财富,如文学、艺术、教育、科学等;第二层为考古学用语,指同一个历史时期的不依分布地点为转移的遗迹、遗物的综合体,同样的工具、同样的制造技术等,是同一种文化的特征,如仰韶文化、龙山文化;第三层指运用文字的能力及一般知识,如学习文化、文化水平。其实,上述第二、第三层意思均已包含在第一层意思里面了。《辞海》也从三个方面释义了"文化":其一,从广义上说,文化是指人类社会历史实践过程中所创造的物质财富和精神财富的总和;从狭义上讲,文化是指社会的意识形态,以及与之相适应的制度和组织机构。其二,泛指一般知识,包括语文知识在内。例如"学文化"就是指学习文字和求取一般知识;又如对个人而言的"文化水平",也是指一个人的语文和知识程度。其三,指中国古代封建王朝所实施的文治和教化的总称。

在西方,文化一词从西文的语源来看,德文(kultur)、英文(culture)和法文(culture)都源自拉丁文 cultus,是由 colere 演化而来的,其本义即为"耕种"和"作物培育",

英文中的"农业"（agriculture）、"园艺"（horticulture）都源于culture。此时，西语中的文化意指土地的耕种加工、照料和改善，含有在自然界中劳作取得收获物的意思。后来，文化开始与人的教养联系在一起，逐渐被引申为培养人的兴趣、精神与智能，含有"文明、教养以及对人类心灵、情操陶冶之义，而且把个人的完善或知识提升也称为文化"。19世纪英国杰出的人类文化学家泰勒在1871年出版的《原始文化》一书中对文化的解释是："文化是一个复合体，包括知识、信仰、艺术、道德伦理、法律秩序、风俗以及人在社会中获得的所有能力和习惯。"泰勒的"文化"定义，虽然从社会学层面说明了任何社会与阶层均有属于自己的文化，但更强调精神方面的文化，而没有涉及物质文化方面，现在看来是有缺陷的。此外，还有侧重描述性的定义，如马林诺夫斯基在1944年提出的"文化明显地是一个不可分割的整体，它包括工具和消费"。这个定义中的"文化"包括了"各种人造物"和"思想观念"，分别可以代表各种物质财富和精神财富。这被多数后来的学者所认同。当代美国翻译理论及实践家尤金·奈达把文化简洁地定义为"一个社会的物质实践和精神信仰的总和"。从跨文化交际的角度出发，社会语言学家古德诺夫和本尼迪克特对"文化"做出了更为准确、直接的定义。古德诺夫指出，"文化是由人们为了使自己的活动方式被其他社会成员知晓、接受和相信的一切组成"，与生物遗传不同的是，它是需要人们学习的一种东西，而且必须由知识（学习的终端产品）组成。本尼迪克特认为，"文化是一种思维和行动方式，这种方式是通过不同民族的活动表现出来的"。美国文化人类学家艾佛莱德·克罗伯和柯莱德·克拉克洪1952年共同出版了《文化：概念和定义的评述》一书，书中收集了1871年至1951年80年间，人类学家、社会学家、心理学家、哲学家及自然科学家等对文化下的定义，共列举了164个有代表性的定义。克罗伯和克拉克洪对定义做了分类和评述："一方面，人们可以把文化看作人类活动的产物；另一方面，人们也可以把它看作人类将来活动的调控要素。"这说明文化是由人来创造，离不开人的活动，同时人类的活动是在特定的历史文化中进行，文化对人类活动有制约作用，这突出了人、自然和社会的关系，即人类通过活动来改造自然，形成社会，而不同社会中形成的各种物质和精神方面的财富构成各具特色的文化。文化是通过历史沿袭和选择的东西，特别是思想观念及价值观等精神方面的文化，一旦形成，就难以改变，就会对人类的行为规范形成制约。汉语的"文化"定义和英语中的"文化"定义都经历了历史的演变，都体现了在人的主体性作用下的人与自然、人与社会及人与人本身的相互关系。文化是一个包容性很广的概念。在目前的英汉两种语言中，文化的基本含义大致相同，即文化是物质和精神财富的总和；或者说，文化是一个社会、一个民族的全部共享产物，不同的民族在不同的生态环境下，创造独特文化的同时也被自己的文化所塑造。因此，从这个角度我们可以说，人与文化是互动的关系。

翻译是由人来实践的跨文化活动，必然与文化是一种互动的关系。季羡林认为："不同的国家或民族之间，如果有往来，有交流的需要，就会需要翻译。否则，思想就无法沟通，文化就难以交流，人类社会就难以前进。"从语言学层面来讲，翻译是将一种语言的意义转换到另一种语言上，它已经成为信息交换和人际交流的主要手段。从文化研究的意义上讲，翻译本身就是一个文化问题，是文化阐释和再现的主要手段，涉及两种文化的互动关系和对比研究。

1984年，王佐良在《翻译中的文化比较》一文中，提出了译者的"文化意识"问题。他认为，译者"必须掌握两种语言，但是不了解语言当中的社会文化，谁也无法真正掌握语言"。他认为，译者"处理的是个别的词""而对的则是两大片文化"，因此每个译者都要做"一个真正意义上的文化人"。翻译问题不单单是一个语言问题，在很大程度上，它与文化因素、背景知识有着密切的联系，受着它们的制约和影响。翻译难，难就难在文化背景知识的理解与翻译上。翻译既要保持原文的特色，包括原文反映的民族文化特色，又要适应译文读者的接受能力。一般来说，一种语言中的纯语言障碍可以比较容易地在另一种语言中得到克服。但是，要克服文化上的差异及其在语言上的反映则比较困难。吕叔湘先生说，翻译家必须是一个杂家。"杂"指的是知识要广博。可见，积累和掌握文化知识，了解背景知识对翻译者来说是十分重要和必要的，它对保证译文质量，促使译者忠实、准确地再现原作的思想内容和精神风貌等起到十分重要的作用。著名的美国翻译理论家奈达在他的《语言、文化与翻译》一书中指出，"语言在文化中的作用以及文化对词义、习语含义的影响如此带有普遍性，以至于在不仔细考虑语言文化背景的情况下，任何文本都无法恰当地加以理解"。奈达认为，"翻译中出现的最严重的错误，不是因词语表达不当所造成的，而是因错误的文化假设所导致的"。

翻译之所以不是想象中那么容易，是因为语言反映文化，并受文化的制约。翻译既要保持原文的特色，包括原文反映的民族文化特色，又要适应译文读者的接受能力。文化与翻译之间的关系主要体现在以下两个层面上。

一、文化影响翻译过程与策略

首先，翻译不仅是一种简单的文本转换，还是一种文化的传递。因此，翻译形式除了受语言因素的影响之外，还受社会因素和心理因素的影响。可见，翻译什么样的作品、如何对其进行翻译，往往受文化背景与特定文化环境的影响，还受译者本身文化观念的影响。不同的文化在某种程度上会有一定的相似之处，但是地理环境、宗教信仰、风俗习惯等方面的差异，导致文化有着不同的内涵和意义，这也是翻译的难点所在。翻译的过程包含理解、表达与校改三个阶段，在理解与校改这两个阶段的比较中,理解固然重要,但是最终的目的还是要将原文的真实含义表达出来。译者不仅要对原语文化及其意义进行分析,还要将其传达给译语读者,实现良好的跨文化交流。然而,由于受自身的文化取向以及其所存在的社会背景的影响,译者在翻译的过程中会不自主地将其主观文化因素带入到译文中,在一定程度上会让译文的文化视野存在一定的局限性,并且会让译文带有译语文化的时代烙印。

其次,文化差异也会对采用的翻译策略造成一定的影响。在翻译的过程中,不仅要对语言的表面含义进行分析,还要对语言的深层文化内涵进行探讨。由于不同民族文化的内涵不同,他们所采用的翻译策略也明显不同。

二、翻译与文化相互促进、相互丰富

语言是文化的载体,翻译是语言的桥梁,文化作为人类社会的一种特有现象,是人们所觉、所思、所言、所为的总和。翻译作为文化传播的纽带,对跨文化间的交流与发展起着越来越重要的作用,尤其是随着经济全球化的迅速发展,各国间的交流日渐增多,这些交流都离不开翻译的有效推动。翻译的过程就是文化交流的过程,翻译不仅缩短了各个国家和民族之间的文化距离,对彼此间的文化都有不同程度的理解与接受,这反过来也促进了各个国家和民族间的文化融合。用一句话来讲就是,翻译的顺利进行有利于促进并丰富各个国家的文化。

第二节 文化差异对翻译的影响

文化差异,是指人们所在的生态和自然环境不同,其形成的历史、知识、语言、道德、信仰、思维方式、风俗习惯等方面都存在明显的不同。中西方在文化上的差异使人们对同一理念同一事物有着不同的理解和解释,有时甚至会产生误解。语言是文化的载体,语言与文化密不可分,可以容纳文化的各个方面,可以反映文化的任何内容,同时也受文化的制约。正如洛特曼所说:"没有一种语言不是根植于某种具体的文化之中的,也没有一种文化不是以某种自然语言的结构为中心的。"文化的特质和需求影响着翻译活动从产生到结束的全过程,而作为语言的重要组成部分,翻译必然与文化有着千丝万缕的联系,影响着发生了交流的两种文化。文化通过语言来传承,翻译不但要跨越语言的障碍,而且要逾越文化的鸿沟,归根到底,语言的翻译就是文化的翻译,由于自然环境、人文环境、历史和社会现实的不同,每个民族的文化都有其特异性,从而造成不同民族文化之间的差异,翻译,与其说涉及两种语言,不如说是涉及两种文化。翻译表面上是两种语言的转换沟通,实际是两种语言所代表的两种文化的交流,不同民族的语言交流实质上是不同民族的文化交流，这种文化交流只有通过翻译才能进行。由于翻译受文化差异的影响和制约，因此译者必须具有较强的文化意识。在翻译的过程中，译者不仅要考虑语言的差异，更要密切关注文化的差异，在了解本民族文化的同时，还要深入了解外国的文化，洞察两种文化之间的差异，在此基础上力求最佳翻译效果，实现文化交流的最终目的。

翻译是传播文化知识的媒介，因而，译者的知识结构越广博越好。傅雷先生在《论文学翻译书》一文中强调"充分之常识"（所谓杂学）"，是指鉴于各门知识都有交叉性的特点，译者要掌握或了解与原作和作者相关的知识，如历史、地理、政治、经济、军事、外交、风俗、信仰、民族心理、文化传统等。只有这样，译者在翻译时才能做到明察秋毫、得心应手。各种类型的翻译都是如此，要求译者既是某方面专家，又是一位活的"百科全书"。当代英国翻译理论家苏姗·巴斯奈特曾把语言比喻为文化有机体中的心脏，她说："如同在做心脏手术时人们不能忽略心脏以外的身体其他部分一样，我们在翻译时也不能冒险将翻译的言语内容和文化分开来处理。"奈达也认为，"翻译是两种文化之间的交流，对真正成功的翻译而言，熟悉两种文化甚至比掌握两种语言更重要。因为词语只有在其作用的文化背景中才有意义"。我国著名学者王佐良先生也曾指出，"翻译者必须是一个真正意义的文化人……不了解语言当中的社会文化，谁也无法真正掌握语言"。不同的民族有着不同的风俗习惯、历史背景、风土人情、文化传统，如果欠缺对文化差异的理解，翻译时则不可避免会导致文化信息的丢失、误解甚至扭曲。因此，全面地了解中西方文化差异对于正确处理翻译过程中的文化信息具有十分重要的意义。

一、中西方思维文化差异对翻译的影响

季羡林先生在《神州文化集成序》中写道，东西方两大文化体系有相同之处，也有相异之处，相异之处更为突出。他认为关键在于思维方式，东方重综合，西方重分析。中国人的思维模式是整合型思维，是一种整体优先（global precedence）的认知活动，也称具象思维，体现在语言上就是整合型句式，它首先注重整体形象，然后注重细节，为先整体后局部，西方人则认为整体由个体构成，思维方面，往往以个别部分为起点，然后把这些部分拼合成一个整体，即分异型思维，也称解析式思维，体现在语言上就是分异型句式，是归纳式的、线式的（由小到大，由点到线）。中西思维方式的不同决定了语言表达结构的不同，包惠南认为，西方重分析的思维方式，表现在句法结构上就是以主语和谓语为核心，统摄各种短语和从句，由主到次，相互叠加，形成"树枝形"的句式结构。而东方民族的综合型思维方式，使得中国人注重整体和谐，强调"从多归一"的思维方式，句子结构上以动词为中心，以时间顺序为逻辑顺序，横向铺叙、层层推进、归纳总结，形成"流水型"的句式结构。

这种不同反映了中西方民族的不同思维模式，也表明语言是思维的工具，思维对语言起决定作用。西方民族普遍注重抽象思维，擅长用抽象的概念来表达具体的事物，这种思维方式体现在语言上，即英语文章常使用抽象表达法，习惯使用概括、笼统的抽象名词。但汉语却与之相反，汉语中许多具体词汇难以用英语表达出来，如果生搬硬套进行翻译，必然会使译文晦涩堆懂。因此，这就要求我们在翻译中正确使用一些翻译技巧来克服这种因中西思维方式不同带来的语言摩擦。

例1. 原文：老栓正在专心走路，忽然吃了一惊，远远里看见一条丁字街，明明白白横着。他便退了几步，寻到一家关着门的铺子，蹩进檐下，靠门立住了。（鲁迅《药》）

译文：Absorbed in his walking, Old Shuan was startled when he saw the crossroad lying distantly ahead of him. He walked back a few steps to stand under the eaves of a shop in front of its closed door.

评析：从该案例可以看出汉语句子以动词为关键词，以时间顺序为语序链，这是汉语组词造句的明显特征；英语句子则以主要动词为谓语，以分词、不定式、动名词或介词等短语（或从句）表示汉语中相应动词的语义和动作的先后顺序。这是汉英句子内部结构的显著区分，也是英汉翻译中结构调整的重要内容。

例2. 原文：Is this emigration of intelligence to become an issue as absorbing as the immigration of strong muscle?

译文：知识分子移居国外是不是会和体力劳动者迁居国外同样构成问题呢？

评析：本例原文中的intelligence一词原意为"智力，理解力"，muscle的原意为"肌肉，体力"，但译文并没有进行死译，而是灵活地将它们译为了"脑力劳动者"和"体力劳动者"。很明显，将抽象名词具体化以后，符合了中文读者的阅读审美心理，译文就更容易理解了。

例3. 原文：Her dark eyes made little reflected stars. She was looking at him as she was always looking at him when he awakened.

译文：她那双乌黑的眼睛就像亮晶晶的星星在闪烁，他平素醒来的时候，她也是这样望着他。

评析：英文中有两个she was looking at him，第一个是主句，统摄后面的从句，第二个she was looking at him由连词as引导做状语修饰第一个she was looking at him中的谓语，描述"她"是怎样地看他，when做时间关系词又引导he awakened这个时间状语从句修饰第二个she was looking at him中的谓语，可见原文的表达形式反映了西方人的思维方式，在句法结构上就是以主语和谓语为核心，统摄各种短语和从句，由主到次，是典型的形合；而中文译文采用了删词的变译法，把第二个she was looking at him删除了，如不删减而译为"她像平常那样望着他一样望着他"，就会影响读者对译文的接受性。这种因中西方读者审美心理差异而采用的"减"的翻译技巧不仅在全译中，更是在变译中常常采用的变通方法，以求得到最好的跨文化交际效果。英语在连接手段上强调形式完整，层次井然有序，句法功能一望而知；而汉语显得松散，概念、判断、推理貌似不严密。例如：

原文：冬天来了，春天还会远吗？

译文：If winter comes, can spring be far behind?

中西两种语言的行文特点，并不存在一种语言优于另一种语言的问题，只是中文句子间的逻辑联系不易从外表看出而已，需要译者对这种行文差异深刻感知。此外，东西方人在思考问题的逻辑顺序上也时有差异。中国人往往重直觉与具象，在语言上表现为汉语的形象性；而西方人重理性与逻辑，在语言上则表现为英语的功能性。中国人重整体，因此汉语词义一般比较笼统、模糊；西方人重个体，英语词义一般比较具体、准确。在语言表达方式上，汉语先阐述细节后归纳点题，英语先讲要点后说明细节；在语言结构形态方面，当涉及行为主体时，汉语习惯于用表示人或生物的词作为主语（或潜在的主语），而英语则常用物或非生物名词作为主语。在词法和句法层面，综合型思维方式的汉语无词形的变化，语法形式主要依靠词汇手段表达，完全依据语义逻辑和动作发生的时间先后决定词语和分句的排列顺序，句子整体结构表现为意合特征；分析型思维方式的英语有明显的词形变化、多样的语法形式、灵活的语序结构，句子逻辑性强，体现形合特征。比如：

东北 northeast

左右 right and left

膳宿 bed and board

西南 southwest

雨花石 Flower Rain Pebbles

从上述例子我们可以看出中西思维上的差异无处不在。处理好中西思维文化的差异，对译者来说，是产出优质译文的关键，也是跨文化交流顺利实现的基础。

二、中西方社会观念差异对翻译的影响

中西双方因地理环境、历史传统、社会背景、宗教信仰以及道德观念等因素的差异造就了中西文化在价值观念上的不同。某些词汇在中国文化中是褒义词，但在西方可能就是贬义词。这就造成了一些词语在一种文化环境中可以接受，而在另一种文化环境中却会受到排斥，形成价值观念上的冲突。如在中国文化中，人们常对好久没见面的朋友说，"好久不见，胖了呀"。这在我国是一句寒暄话，是对对方客气的恭维，暗示对方日子越过越红火，听者也愿意听。但在西方文化中，人们普

遍惧怕肥胖，把肥胖看作是身体会出现高血压、高血脂、心脏病等疾病的先兆。在公司职场中，若普通职员长得肥胖，人们也常会认为该职员要么在办公室久坐不动、工作懒惰、不勤奋才会变胖，或认为该职员身体有疾病倾向，因此，在西方文化中，人们常把别人对自己讲"你长胖了"当作是对自己的警示。在翻译这种有文化冲突的语句时，需要对原文做变译处理，如上面那句"好久不见，长胖了啊"就需要通过加注的形式来克服文化障碍，可以阐译成 I haven't seen you for ages! You have become fat.（In China, "fat" is a complimentary remark, indicating someone has lived a decent and comfortable life.）

中国以集体主义作为价值取向，要求人们注意人际关系的处理，彼此之间相互宽容、相互体谅并相互关心，任何事情都要以诚待人、以心交友，尤其注重尊老敬老。而在西方国家，"老"是个不受社会价值认同的词汇，通常用其他的委婉词语进行替代。例如：

a seasoned man 历练者

the advanced in age 年长者

senior citizens 资深者

the mature 成熟者

因此，对于介绍人们在西方国家的公交车上给老人让座的情况，座位不能译成是 old man's seats，而应该翻译为 courtesy seats。另外，英语中有较多的词语来解释个人的力量、个人的进取、个人的意志。在翻译此类句子时，需要按照西方人的观念，将西方人的个性特征准确地翻译出来。例如：

原文：You have to blow your own horn.

译文：应吹自己的号角。

原文：Every man is the architect of his own furtune.

译文：自然的幸福靠自己。

原文：Where there is a will, there is a way.

译文：有志者，事竟成。

此外，由于中西方在时间观念上存在着差异，在翻译的时候也需要给予关注。比如"latest"这个词，其本意是"后的"，但是在很多情况下要将其翻译成"最新的"。

the latest discovery 最新发现

the latest news 最新消息

the latest development 最新发展

三、中西方生态文化差异对翻译的影响

　　生态文化是指一个民族所处地理环境、自然条件所形成的文化,包括气候、地形、地貌等方面。由于各个民族不同的生活环境、自然环境,各个民族的生态文化存在很大的差异,不同民族对同一事物和现象的看法各不相同,不同民族、国家的生态文化具有明显的地域性。特定的自然环境赋予词语特定的含义,尤其是表达同一种事物时由于受生态文化的影响,不同的语言中会用不同的语言形式进行表达。

　　英国也是个岛国,四面环海,这里的人们喜欢航海,航海业一度领先世界,所以,英语中有很多词语和表达都和海洋有关。然而,中国人在亚洲大陆生活繁衍,发展了以农业为主的经济,并养成与其相适应的生活习惯,土地自然成了人们赖以生存的重要资源。因而,汉语里有许多与"土"有关的词语。比如,英语在比喻花钱浪费时是"spend money like water",而汉语却是"挥金如土"。中国自古以农立国,文化起源于农业,牛在农业生产中起重要作用,它勤劳忠厚、性情温和,深受中国人民的赞许,鲁迅笔下早就有"俯首甘为孺子牛"的名句。而游牧是西方文化的起始,所以西方人与马的感情颇深,由此,中西方有关牛和马的表达就非常多,比喻某人力气大时,汉语有"力大如牛",英语则是"as strong as a horse";汉语说"某人像牛一样勤劳",英语就为"to work like a horse"。

　　由于生活环境的不同,不同民族在对同一事物的认识上存在着差异,表现在不同民族对同一现象或事物有着不同的态度或表达方式。譬如,中国的地势西北高,东南低,河流的流向是从西北向东南,所以就有"一江春水向东流"的感慨。而美国东临大西洋,西临太平洋,所以美国人常用"from sea to sea"来表达全国的意思。再如,雪在因纽特人的生活中有着至关重要的作用,因此在因纽特人的语言中出现了很多种词汇来表示雪,gana(正在下的雪),aput(已经落在了地上的雪)等。然而斐济人常年生活在热带条件下,终年见不到雪,对雪没有任何的概念,在他们的语言词汇里甚至没有一个词来表示雪的概念。还有,由于自然环境的不同,汉语的"东风"与英语 east wind 意思对应,但内涵意义截然不同。具体来说,汉语中的"东风"象征春天,有"东风报春"之说,而英国的"东风"因为是从欧洲大陆东北部吹来的,所以象征的是"寒冷""令人不愉快",所以英国人讨厌"东风"。可见,一个民族特有的文化背景和地理环境对该民族的语言文化有着非常大的影响,这一影响也适用于翻译。译者在翻译过程中要领会语言的真实含义并进行适当的变通,才能使原文与译文具有相同的意义。

四、中西方物质文化差异对翻译的影响

物质文化是指人类创造的种种物质文明，诸如生产工具、日用品、交通工具、服饰、食品以及科学技术等其他人类行为所需要的种种物品。物质文化包含的内容非常丰富，涉及人们生活中的衣食住行用各个方面，是一种可见的显性文化。比如在英文中我们会遇到词汇"road-side business"，如果我们按照字面意思直译为"路边商业"，就会误导读者了。在西方国家，汽车的使用十分普遍，通常情况我们应该根据具体语境将其翻译成"汽车旅馆""汽车电影院"或"汽车饭店"等这样含有汽车概念的词语。

例1. 原文：That engineer designed a glass partition with Venetian blinds.

译文：那个工程师设计了一道活动百叶窗式的玻璃隔墙。

评析：Venetian blinds 是"百叶窗"的意思，而不可直译为"威尼斯盲人"。在翻译的过程中，物质文化差异对翻译的影响也是不容忽视的，只有准确把握这些文化差异，才能更好地翻译文章，从而达到不同民族文化交流的目的。在汉译英的翻译中也经常会遇到这种因为物质文化差异，而造成的跨文化语言输出的障碍。

例2. 原文：茶馆厅内陈设古朴典雅，八仙桌、靠背椅以及屋顶悬挂的一盏盏宫灯，无不渗透出特有的京味气息。

译文：The elegantly furnished teahouse features furniture of strong Beijing furniture flavor, such as the Eight Immortals table, a square table large enough to seat eight people with 8 wooden high-back chairs, and palace lanterns hanging from the roof.（贾文波译）

评析：在中国文化中，八仙桌是桌面四边长度相等的桌子，大方桌四边，各安一张长凳，一张长凳坐两人，一共坐八人，也可以搭配如原文所述的太师椅，不过在古代都是权贵之人才用得起。八仙桌是一套中国物质文化中特有的休息或就餐时的用具，属于人们生活中的日用家具，西方的物质文化中没有这种特有形状的桌子以及与其配套的长凳或靠背椅，这是物质文化差异产生的翻译障碍，若忠实地照字面直译为 Eight Immortals table，在西方读者的脑海中绝对形成不了关于八仙桌特有的意象。译者这里采用阐释的方法对八仙桌做了信息增补的处理，即在译文中增添 a square table large enough to seat eight people with 8 wooden high-back chairs，以此来弥补西方读者因物质文化差异而导致的理解困难，达到消除文化差异，实现跨文化交流的目的。

各个民族、各种语言在物质文化方面的交流是非常活跃的。中国饮食文化也是物质文化的重要组成部分，俗话说"民以食为天"，各民族之间饮食文化的交流也最为频繁和丰富。陈小慰认为，一个民族的饮食文化不但与传统、习俗、宗教和

当地物产有关，还反映了互不相同的行为准则和价值观念。我们早已熟悉的"汉堡包""比萨饼""奶昔""泡芙"等名词来自英语词汇，而英语中也可以找到中国的食物译名，譬如国内的风味小吃"油炸臭豆腐"。传说清朝康熙八年，安徽仙源县的王致和在北京发明了臭豆腐，因为风味独特，很快风靡大江南北，后来以湖南长沙和浙江绍兴的油炸臭豆腐最有名。很多外国游客到中国旅游，经导游介绍品尝，都会喜欢这种闻起来臭，吃起来香的油炸臭豆腐。由于外国饮食文化中没有这种小吃，对油炸臭豆腐的口味不了解，若字面忠实地直译为 deep fried stinky bean curd，外国游客会误认为是"发恶臭的豆腐"，达不到宣传中国饮食文化的目的，这时我们可以将其意译为 deep-fried pleasantly pungent bean-curd，这样可以翻译出油炸臭豆腐的口味特点，必要时也可以简要增补介绍臭豆腐发明制作的历史故事，有助于激起西方游客对中国饮食文化的兴趣。

类似的，还有由食物引申出来的带有鲜明中西方文化特色的词汇表达，如西方人热爱蛋糕、面包和黄油，而中国人的主食主要是大米、面食。因此，西方人用"a piece of cake"表达"小菜一碟儿"，而非"一块蛋糕"，"cakes and ale"象征"物质享受、吃喝玩乐"，"bread and butter"中用"bread"一词表达提供衣食住行等生活必需品的"谋生之道"。

总之，在翻译过程中物质文化差异对翻译的影响也是不容忽视的，只有了解了物质文化之间的差异才能更好地进行翻译，进而达到不同民族间文化交流的目的。

五、中西方制度文化差异对翻译的影响

制度文化是指种种制度和其理论体系，语言属于非物质的制度文化，这是"因为它由社会中的人创造，有其使用规律，为全社会的人所共有"。即制度文化规范了语言使用习惯，人们在语言使用中不遵从相关习惯和使用规律，就达不到交际目的，甚至带来麻烦。

中华文化历来崇尚谦虚，并把谦虚当作判断言谈举止是否得体的重要标准，而张扬常常意味着浅薄。在《尚书》中有"满招损，谦受益，时乃天道"。几千年来，人们普遍遵循着傲不可长、欲不可纵、乐不可极、志不可满的为人处世原则。在听到夸奖时，中国人常会谦虚地说"哪里哪里"，而西方人则会欣然接受。可以说，"谦虚使人进步，骄傲使人落后"这种警句已成了人们普遍遵循的处世原则之一。当领导真心表扬某人工作做得好时，按中国的礼仪风俗习惯，被表扬者可能会回答说"哪里，还做得不够，还须进一步努力工作"，以此来表示谦虚。如果直接接受表扬，说"是的，你说的不错，我工作是做得好"，往往会被认为是自鸣得意而招来非议。但在西方的风俗习惯中，受人表扬后，要真心地说 Thank you（谢谢）。在接受礼物时，

中国人常会说"何必破费"之类的话，而西方人却坦然地接受礼物，然后说"Thank you! I like it very much"（谢谢！我非常喜欢）。英语民族虽然也赞美谦虚，但他们对张扬的个性却没有多少厌恶。在西方，坦然地接受对方的表扬，是对对方意见的尊重，也是对自己自信的表现。因为西方人成人后，大多脱离父母的庇护，靠个人努力在社会上立足，能否成功，大部分靠自己的能力。当他们在工作或事业中取得一定成绩时，往往不掩饰那种成功后的得意和喜悦，当有人赞扬或夸奖他们时，他们也会欣然接受，这种高姿态就是自信的表现。中国人在同西方人交际的过程中若出现中国式的谦虚就会常常让西方朋友感到不理解甚至不快，严重的还会给西方人留下虚伪的印象。

在我国传统文化中，凡涉及讲话人自己的总要贬低三分，对听话人却总要抬举一番，以表示对他人的尊敬。然而英语文化却没有这样的传统，平等对话受到人们的推崇。犬子、寒舍、拙文、令郎、贵府、大作，这些词在过去的书面语和口语中是很常见的，如果将它们的语义准确翻译出来，不仅达不到交际效果反而还会让英美人士困惑，或者觉得说话人做作不诚实。一个民族或国家精彩纷呈的民俗礼仪大都反映一个民族或国家的制度文化，特别是在招呼、称谓、道谢、恭维、致歉、告别、打电话等人际交往方面，中西方制度文化也大不一样，下面是茅盾长篇小说《子夜》里的一句话及其译文。

原文："四妹，时间不早了，要逛动物园就得赶快走。"四小姐惠芳正靠在一棵杨柳树上用手帕揉眼睛。

译文："Huifang!" he called. "It's like getting late. We'll have to get a move on if you want to see the zoo." Huifang was leaning against a willow, dabbing her eyes with a handkerchief.

在中国传统文化中一个人社会地位的高低与其资历和辈分有一定关系，因此，人们很看重资历和辈分，亲属间常常按辈分和在家庭中的排行来称呼，如原文中的"四妹"间接反映了被称呼人的辈分和排行。而西方文化注重家庭成员的平等，在称谓上往往直呼其名，因此中西文化存在差异，翻译者为了顺应西方读者的风俗习惯，在翻译中把原文按辈分和排行的称呼改译为按名来称呼。

因此，在翻译时译者要尊重中西方制度文化差异，采用合适的翻译策略尽量减少文化差异给翻译作品带来的影响。

六、中西方宗教文化差异对翻译的影响

宗教既是一种特定的思想信仰，同时又是一种普遍的文化现象，是人类文化的重要组成部分，包含丰富的文化内涵。不同的宗教是不同文化的表现形式，反映出

不同的文化特色和不同的文化背景，体现了不同的文化传统。中西文化中不同的宗教信仰和历史典故，也必然会浸透在各自的语言表达中。中西方宗教文化的差异主要表现在崇尚和禁忌方面。西方的一元化信仰是其宗教的根基与支柱。中国则呈现出宗教多元化倾向，信仰体现出独特的多元化和泛神话特征。宗教信仰方面的差异必然对语言的表达造成影响，在一定程度上也影响并决定着语言翻译的准确性和合理性。在进行翻译时，译者不仅要通晓两国的语言文字，还要深刻理解两种文化之间的差异，结合不同民族的宗教文化及其深层内涵以及这些差异对语言理解的影响，采用适当的翻译方法译出原文的真实含义，实现原文和译文在语言和文化意义上的等值，使译语读者能够顺利理解原文。

例1. 原文：周瑞家的听了笑道："阿弥陀佛，真坑死人的事儿！……"（《红楼梦》第七回）

霍 译："God bless my soul!" Zhou Rui's wife exclaimed. "You certainly need some patience!…"

杨译："Gracious Buddha！" Mrs.Chou chuckled. "How terribly chancy!…"

乔译："Good gracious！" exclaimed Mrs.Chou promptly， as she laughed.

评析：众所周知，"阿弥陀佛"原为佛教用语，是中国人常用的感叹词，一般用在大吃一惊或如释重负的时候。霍译和乔译都舍弃了"阿弥陀佛"所包含的佛教文化色彩，采取了交际翻译法。霍译将其替换成西方人常用的具有基督教色彩的感叹词 God bless my soul。乔译的 Good gracious 是西方人常用来表示惊讶的表达方式，但不带有宗教文化色彩。杨译则采取直译，保留了原文的宗教文化色彩，既忠实于原文，又如实地传达了原文的异国情调。

例2. 原文：无事不登三宝殿。

译文1： No one comes to the Hall of Trinity without a reason.

译文2： Only goes to the temple when one is in trouble.

评析：翻译"三宝殿"时，译文1将其译为 the Hall of Trinity，从字面含义很容易误导英语读者，会让其错误地认为汉语文化中也存在基督教的"圣父、圣子、圣灵"三位一体论。译文2则将其真实的含义译出来，这样会避免英语读者对其产生不必要的误会。可见，在翻译时需要注重分析中英宗教文化差异及其深层含义，只有这样才能译出合理、恰当的译文。

例3. 原文：尼姑待他们走后，定了神来检点，龙牌固然已经碎在地上了，而且又不见了观音娘娘座前的一个宣德炉。（《阿Q正传》）

译文：The nun, pulling herself together after they had been smashed into fragments on the ground and the valuable Xuan De censer before die shrine of Guanyin, the goddess of mercy, had also disappeared.（杨宪益、戴乃迭译）

评析：鉴于中西宗教文化之间的差异，译者在翻译的过程中一定要有宗教意识，要特别注意宗教文化在语言细微处的流露，以免无意识地将自己的文化观念带到译文中，进而导致错译现象。在这例翻译中，"观音"是一个中国人耳熟能详的佛教中的形象，是大慈大悲的化身，人们在西方国家无法找到与"观音"意义相对应的神。为了保留"观音"这一具有中国文化特色的词汇，译者杨宪益夫妇采用了"音译与注解相结合"的方法，既保留了"观音"一词的音韵，又译出了它的内在意义。

例4.原文：平儿忙笑道："那是他们瞅着大奶奶是个菩萨，姑娘又是个腼腆小姐，固然是托懒来混。"（《红楼梦》第五十五回）

霍译：Patience said：They think that because Mrs.Zhu is such a kind, saintly person and you are such a quiet shy young lady they can get away with anything.

杨译："They're trying to take advantage, because Madam Zhu's a real Bodhisattva and you're such a gentle young lady."

乔　译：Ping Erh laughed："It's because they see that our senior mistress is as sweet-tempered as a 'Pu-sa', and that you, miss, are a modest young lady, that they, naturally, shirk their duties and come and take liberties with you..."

评析："菩萨"是佛教中的形象，代表着慈悲和善良，因此，汉语中有"大慈大悲的菩萨"的习惯说法。此处有三种不同的译法。霍译为了使译文读者易于理解，放弃了"菩萨"的宗教形象，只译出了其比喻意义。而杨译用语义翻译方法，保留了"菩萨"的宗教色彩，传达了中国佛教文化。乔译则采取了音译加解释的翻译方法，既保留了"菩萨"的宗教色彩，又译出了"菩萨"一词的比喻意义，既传播了中国佛教文化，又有助于译文读者理解。

语言作为文化的载体和组成部分，与宗教这一特殊文化形式之间有着非常密切的关系。语言是构成宗教观念十分重要的因素之一。语言把人的意识成果以物质的形式固定下来，从而在人的头脑中形成明晰的概念，使思想得以形成，这为宗教观念的产生提供了可能。而宗教也对语言及其发展有着特殊的贡献，最早的语言研究发端于宗教，宗教对语言的传播与发展及规范等方面，都起到了一定的积极作用。为此，西方的大多数谚语、典故都来自宗教，由于中西宗教文化的差异，在进行翻译时，译者需要具备一定的宗教常识以及注重分析宗教文化的深层内涵，避免将译者的文化观念带到译文中，给译语读者带来一定的理解障碍。

第三节　文学翻译的文化意象

袁行霈先生曾说过，意象是融入了主观情意的客观事物，或者是借助客观物象表现出来的主观情意。"意象"在《辞海》中定义为一种表象,即由知觉形象或记忆表象经过改造而成的思想性表象。意象是融入了主观情意的客观事物,或者是借助客观物象表现出来的主观情意。文化意象的翻译是译者对原作"信"的操守,既体现了译者对原语文化精神的认知能力、创新能力,又保证了这些文本精神格局的原汁原味。如果在文学翻译的过程中译者忽略文化意象的重要作用,仅仅用概念思维对文学翻译语境中的文化意象进行翻译和诠释,则很难让译语读者领略到原语文化的表达张力和特殊魅力。

"意象"在文学翻译中起着至关重要的作用,是不同民族在漫长的历史长河中逐渐形成的文化符号,是各个民族的智慧和历史文化的结晶。意象由具体的"物象"和"寓意"两部分组成。"物象"是人们所熟悉的自然界存在的具体事物,是意义的载体。"寓意"是通过一定的物象使人联想到某一特定的意义,是文化意象构成中的主观部分。意象与文化有着千丝万缕的联系,往往蕴含着丰富的文化内涵信息。意象受语言文字的影响而产生,体现着特定文化的认识方式和思维特性。刘宓庆在《文化翻译论纲》中提到:翻译要确保原文的本味,就要从微观和宏观上准确把握原作的个人文化特色和群体文化特色,将语言置入它所依附的文化语境中加以审视,强调主体的文化意识和文化信息感应能力。不同的民族由于其各自不同的生存环境、文化传统等,往往会形成其独特的文化意象,成为本民族文化里特有的意象,而它在另一种语言文化里,或是不存在,或是表达成完全相反的意象。比如,中西方人对于狗的看法基本上可以说是相反的。西方人对狗的感情不亚于对人的感情,说人总有出头之日时就说every dog has his day,说某人幸运时就说他是个lucky dog,比喻"欲加之罪,何患无辞"时就说"Give a dog a bad name and hang him"。这些表达均以狗喻人,而且用指人的he或she。西方人不但自己爱狗,而且要求别人也爱,说"Love me, love my dog"(爱屋及乌);把狗看作是知己和朋友,狗常和忠诚、勤劳联系在一起,所以就出现"work like a dog"(努力工作)。而中国人向来对狗没有什么好感,虽然现在养狗的人越来越多,但体现在语言文化上仍然含有贬义,如"狗仗人势""狗血喷头""狗胆包天""狗屁不通""狼心狗肺""狗急跳墙""狐朋狗友""狗崽子""狗腿子""走狗""丧家狗""狗眼看人低""猪狗不如""狗嘴里吐不出象牙""撒谎是小狗""痛打落水狗"等,没有一句是好话,狗就在中英两种文化中形成了截然不同的意象。由于狗的"恶劣"形象在中国文化里根深蒂固,要为狗"正名"是很不容易的,所以要把西方文化中狗的意象原封不动地译入中国文化,恐怕是非常困难的事情。反过来,西方人也不能接受中国人对狗的那些看法。

再如,汉语中的"龙"通常被译为dragon,有人认为这是误译。因为英语中的dragon一词源自《圣经》,在西方人眼里"龙"(dragon)是一种邪恶的动物,形象上也与中国的龙很不相同。在中国文化中龙享有崇高的地位,在原始社会就成为华夏民族的图腾，后来更为九五之尊的帝王所专用。皇帝的宝座叫"龙椅"，皇帝的袍子叫"龙袍"，而普通百姓则期盼"鲤鱼跳龙门"（become successful / powerful / nobleman），或"望子成龙，望女成凤"（long to see one's child successful）。中英文化里对"龙"的认识相差十万八千里，它们唯一共同的地方是二者均为想象之物，现实生活中是不存在的。

还有，中文里的"蝠"与"福"谐音，所以"蝠"喻指幸福，而蝙蝠也就成为一种祥瑞的动物，国画和传统雕刻里常有蝙蝠，以示吉祥。可是英文里的 bat（蝙蝠）却与幸福相去甚远，西方童话传说中蝙蝠还是个两面派，蝙蝠非但无法传播此种"福"的文化意境，还被认为是一种丑陋、凶残的动物。再如，"豪饮"一词，英语中说成"drink like a fish"，西方人觉得鱼一刻离不开水，用鱼来形容一个人喝得多最贴切；而中国人却说"牛饮"，因为牛体庞大，用牛来形容豪饮再恰当不过。类似的还有形容"睡得熟"的词汇，西方人说"sleep like a log"，因为他们觉得一根木头直挺挺的，最能形容熟睡；中国人却说睡得像死猪，因为唯有死猪最能生动地表现睡得深沉的姿态，而木头却可以用来形容感觉不灵敏的人，所以汉语有"木然""麻木""木头人"等说法。

文化因素中内容最丰富也最难处理的是文化意象的翻译。历史发展状况及生存环境等的不同，造成了文化差异，使得不同的民族对于相同的形象会产生不同甚至完全相反的联想。文化意象中比较难译的就是那种译语文化所没有的东西。文化意象受语言文字的影响而产生的，成为本民族文化里的独特现象，在另一个语言文化里是不存在的或是完全相反的意象。这些形象已不再是普通的事物，而是具有了特定的文化内涵的文化意象。这些文化特征强烈的词汇如何翻译，是值得译者思考的问题，本节以文学典籍《庄子》为例，针对文化意象的翻译策略从三个方面进行探讨。

一、陌生化策略

陌生化策略可通过音译、音译加注等形式保留原作异常的文辞风格，保存文化的差异性和异域性，在读者可接受的范围内，使读者尽可能体味到接近原汁原味的异域文化。含有深刻文化意象的词汇，在一种文化表达中呈现得十分妥帖，令人欣然接受，但一旦译入其他语言，往往使译者感到困难重重，即使勉强译出，也很难再现原文字词丰富的含义和美好之感。陌生化翻译策略，需要译者具备以深厚的语言文化功底为基础的直觉和判断力，要能够判断得出原文的某个意象是否易于被译语文化的读者所接受。文化翻译中应该多做这样的尝试，处理得好的话，译文可以保留原语文化的民族特色，同时又可以丰富译语语言和文化。因此，陌生化策略是处理文化意象翻译的有效途径。

《庄子》是在意象思维主导下产生的诗性人生哲学，以有形寄寓无形，以有限表达无限，对人生义理的阐发寄托于奇诡迭出的审美意象。庄子灵活地运用"意象"和"意象思维"来表达自己的思想，传播和发扬道家文化，生动地再现了生命形态灵动且动态的整体样态和人生的智慧。翻译中的意象转化是译者在文学典籍翻译中不得不面对的翻译难题，译者在翻译时要与作者"梦怀相契"，将《庄子》中的"文"与"神"、"意"与"蕴"恰当清晰地介绍给目的语读者。这里比较了两位译者在对中华典籍中的文化意象准确认知的基础上，对《庄子》中文化意象的翻译转化。

原文：北冥有鱼，其名为鲲。鲲之大，不知其几千里也。化而为鸟，其名为鹏。鹏之背，不知其几千里也。（《庄子·逍遥游》）

华兹生译：In the northern darkness there is a fish and his name is Kun. The Kun is so huge I don't know how many thousand li he measures. He changes and becomes a bird whose name is Peng. The back of the Peng measures I don't know how many thousand li across.

汪榕培译：In the North Sea, there is a kind of fish by the name of Kun, whose size covers thousands of li, the fish metamorphoses into a kind of bird by the name of Peng, whose back covers thousands of li.

评析：《庄子》中的意象不同于其他文艺作品中"形象"或"原型"，突破常规的思维模式，使笔下的形象光怪陆离。如使"鹏之翼大"，竟如"垂天之云"；"藐姑射山神人"可"不食五谷，吸风饮露"；骷髅可以与庄子对话。无论是圣人、至人、真人、神人，也无论是鲲与鹏，以及山木、彭祖、朝菌、秋水、无何有之乡等，所有这些天地人间之象、联想创造之象、虚幻之象，其表达都是在"以象筑境""以境蓄意""境以扬神"。而"象""境""意""神"是领会《庄子》本真意蕴的思想通道，"以意筑象"是其行文思路，读者可以通过理解《庄子》的"象"而通向《庄子》的"意"，以此引导读者去接近那不可言说的"道"，从而让读者心甘情愿地接受庄子的人生哲学。这也是庄子不同于其他诸子文章的浪漫风格。在本句的翻译中出现了"鲲""鹏"的文化意象。在古代传说中，鲲是大鱼，鹏是由鲲变成的大鸟，又称鲲鹏。两位译者不约而同地采用了陌生化的翻译方式将其音译为 Kun 和 Peng，并说明这是中国独有的鱼和鸟。从读者接受角度来看，将其直译为 Kun 和 Peng，西方读者是可以接受的，能理解其为何物，所以，此处翻译既保留了原文的意象，又利于读者理解原文的寓意，此为佳译。

二、虚实互化策略

对于翻译，林语堂说过："一百分地忠实，只是一种梦想，翻译者能达七八成之忠实，已为人事上可能之极端。因为凡文字有声音之美，有传神之美，有意义之美，有文气文体形式之美，译者或顾其义而忘其神，或得其神而忘其体，决不能把文义、文神、文气、文体及声音之美完全同时译出。在对文化意象的翻译转换时，译者应不拘泥于原文，结合语境，发挥想象力，使抽象的具体化，具体的抽象化，不仅着眼于实处，还要用功于虚处，对源语信息内容进行取舍判断，使"意象"在翻译中顺利转化。

原文：前者唱于，而随者唱喁……而独不见之调调、之刁刁乎？（《庄子·齐物论》）

华兹生译：…the tossing and trembling.

汪榕培译：…shake and quake, twist and twirl.

评析："调调""刁刁"是用来摹态的，描写风已止而枝叶尚在摇动的情形，这两个词在中文里已属生僻，这给英译增加了难度。两位译者都采用了虚实互化策略，化虚为实，将译文着眼于实处，选用英语中表示抖动样态的词，传达两组叠音词的实质之意。以"叠字摹神"是《庄子》的"意象"表达之特色。《庄子》中叠字数量极多，虚实之间，传达精神，富有很强的感染力，如弊弊焉、数数然、苍苍、炎炎等。这些叠字在汉语中不仅生动地表现了声音、颜色、形态等各种情状，也增添了语言的音韵美和形象性，使表意更加细致、丰富。但译者却很难驾驭其中的"意象"，若想将文句形式、意境、美感以英文能够接受的表达习惯全盘输出，这就要求译者在虚实之间合理拿捏，以虚补不足之信，以虚寓不达之实，做到虚实互化。

三、文化释义策略

语言用于表意，文化借以传神，两者相辅相成、相得益彰，方能心领神会、灵犀点通。翻译既是转换两种语言符号的活动，也是沟通、碰撞和融合两种文化体系的活动。在古代文化典籍中，汉语字词结合紧凑灵活，语义的内在联系更为凝练，意合深重。《庄子》文章更是如此，表现为单字汉字承载丰富的内涵，英语中无法找到与之对应的单个词语。因而，在翻译转换中，译者应根据实际需要，采用适当的策略，如释义、增补背景知识、再创造等对译文进行调整，尽量使译文做到传神达意。

原文：风之积也不厚，则其负大翼也无力。

华兹生译：If wind is not piled up deep enough, it won't have the strength to bear up great wings.

汪榕培译：If the wind is not strong enough, it will not be able to bear large wings.

评析：此句出自《庄子·逍遥游》，意为"风积聚得不够厚，就没有力气负载起巨大的翅膀"。两位译者均增补了连词 if，明确了陈述内容所需条件，也使语篇意义更为连贯，译文以英语读者更易接受的方式表达出来，传达了作者精神，做到了"言之有物,言之有理"。

第四节　文学翻译中的文化缺省及其补偿

　　文化缺省现象是生活在同一文化背景下共用相同语言的人们在交际过程中经常发生的现象。在交际过程中,双方要想达到预期的交际目的,就必须有共同的背景知识或语用前提,有了这一共同知识或语用前提,在交流时就可以省去一些对双方不言而喻或不言自明的东西,从而提高交际的效率。文化缺省的存在表明,翻译不仅仅是语言活动,在本质上还是文化交流。奈达指出,"就真正成功的翻译而言,译者的双文化能力甚至比双语言能力更为重要,因为词语只有在其起作用的文化语境中才富有意义"。因此,译者不但要有双语言能力(bilingual competence),而且还应该具有双文化能力(bicultural competence)。译者应尽力识别出原文中的文化缺省成分,切忌把自己的意义真空强加于译语读者。为了避免对原文的误读或误解,译者一方面应认真研究原语文化以便提高识别文化缺省的能力,另一方面还应有正确的方法在翻译中处理文化缺省成分。

　　译者在翻译中应充分注意文化缺省现象的存在。首先,对原文的正确理解依赖于对原语文化特征的相关事实的正确理解,然而,在许多情况下,译者并没有注意到原文中存在的文化缺省成分。如果原语文化和译语文化差异甚大,译者所理解的原语文化背景知识很多时候以他自己的文化现实为基础,原文将会被错误地解读。其次,由于原文读者与译文读者的文化背景知识不同而引起的翻译误读比语法错误之类的东西更难发现,因而造成译文读者对原文更为严重的错误理解。

　　奈达等人指出,"事实上,翻译中源于文化差异形成的难度构成了译者最为严重的问题,因而对于读者产生了最为深远的误解"。翻译之所以困难,很大程度上是因为译者是在某一具体的社会文化语境下进行的翻译工作,不可避免要受到他所赖以生存的文化的影响和支配。为了尽量减少来自他自己文化的干预程度,译者须尽力克服自己的文化背景知识强加给他的意识所形成的现有知识结构的影响,从而获得翻译过程中识别文化缺省的能力,以便更好地从事翻译工作。

　　文学作品是作者用语言形式进行的艺术创造,文学作品的语言是日常语言经提炼、加工而成,具有其独特的魅力,往往能给读者留下丰富的想象空间。如果说科学术语是约定俗成的常规语言的话,那么文学语言便是对常规的超越,是变异的语言文学语言打破了语言形式和意义之间原有的联系,创造出由新鲜的词汇所产生的新的意义,引起人们对事物的关注,并产生一种愉悦的感觉。因此,文学作品可以看成是作者所创造的语言符号世界,作者既是社会个体同时又是艺术家,生活在一定的历史阶段和社会文化环境中，通过其独特的个人生活体验，必然会产生对社会和人类生活的看法和观点。在文学创作中，作者是通过艺术形象的创造来表达他的关于社会和人类生活的各种思想和情感。文学作品的形象是作者用来引起读者产生心理画面（mental picture）的语言表达。一方面，文学形象体现了作者想要表达的思想和情感，因此，我们说文学作品中的形象具有思想价值（intellectual value）。另一方面，文学作品中的形象能够激励读者充分发挥想象力和联想力，从而把作品所描写的画面在大脑中加以形象化。在此过程中，读者在视觉和听觉方面产生愉悦的感觉，从而获得美学欣赏的享受。

文学作品是想象的艺术。德国著名语言哲学家、散文作家和文学批评家沃特·本杰明在他的那篇著名的《译者的任务》一文中指出，文学作品之所以称为艺术，并不在于它传达了什么信息，表达了什么内容，而在于它是如何表达的。在文学作品中，作品不会给读者提供问题的现成答案，文学作品所提供给读者的只是作品的一系列图式结构，其功能便是激励读者获得文本的形象来探索他想获得的答案。毫无疑问，文学作品中的图式结构显然与文学形象有关，但是，作品并不直接提供其形象，需要读者努力去发现和探索，或者更准确地说，需要读者去生产文学形象。从这个角度来讲，文学作品就是运用理解的基本结构来激励读者生产文学形象。事实上，作者要表达的意义或者作品的语言所直接揭示的意义是有限的。但是，有限的语言赋予了各个时代的各个读者对其意义的开放性。文本的不完整性产生了不确定性，从而产生了文本意义之间的空隙（vacancy），留给读者想象的空间。伊瑟尔提出了"空白"（blank）和"具体化"（concretization）这两个概念。他认为，读者通过"空白具体化"（concretization of blanks）这一过程，消除了文本的不确定性。当然，在构建文本形象的过程中，读者不可能有完全自由的想象，他的阅读活动在某种程度上要受到文本的影响和制约。

阅读文学作品不是一个被动的活动，需要读者发挥想象力和联想力。文学作品的一个诱人之处就在于读者的能动参与。文学批评家认为，文学作品就像一个竞技场（arena），读者和作者在这个竞技场上共同参与一个想象的游戏（a game of imagination）。在这场游戏中，如果什么都给了读者，那阅读也就会因此变得枯燥乏味。当然，如果文本展示的只是一系列控制规则，游戏也无法进行下去。当读者自己能够生产文本时，也就是说文本允许读者充分发挥他的想象能力时，读者的阅读欣赏活动才能进行。因此，高明的作者往往会在作品中有意识地为读者留下许多想象的空间，即"空白"。在文学作品创作中，作者通常会把其意向读者的诸如具有鲜明文化特色的词语以及历史典故等方面的文化背景知识预设在文学作品中作为空白，以体现他的美学创造和艺术动机，同时又给读者留下想象的空间。实际上，我们所说的译文读者的"文化缺省"构成了原文作品中重要的"空白"或失踪的环节（missing links），是文学作品中"空白"的一种类型。文学作品省略的文化背景知识——文学作品的"空白"，激励着读者发挥想象力来填充，从而建构作品所表达的形象。文本中失踪的环节激励读者填补空白，而文本中明示部分的功能就是推断其未明示的部分。伊瑟尔认为，在文本的理解和阐释过程中读者需要填补文本空白或者使"空白"具体化。读者填补的内容是文本整个系统中存在的隐藏部分，正是隐藏部分的隐含意义而不是明示意义才是文本意义中最为重要的内容。"一旦读者在空白之间搭起了桥梁，交流即开始。空白的作用就像一根轴，整个文本—读者关系就围绕这根轴旋转。"通过文本的具体化，读者将文本的图式互相关联，开始形成"想象的对象。"（imagnary object）；通过熟悉文本，读者形成自己的理解。读者正是在填补这一个个"空白"的理解过程中完成自己的审美快感，欣赏文学作品的"符号化的方式"（mode of signification）。

在文学作品译文的生产过程中，译者必须获得对原文学作品的正确理解，因为没有对原作的正确理解，就不可能生产出忠实于原作的译文。一篇译作是否太"自由"（liberal）或太"机械"（死板）（mechanical）在很大程度上依赖于译者是否获得了对原文的正确理解，因为译文中的措辞、句型结构以及风格的选用取决于译者对原文的正确理解。语言有两种意义：表层意义和深层意义（surface meaning and deep meaning）。仅仅理解原文的表层意义是远远不够的，译者应该跳出自己的主观世界，进入原文作者的内心世界，通过原作中的词汇、文化特色词语、修辞手法、句子以及段落等欣赏原作的写作基调和精神。也就是说，译者应该与原作者相互认同，对原文进行认真和彻底的分析，理解原文话语的深层结构、文化用语的深层含义、文学传统和其他必要的文化背景知识以及作者运用文化缺省成分的艺术动机，以便在目标语言中灵活地再现原文。在翻译中，译者须对原文的信息解码，然后在对原文获得正确理解的基础上用目标语对信息进行编码。然而翻译显然不只是在原语和目标语之间进行词语匹配或语言形式的技术转换，也不只是类似的语法构建。译者还应关注作者的艺术创造和艺术动机等。因此，为了获得对原作的准确理解，译者要和原作者在情感上取得共鸣以认识作者艺术创造的过程，抓住原作的精神并在自己的思想、情感和经历中找到最恰当的确认。要和原作者在思想和情感上产生共鸣，译者应该具有完美的美学意识，要和原作者处于共生的关系（symbiosis）。只有对原文作者的美学经历和特点获得充分的了解，译者才可能在作者的情感和灵感激励下生产出好的译作。要对原作获得真正的理解，译者应该从美学的角度来理解和阐释原作，应该考虑文学翻译的美学本质，否则译者就不可能和原文作者融为一体，因而也就不可能完成再现原作的任务。

在文学翻译过程中，译者须根据原语文化因素和目标语文化因素选择正确的方法来进行文化缺省的补偿。文化因素对于翻译策略的选择有着决定性的作用，与目标语文化规范相兼容的文化因素构成了语际翻译的基础，相互兼容的文化信息较容易在目标语文化中找到对等的表达方式。而包含较多独特文化积淀的信息必须先经历修正调整的过程，才能使目标语读者易于接受。因此，译者必须认真对待文化因素的处理。事实上，文化因素决定了文化补偿方法的选用，因为文化因素决定了译者是否、在何种程度上以及以何种方法对各种文化意象进行调整，以便目标语读者既能获得连贯理解，同时又能最大限度地获得文化探索的享受。对于文学翻译中的诸多文化缺省现象，译者可以尝试以下翻译策略进行翻译补偿：

一、直译加注策略

在翻译中，译者不懈追求的目标之一就是要努力使目标语读者尽可能地与原语读者融合在一起，尽可能多地理解原文语言文化背景下形成的一系列重要文化习俗、文化观念、文化价值及重要思想等。如果原文中某种浓厚的文化韵味或者独特的文化意象未能在译文中得以传达，译文将会显得干涩乏味，因为原文的意义会有较大的损失，而且就翻译的文化交流功能而言，这样的处理则是完全的失败。实际上，任何翻译都不可能抹掉外国文化背景的痕迹。

如果原文中含有一些很重要的对目标语文化有非同一般的吸引力的文化因素，而且这种文化因素正为目标语读者所追寻且易于接受，或者译文的目的是向目标语读者介绍某种异国文化，这时就应该采用直译加注的方法来对目标语读者的文化缺省进行补偿。在翻译中，"注解"是一种能使译文读者欣赏到异国文化的文化补偿方法。直译加注是为了向译文读者介绍原文文化的有关知识，增进他们对原文的了解。比如"五讲四美"（Five Stresses and Four Points of Beauty），蕴含着丰富的中国特有的含义，很难在译语中得以传达。虽然有人建议采用以上括号里的英语译文，但这样的译法不可能使译语读者懂得这一词语的内涵意义和联想意义，除非他们对中国的事情有足够的了解。由于在翻译此类术语时把原语中的文化因素置入目标语文化中的欲望十分强烈，大多数译者倾向于前面所提到的模式。为了确保译文的可读性，译者可添加小注解来为译文提供恰当的文化背景信息。渐渐地这些具有中国特色文化的词语就进入了目标文化环境，为目标语读者所熟知并加以应用。

张谷若先生在翻译英国作家哈代的经典文学名著《德伯家的苔丝》时，就用小脚注的形式介绍了许多基督教的重要观念和英国的风俗习惯，受到中国读者的喜欢和广泛好评。张谷若先生始终遵守这一原则帮助不熟悉英语小说历史和文化背景的中国读者更好地理解原著。例如：

原　文：The May-day dance, for instance, was to be discerned on the afternoon under notice, in the disguise of the club revel, or "club-walking" as it was there called.（*Tess of* the D'Urbervilles by Hardy）

译文：譬如现在所讲的那个下午里，就可以看出五朔节舞的旧风以联欢会（或者像本地的叫法"游行会"）的形式出现。

评析：张谷若先生的小注释解决了许多令译者感到棘手的问题。这样的注释不会打断读者的阅读过程，还有助于读者了解外国文化。

梅绍武在评论纳博科夫的翻译原则时说，纳博科夫并不喜欢用意译法，而是坚持使用直译加注释或注解的方法。他所翻译的普希金《叶甫盖尼·奥涅金》的译文有四卷，共 1200 页，但译文只有 228 页，其余的都是注释和注解。当然，这只是诗歌翻译的极端情况，很少译文会有如此多的注释，也没必要这样做。但我们可以看出，在翻译外国文学作品时，直译加注确实是文化缺省一种有效补偿手段，可以使译文读者在领会译文时获得文化探索的享受。

文化缺省补偿方法对于丰富目标语言文化十分有用。英语中"shed crocodile tears"过去译为"猫哭老鼠"，目的是忠实于原文的内容，经过翻译界的争论后又译为"鳄鱼的眼泪"，目的是忠于原文的形式。虽然这一译法起初不为中国读者所接受，但现在已进入了中国人的日常生活之中。由此可见，汉语中许多新的表达方式就是通过这种文化缺省的补偿方法进入中国文化的。此外，一些具有文化特色的词语，尤其是习语和典故都具有鲜明的文化风味，在翻译这样的词语时，译者也可以采用直译加注的方法来补偿译文读者的文化缺省。虽然任何翻译都会有语义内容的损失，但直译加注的方法可以把翻译中的文化亏损减少到最小的程度。比如将"我只会马走日，象飞田"译成"I only know the most basic moves"，那种中国象棋文化的风采就会丢得精光。但是如果译者添加注释对英语读者解释这一中国文化背景，文化亏损就会被限制在最小的程度。当然，译文都会失去某些东西，尤其会丢失原语中的形式美和声音美，也就是说，绝对对等是不可能的。但是，如果在某些情况下运用直译加注的方法来补偿译文的文化缺省，相对对等还是可以在不同的层面上取得，这取决于译者的文化能力、美学修养及翻译技能等。

二、文内增益策略

文内增益（contextual amplification）在某种程度上弥补了直译加注补偿方法的缺陷。这种方法有助于保持原语的文化意象，同时又能为目标语读者提供有关的文化背景信息。运用文内增益翻译策略时，译者先是直译具有文化特色的词语，然后把脚注或尾注置入文内以补偿译文读者的文化缺省。当译者认为在译文中置入简短的文化信息比文外用注解的方法来得容易和方便时，就可以采用文内增益的翻译策略。文内增益翻译策略的理论根据是句子的深层结构转换成表层结构时某些成分的省略。当代一些具有代表性的语言学家认为，所有的语言都有深层结构；各种语言在深层结构上比在表层结构上要相似得多；深层结构中含有句子的所有语义和句法解释。所以，为了把握原语作者的意思，译者须把原文的表层结构还原成深层结构。在此过程中，原文表层上省略的成分会显现出来。这些成分虽然对原语读者来说是不言自明的，但对译语读者来说，却可能是理解原文信息不可缺少的。当出现这种情况时，译者就可以而且应该在译文表层结构中将它们明确地表达出来。例如：

原文：三个臭皮匠，顶个诸葛亮。

译文 1： Even three cobblers can surpass Zhuge Liang.

译文 2： Many heads are better than one.

译文 3： Collective wisdom is greater than a single wit.

译文 4：Three cobblers with their wits combined surpass Zhuge Liang the master mind.

评析：有人说翻译就是翻译意义，这种说法有一定的道理。然而在翻译某些比喻性词语或历史典故这样的具有鲜明的文化特色词语时，译者就会处于两难的境地，因为这些词语都有着表层结构和深层结构。且看例句的四个译文，译文 1 将原句的表层结构合理地传达出来了，但深层结构却在译文中丢失殆尽。译文 2 和译文 3 里原句的基本意义得以保留，但其两个文化意象——"臭皮匠"和"诸葛亮"在译文的传递过程中，因受到扭曲而丢失殆尽。这种情况下，译者应考虑运用一种能够使译文读者吸收这一中国文化的方法来补偿译文读者的文化缺省。因此，该译例中恰当的方法是采用译文 4 的翻译策略，把注解置入文内的增益法，从而使原文中的意义和意象在译文中都得以合理的保留。

文内增益翻译策略的优点在于不会中断目标语读者的阅读过程，使其连贯阅读的惯性不会受到影响。但是，原文的艺术形式在译文中可能会有所变形，隐性的含蓄变成了显性的直白，甚至拖沓、冗长，从而使原文含蓄的审美效果因译文透明式（transparent）的处理方法而削弱；此外，文内增益的策略会限制语篇外文化介入的空间，使读者只能从文内获得有限的文化背景信息。因此，在运用增益法来补偿译语读者的文化缺省过程中，译者应确保文内的文化补偿内容符合简洁的要求，不能随意增添原文中所不具有的文化信息或在译文中明示原文隐形的文化背景知识，否则会极大地增大译文的语言形式，译文成了冗长的评论。

三、释义策略

当翻译中所涉及的两种文化因素非常相似或者原语文化因素十分重要，我们就有必要去忠实于原语中文化特色词语的表达形式和意象。但是，如果原语文化因素与原语语言本身关系很紧密，或者跟特定历史和文化密切相关而很难将其置于另一种语言中去，这时就不能把原语的形式强加于目标语，否则将可能产生歪曲原语含义的尴尬表达形式。在这种情况下，可以改变原文中的意象和形式，来达到忠实于原语文化因素中所包含的意义的目的。原语的形式应该做何种程度的改变以保留其含义，取决于翻译中所涉及的两种语言间的文化差异程度。两种文化的差距越大，形式改变也就越大。在目标语文化中不存在原语中所提及的事物，或者两种语言背景下的同一事物具有不同的联想意义的情况下，如果原语作者使用的文化因素在原语中没有重要到会产生一种艺术意象，可以采用叫作"释义"（paraphrase）的文化缺省补偿方法来对目标语读者的文化缺省进行补偿。

例1. 原文：未庄通例，倘如阿七打阿八，或者李四打张三，向来不算一件事，必须与一位名人如赵太爷相关，这才载上他们的口碑。（鲁迅《阿Q正传》）

译文：In Weichuang, as a rule, if the seventh child hit the eighth child or Li So-and-so hit Chang So-and-so, it was not taken seriously. A beating had to be connected with some important personage like Mr.Chao before the villagers thought it worth talking about.（杨宪益、戴乃迭译）

例2. 原文：所以过了几天，掌柜说我干不了这事，幸亏荐头的情面大，辞退不得，便改为专管温酒的一种无聊职务了。（鲁迅《孔乙己》）

译　文：Thus it did not take my boss many days to decide that this job too was beyond me. Luckily I had been recommended by somebody influential, so he could not sack me. Instead I was transferred to the dull task of simply warming wine.（杨宪益、戴乃迭译）

评析：译例1中，译者用 worth taking about 来译"口碑"；译例2中，译者用 recommended by somebody influential 来译"荐头"。两个翻译实例中译者都选用了文化释义的手段恰当地处理了文化缺省给读者带来的理解障碍。

释义指的是向目标语读者解释原语中文化因素的含义。因其既能保留原语的信息，又能在翻译过程中赋予译者较大的自由度，所以在文化补偿中已被广泛采用。然而，也有几种情况不适合使用这一方法：①原语中的文化因素非常重要；②原语使用文化因素旨在创造艺术意象或者构建艺术上的空白给原语读者留下想象的空间。此时，我们最好采用"直译加注"的方法来进行文化补偿。

四、归化策略

译者在语言转换的过程中，经常会遇到由于语言文化差异而造成的种种障碍，有些障碍甚至是无法逾越的，如果仍然一味坚持直译，势必导致译文晦涩难懂，令读者难以读下去。在这种情况下，译者只能退而采取归化译法，将自己的译笔纳入汉语语言文化规范的轨道。归化（adaptation）是用蕴含目标文化身份的表达方式取代蕴含原语文化身份的表达方式，以达到忠实再现原文意义的目的。语贵适境，写作如此，翻译也如此。采用归化法，译者用与原语有相同使用频度，但一般都有某种译语文化色彩的词语来翻译原语文化特色词语。此种译法可使译文读起来比较地道和生动，其目的在于用目标文化习用的表达方式来替代陌生而费解的原语表达方式。凡是在直译法行不通的时候，译者就要力求冲破原文语言形式的束缚，特别是要学会从原文词法、句法结构的框框中"跳"出来，将原文意思融会于心，设法寻找汉语在同样场合的习惯说法，译出通达晓畅的汉语来，典型的例子就是"Milky Way"和"银河"的互译，当众多翻译家在嘲笑"牛奶路"的译者连"Milky Way=银河"这样的常识都不知道的时候，他们已不知不觉地走进了因文化缺省冲突而造成的另一个误区。

例1. 原文：A broad and ample road, whose dust is gold,

And pavement stars, as stars to thee appears,

Seen in the galaxy-that Milky Way,

Thick, nightly, as a circling zone,...

（Milton: Paradise Lost）

译文：一条广大富丽的路，尘土是黄金，

铺的是星星，像所见的，

天河中的繁星，就是你每夜所见的，

腰带般的银河，……

（弥尔顿《失乐园》，朱维之译）

例2. 原文：差池上舟楫，沓窕入云汉。（杜甫《白沙渡》）

译文：Passing an uneven pass I come aboard the boat.

Up into the Milky Way, ...（吴钧陶译）

评析：文化背景不同，人们认知结构中的文化图式（cultural schema）也不同。中国人看到"银河"的字样时,占据其文化图式中的空位的是"牛郎""织女""大河""鹊桥"等。而西方人在看到 Milky Way 时，他们的文化图式中可能会出现"赫拉的乳汁""奶路"或"通往宙斯宫殿的乳白色道路"等。"银河""Milky Way"在中西方各自语言文化图式中是完全不同的。在西方人的文化逻辑中，"Milky Way"是旱路，而在中国人的图式中，"银河"则是水路。这种储存在我们记忆中的认知模式会不自觉影响我们对事物的认识，规定我们的思维方式和语言表达。因此，在中国的文学作品中我们就没见过拿银河当大路，而且是黄金大道的，而在西方文学中我们则没见过在 Milky Way 上扬帆撑船的。由此不难推断：当作者在其语言创作中含有对读者文化图式的预设时，如果我们用蕴含着不同文化图式的表达方式取而代之,就必然会导致文化误导(cultural misreading)。可见,译者想归化原文,以求连贯,结果却事与愿违,其尴尬之处,与"牛奶路"相比,不过是五十步笑百步而已。

一般来说,像这类文化色彩较明显的现象,还是用文外补偿的方式比较稳妥。就拿 Milky Way 来说,如果这个词在初始引进的过渡时期里,能用恰当的直译(如"奶路""仙奶路""神奶路"),再配上恰当的注释,可能早已被我们的语言所吸收。当然,我们不可否认 Milky Way 和"银河"在很多情况下可以互译,但前提必须是原文没有预设文化图式。再如:

原　文:Barbara Tober observes that the bridesmaids, in the days when many brides were mere children, were called upon to assist her with dressing and with the logistics of moving to her new home.

译文:巴巴拉·托伯说,过去许多新娘只不过是孩子,因此便请来女傧相帮助她们梳妆打扮,送她们过门。

评析:汉语的"过门"二字,带有浓厚的中国文化色彩,常指新娘"过"到婆家去。因此,有时英译可以是"go over to a man's house"或"get married",而西方所说的新娘 moving to her new home,不能说没有一个去婆家的,但这种情况绝非普遍,特别是在生活水平较高的国家,新人往往另置自己的新房。因此,我们建议将"送她们过门"改为"并做好其搬到新家的后勤工作"。将英文的"形合"结构改为汉语的"意合"结构,厘清句子内部的逻辑关系,读起来就会感到顺畅得多。

对于原文的形象语言,有两种情况可以采取归化译法:一是原文的语言虽然形象,甚至也很新鲜,但无法"照实"传译出来;二是原文的形象语言已不再新鲜,用不着"照实"传译。由此可见,我们在进行文化传译时,既要坚持原则,又要讲究一定的灵活性;既要尽量传达原作的异国情调,又要确保译文为译语读者所接受。在采取归化用法时,切记要防止归化过头的倾向,不顾原文的语言形式,不顾原语的民族文化特征。有不少人喜欢滥用汉语成语,不恰当地照搬滥用,一味追求译文的通顺和优美,甚至在译文中使用一些具有独特的译语文体色彩的表达手段,读起来颇像原作者在用译语写作一样。这样的译文,虽然往往会博得一般读者的喜爱,但是由于破坏了原作的异国情调,制造了一种虚假的感觉,因而产生了"文化误导"的副作用。一般而言,我们在翻译外国作品时,有几种汉语成语是不宜使用的:一是反映中华民族特殊习俗的,如"拂袖而去""腰缠万贯""罄竹难书"等;二是带有汉字特征的,如"目不识丁""八字没一撇"等;三是含有中国地名的,如"稳若泰山""黔驴技穷""洛阳纸贵"等;四是含有中国人名的,如"名落孙山""江郎才尽""事后诸葛亮"等。总而言之,译文要求通顺,就不能不走归化的途径。译者应将归化视为异化的辅助手段,但采取归化译法,同样要注意维度,做到"有理有利有节"。

第四章 文学翻译的文化视角

相比之下，霍克斯在译《红楼梦》时，有时就太强调了译文可读性的一面，而忽视了译文正确传达中国文化中某些重要特征的一面。举例来说，汉语中的"红"在霍克斯看来不是一个好字眼，因为西方人心目中的红色总是和殉难和流血联系在一起，因此他把"怡红公子"译成"Green Boy"，而"怡红院"就变成了"Green Delights"，殊不知中国文化里的"红"无论在心理上还是在物质上都具有强烈的现实性。中华民族心目中的"红"总是和"吉祥"（如"鸿运"）、喜庆（"红白喜事""红榜"）联系在一起。来华访问的外国游客，肯定会对中国传统建筑和装饰中红色的大量运用留有深刻印象。在曹雪芹这部传世名作里，"红"还特别暗示着爱情。霍克斯把它归化成西方人喜欢的"绿"就失去了向英语读者介绍中国文化一个重要特征的合适机会，而且很可能使读者对原文产生误解，以为作者用"Green Boy"这个称号暗示主人公缺乏经验和不谙世故（因为这正是英语中 green 一词的联想意义）。

此外，还有英语里的一些习语和汉语的一些习语采用相同或极其相似的形象或比喻，表达相同或极其相似的喻义。如"隔墙有耳"和"walls have ears"、"一帆风顺"和"plain sailing"、"煽风点火"和"to fan the flame（s）"、"泼冷水"和"to throw cold water on"等。遇到类似这种情况，不妨借用英语同义习语来译。但在借用英语习语时，必须注意两种习语各自的特点，避免在时代、地点、条件、民族习惯和色彩等方面与原作的上下文形成矛盾。

"归化"同原文的性质和预想中的读者的文化水平等因素有很大的关系。好的译者应在忠于原作者和忠于读者之间找到最佳的平衡点。文学翻译中确实有很多因素决定着是否需要改变原语文化因素的意象，当译文以贴近或对等的形式出现时，就会导致读者误解。当译文以目标语文化为中心时，直译也会产生语义上的欠额翻译而不能为目标语读者理解的情况，此时，译者可采用归化策略恰当处理文化因素的意象表述。译者强调其译文的可理解性，就会倾向于在译文中采用归化策略来处理原文的文化意象，以达到对译文读者的文化缺省做出补偿的目的。然而，"归化"的翻译策略有时也会使目标语干涩乏味，虽然能传达原语的意义，但会妨碍目标语读者理解原文所反映的异国情调。当原语中所蕴含的意象、修辞手法和色彩等在上下文中并不是关注的焦点，而且能够在目标语中找到一种能跟原语中意象较好对应的意象时，就可以采用这种方法来进行文化缺省补偿。另外，译者不可以用具有浓厚文化意蕴的词汇来替代原文中的文化意象，因为这样做会使译文和原文互为矛盾。

翻译的困难主要是因为在原语和目标语之间难以找到完全对应的表达方法，而译者又不得不就选用何种文化缺省补偿方法做出抉择。在翻译中，有许多因素影响着文化缺省补偿方法的选用。因此，译者必须认真审视翻译中所涉及的全部因素以便做出最佳的选择来处理文化缺省成分。事实上，根据文化因素选择补偿方法是文化缺省补偿的一个重要策略，译者应努力洞察原语中的文化因素，并将之与目标语文化背景中的文化因素加以对比，以便找出恰当的文化缺省补偿的处理方法。从文化交流的角度来看，在文化缺省补偿过程中应尽力使译文读者欣赏到原语所特有的异国情调和原语所蕴含的文化信息，而不能因补偿过量使他们失去获得文化探索的机会。总之，译者应认真审视原语中的文化因素，根据原语的具体情况和译文读者的接受能力，灵活选择正确的文化缺省补偿方法。

第五章 文学翻译的美学视角

翻译是将两种语言进行转换的过程，这一过程中体现出译者的创造性，而一切创造性的东西都具有美的内涵和特征。语言是反映自然、社会、文化、思维的一种典型形式，语言的基本属性之一就是美，语言艺术上的美同样是美学的重要研究对象。翻译审美是一种语言审美，但它并不是一般意义的语言审美，它是一种跨语言文化的认知活动，同时也是跨语言文化的认知过程。

第一节 翻译美学

刘宓庆认为，"翻译美学是中国翻译理论的必不可少的组成部分，是中国翻译学的重要特色之一。中国译论与美学之间的渊源不可忽视，美学是译论的一个待开发的宝库。翻译是关于语言的一门学科，其研究需要通过语言来进行，因此翻译与美学是通过语言紧密联系在一起的客观现实。"方梦之在《译学辞典》中对翻译美学（aesthetics of translation）的描述为：揭示译学的美学渊源，探讨美学对译学的特殊意义，用美学的观点来认识翻译的科学性和艺术性，并运用美学的基本原理，提出翻译不同文体的审美标准，分析、阐释和解决语际转换中的美学问题。在充分认识翻译审美客体（原文）和翻译审美主体（译者）基本属性的基础上，剖析客体的审美构成和主体的翻译能动作用，明确审美主体与审美客体之间的关系，提供翻译中审美再现的类型和手段，以指导翻译实践。在翻译美学多维化标准的指引下，研究译者驾驭两种语言相互转换的能力以及美学信息的鉴赏能力，最终真实展现两种文化丰富的内涵和深厚的底蕴。具体而言，译者在对原作与译文进行审美判断时，可以依据美学的审美标准来划分，在美学原则的指引下分析原文与译文中的美学要素，尽量将原文中的美学要素移植到译文中。可见，翻译过程与原文、译文是紧密结合在一起的，是一个动态的艺术创造和艺术审美过程。中西美学流派纷呈，翻译研究的涉及面又广，翻译美学只能宽口径、多角度、多层次地涉及翻译研究的基本问题。

毛荣贵根据《译学辞典》中的描述认为，翻译美学的研究对象是翻译中的审美客体（原文、译文），翻译中的审美主体（译者、读者），翻译中的审美活动，翻译中的审美判断、审美欣赏、审美标准以及翻译过程中富有创造性的审美再现等。

一、中国的翻译美学

（一）中国翻译美学的研究现状

我国很多学者对翻译美学进行了深入研究和探索，在中国知网上检索"翻译美学"便可得知。仅从学术论文、学位论文的数量来看，尤其是2006年以后呈现出井喷的态势。综观并考证这些学术成果，我们可以看出，总的来说探讨翻译美学问题的现有研究，古代文论多于现代译理，实践探索更胜理论挖掘。下面就来看一些与翻译美学相关的著作。

《实用翻译美学》。该书由傅仲选撰写，是我国第一次出现的研究翻译美学的专著，是我国翻译美学研究深化的重要标志。该书中主要分析了翻译中的审美客体、审美主体、审美活动，以及翻译审美的标准和翻译审美再现。它为翻译美学的研究提供了一种研究框架，归揽了一个研究界域。中国现代的翻译美学深受西方美学思想的影响，而《实用翻译美学》正是中西方文化相互交流、碰撞和融合的结果。

《翻译美学导论》。该书由刘宓庆撰写，中国对外翻译出版公司出版。作者摒弃了简单地罗列评价一些文学翻译作品的美学因素和大量阐述美学理论的做法，而是"力求从比较美学的角度，立足于本国古今文论、诗论、曲论、画论中的美学原理，将此书撰写成一部论述文学翻译比较美学而不是评述翻译优劣的书。该书揭示了译学的美学渊源，探讨了美学对中国译学的特殊意义，以现代美学的基本原理透视了翻译的运作机制，研究了翻译的艺术性、科学性，并论述了翻译审美客体与主体、审美心理结构和认知图式、审美再现的一般规律、翻译者的主观能动性等内容，建构了翻译美学的基本框架，总结了传统译论中的文艺美学观，奠定了我国现代翻译美学研究的基础，可谓一本承前启后的学术桥梁，因此"该书被译界视为现代翻译美学的奠基之作"。

《文学翻译比较美学》。该书由奚永吉撰写，包括文学翻译比较美学思辨、跨文化文学翻译比较美学、跨时代文学翻译比较美学、跨地域文学翻译比较美学等十章内容。该书将侧重点置于"比较"之上，立足于文学翻译，以中国古今文论、诗论、曲论、画论中的美学原理为切入视角，采用宏观和微观比较相结合的方法，主要通过评析中外名著译例，对文学翻译作品中的风格和语言修辞进行跨文化、跨时代和跨地域的美学研究。

《翻译美学》。该书由毛荣贵撰写，全书论述着眼点比较微观，重在剖析英语和汉语的共性与异质性。书中回顾了中国翻译美学的发展历程以及中国译论中的美学观，指出中国传统译论的理论基础就是美学，并从朦胧篇、问美篇、主体篇、实践篇四个角度研究了翻译美学；指出翻译中的美来自语感、美感的生成，译者的审美心理结构等层面,也来自就英汉两种语言各层面翻译审美的体现,还来自对语际转换中的审美再现的探讨。

《翻译美学理论》。该书由刘宓庆、章艳撰写,外语教学与研究出版社出版。该书以翻译审美研究为基本取向,以语言审美及语际转换的审美理论需要为目标,对中西美学理论进行了扫描分析,强调"翻译为体,美学为用"的原则,为翻译美学把稳了大方向。该书力倡翻译学的美学理论回归,并展开了对翻译美学理论的全面论述。全书以语言审美及表现为主轴,论述了汉语和英语各自之美,概述了中国和西方翻译美学思想的发展历程,同时着力阐述了语言审美的方法论、价值论,以及语言审美与文化研究、翻译风格研究等问题。

《当代翻译美学原理》。该书由李智撰写,主要涉及翻译美学中的本体论问题,并就矛盾论、主体性、科学论与艺术论的统一、价值论等话题展开了探讨。在梳理总结已有研究成果的基础上,该书从当代的视角审视传统译论的思想内核,以期找到传统译论的现代转换之道,以翻译美学中的言与意、文与质等命题为载体开展论证,尝试对它们进行合理科学的阐发,并通过实证分析阐述译学中的审美构成,简要论述就翻译美学发展问题的思考。

《翻译美学新论》。由龚光明撰写,上海交通大学出版社出版。该书从比较诗学、文化诗学与比较美学三方面展开论述,旨在全方位整合美学理论与翻译理论,完整构建翻译感性学体系,并与翻译认知修辞学构成翻译思维学学科理论的左右支撑,文化是背景,比较是方法论诉求,美学则是翻译的最高旨趣,诗性再表达是译者主体的不懈追求。《翻译美学新论》以遒劲的笔力、严谨的逻辑验证、诗化的语言论及翻译美学的诸多领域,跨越多学科之间的畛域,多方面地整合了美学理论与翻译理论。

(二)中国传统翻译理论的美学内涵

中国传统译论肩负了总结从无到有、从悠悠远古到现代的中国翻译实务,并对其加以理论描写的历史任务。如果将它与西方传统译论加以对比,我们就可以说中国传统译论跟西方传统译论一样,面对历史的艰辛,毫不逊色地履行了自己的使命。

马建忠的"善译"论。马建忠(1840—1900)生在天昏地暗的清末。其时中国有进取心的士大夫都寄望于以"新学"挽救民族于危难。马建忠于1894年上书清廷,呼吁以翻译倡新学,以配合革新派的政治运作。他在《拟设翻译书院议》中提出了"善译"的美学性质的主张,强调翻译要确知原文"意旨之所在。而又摹写其神情,仿佛其语气,然后心悟神解,振笔而书,译成之文,适如其所译而止,而曾无毫发出入于其间,夫而后能使阅者所得之益,与观原文无异"。马建忠的这种本乎真善美的翻译审美描写,非常符合当时的士人对翻译"所谓何来"的审美趣味和心理特征,因而颇有振聋发聩之效。

严复的"信达雅"论。马氏倡议四年后的1898年,严复在其译作《天演论·译例言》提出了"译事三难——信、达、雅"论。严复借传统美学的命题"信"（老子的美言信言论）、"达"（孔子的辞达论）来解读翻译之难，一以应"历史的必然"，二也是应"翻译的本然之性的必然"，因此"三难"之说一出，几乎童幼皆知，风靡中国乃至亚洲译坛长达百年之久。"三难"之说的特点在"雅"。"雅"显然也是一个美学命题，在刘勰的《文心雕龙·通变》中说，"雅俗"与"质文"相对（"斯斟酌乎质文之间,而隐括乎雅俗之际"），论艺术功效,雅俗并无高下之分,端赖适境）。严复标举"古雅"，完全是出于审美接受论的适境考量。严复对中国翻译影响之深，也在他精辟的审美接受论。

傅雷的"神似重于形似"论。中国最早的神、形之议始于庄子。《庄子·德充符》里说"非爱其形，爱使其形者也"，这个"使其形者"就是"神"了。南北朝刘义庆也议论过形似神似问题，所谓"恒似是形，时似是神"（《世说新语·排调》）。清代焦循对此有评论说，"文之强弱，不在形而在骨，不在骨而在气，不在气而在神。得乎形者知形，得乎神者知神"（《文章强弱辩》），总之是外在的、一时的形貌受内在、恒久的精神支配。这个意思用在翻译上就是傅雷所谓的"重神似而不重形似"。这里值得重视的地方有两点：一是"神"的含义，不应"神化"、唯心化；二是不要得出"形似"不重要的结论，如"神贵于形"论（《诠言训》《原道训》）就失之偏颇。"神"基本上是道家的命题，指"生命精神"；"传神"指形体外貌体现内在生命精神，"神"也指"神韵"，是一种超越外在的精神气质。必须指出，在艺术表现中，"形似"绝不是不重要的，而要"巧为形似之言"（沈约《宋书·谢灵运传论》）。我们可以参照康德之论"合目的"的形式美。

钱锺书的"化境"论。"化境"原为佛家术语，钱锺书将它作为文学翻译的价值标高提出来，意在说明文学翻译的一种至美无形、至美无声的境界，符合中国传统美学关于"以境论美"的审美理念，即艺术作品要体现"自然大化"的生命精神，使之处在出神入化的状态。清代王士祯说："舍筏登岸，禅家以为悟境，诗家以为化境，诗禅一致，等无差别。"这也就是所谓身临真如法性的境界，翻译达到了这个至高境界，自然也就"至美无形，至美无声"了。

（三）中国翻译美学的发展

1. 倡导中西结合的译学发展途径

首先，当代翻译研究和翻译美学研究的重要课题之一是传统译论向现代译学理论的转换问题。中国美学自古有之，至今已经积累了丰富的遗产，诸多先贤致力于美学学科的完善和理论的建构，因此我们需要对传统翻译美学中一些具有价值的观点进行提炼和阐发，从而丰富现代翻译美学的理论体系。其次，西方翻译流派五花八门，层出不穷，如语言学派、描写学派、文艺学派、综合学派、文化学派、多元

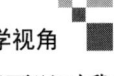

系统学派、解构主义学派、后殖民主义学派等，对这些理论学派的研究都可以对我们的翻译美学带来启示和帮助，我们应该借鉴、吸收这些流派中的积极理论内容，去粗取精、去伪存真，从而扩展、深化我们的翻译美学研究。

2. 倡导宏观和微观相结合的翻译美学研究模式

翻译美学的宏观研究主要是指对翻译语用美学、文化转换美学、翻译篇章美学等方面的关注，从整体上来探讨翻译美学的研究内容，从而充实和提高翻译美学的研究水平。翻译美学的微观研究主要指的是针对各类文体进行研究，因为不同文体的体裁不同，审美构成、审美标准及审美再现的手段自然都不同，我们需要从不同层次和角度来研究微观方面的翻译对象，在此基础上提出具体的微观方面的翻译标准，如科技文体的翻译美学标准、文学文体的翻译美学标准等，以切实指导翻译实践。

（四）中国哲学和美学对翻译审美的意义

文学翻译与哲学或美学关系紧密、渊源深厚。无论文学翻译实践还是文学翻译理论与批评，都一定程度上受到哲学尤其是美学思想的深刻影响，这是中西方文学翻译界的普遍事实，也是文学翻译美学的理论基石。从哲学和诗性的角度来看，文学翻译本质上就是一种美学体验活动或审美创造过程，它是人类追求真善美的诗性表达与艺术再现，朱光潜、郭沫若和林语堂等著名美学家、文学家和翻译家都将文学翻译看作一种完完全全意义上的艺术创造与再创造行为，文学翻译被赋予与文学创作几乎相当的艺术价值与美学意义。

认识论意义。中国传统哲学与美学是中国的翻译美学思想之源，这个"源"提供了认识翻译美学的本体论手段，使翻译美学得以构建和规划出本学科大体的范畴框架。

价值论意义。中国传统哲学和美学还为翻译美学提供了一个审美价值系统，运用这个系统，译者可以赖以判断语言美和厘定文化审美的种种标准。

方法论意义。中国传统哲学和美学为翻译美学提供了一整套审美方法论，其中包括从"观""观览""观照"的历代解码到审美表现的一整套发展策略。

美学在翻译中的表现在文学翻译中达到出神入化的境界，诺瓦利斯定义哲学为："哲学原就是怀着一种乡愁的冲动到处寻找家园。"诺瓦利斯用富有诗意的语言赋予哲学以艺术之使命和审美之意境，而文学翻译刚好象征着译者努力在译文中寻找原作者精神家园的审美性冲动与艺术化旅途。正如朱光潜所言，缺少审美性的文学和缺少文学性的美学，都是有缺憾的、不完美的。人的知识世界和经验世界是不断拓展、不断发展的。中国哲学和美学目前都处在历史转型期。翻译美学这一概念具有明显的本土性，它是中国译论对世界翻译界做出的重要理论性贡献。在全球化持续深化和中国文化"走出去"步伐加快的新时代背景下，文学翻译美学需要既坚守民族性的主体地位，又同时坚持世界性的对话合作。在中西方译论的相互差异性与彼此互补性中，我们必须与时俱进、推陈出新，做到科学地借鉴传统，尤其要科学地超越传统，这样才能建设起科学的翻译美学，为文学翻译美学建构理论上的统一性与创新性。

二、西方的翻译美学

西方译论源远流长。从鲍姆加登首次提出"美学"建议的1735年（清代乾隆初年）到现在才不到300年。再从鲍桑葵（B.Bosanquet，1848—1923）的《美学史》出版的1892年（相当于光绪末年）到现在只百年有余，比之于中国美学，应该说西方美学在笛卡儿主义的驱动下，自觉衍生发展，因而具有无可置疑的"现代感"和"熟性"（"maturity"，Bosanquet，1892），这里涉及东西方文明深刻的历史背景差异，特别是近100年来中西学术发展时宏观境遇不啻天壤之别。就美学本身而言，应该说西方美学具有更明确的"自在意识"和自我努力以实现自身的"体系化"和"范畴化"。

西方古典译论是西方翻译理论的源头，是在古希腊罗马文化彼此交流的过程中逐渐出现的，其发展与创新过程均与西方传统美学思想一脉相传。当时古希腊、罗马文化受到政治强弱方面的影响而表现出不同的态势，这种态势影响着翻译倾向和译学思想的变化。例如，在罗马征服希腊之前，罗马文化远远落后于希腊文化，因而罗马人对希腊文化十分敬仰，他们在翻译希腊著作时把原作奉为至宝。通过翻译希腊文化，罗马文化得到很大程度的滋养。正是由于对古希腊典籍的翻译，从而有效推动了西方古典译论的萌芽，而这一过程中翻译深受古典哲学美学的影响。西方的美学起源于希腊哲学家柏拉图，他的经典美学理念概括为四方面：

1. "美本身"的问题。"美本身"赋予了万物美的本质，这主要是指一切美的事物具有自身成为美的潜在品质。

2. 美的相对性和绝对性的关系问题。特例的美具有相对性。

3. 美的理念论。柏拉图认为理念是一种模态或元质，是绝对的、不容置疑的，是一切事物的原型所在。也就是说，"美本身"是绝对的，美的理念是永恒和绝对的。

4. 美的认识论。这是指认识美要经历从感性到理性，从"形"到"质"两个阶段。在西方美学史上第一次提出了"善与美的形式"，并在后来的《对话集》中讨论了美的本体论和逻辑问题。

罗马著名的翻译家、译论家和修辞学大师西塞罗的翻译理论被认为是西方翻译理论之始，他的翻译理念深受柏拉图古典美学观念和泰特勒美学思想的影响，提出了著名的"意义对意义"的论断。在处理柏拉图所倡导的绝对理念时，西塞罗认为好的翻译是建立在译出语好的文本之上的，但过于强调复制、模仿必将导致译语文本的僵化与呆滞，达不到预期的翻译效果。所以，翻译的过程不应该是词与词的转换，而应该是意与意的对等，译者必须放弃拘泥字词的"字对字"的翻译，寻求意义的对应。他还提出了翻译的气势论、自然论,认为译者在翻译过程中应该像一名演说家,使用符合古罗马语言习惯的语言来翻译外来作品,从而吸引、打动读者,引起读者的情感共鸣。西塞罗的观点对后世的泰勒斯、昆体良、贺拉斯等影响深远,他们均重视文采,提倡措辞的自然流畅。

作为西塞罗翻译观点的追随者,罗马诗人贺拉斯所提出的翻译理论与西塞罗十分一致,同样不赞成将译出语文本视作唯一理念与绝对上帝的翻译思想,更看重自然、真实而流畅的译入语翻译效果。他反对只注意原文而忽视译文的翻译观,坚持活译。在贺拉斯所写的《诗艺》一书中,他提出了"忠实原作的译者不会逐字死译",而会采用"意对意"的翻译原则,因为"逐字翻译"只顾字面上的忠实而不是"意义上的忠实"。翻译理论中"忠实"这一核心议题就是由贺拉斯提出来的。作为一名抒情诗人,贺拉斯还提出在翻译过程中遵循审美标准,从艺术的角度来探讨翻译,十分赞同斯多葛(Stoic)式的淡泊美和泰勒斯提倡的自然美。

伴随着基督教传播面和影响力的持续扩大与不断提升,《圣经》翻译蔚然成风,杰罗姆、马丁·路德等人就是其中的代表人物。杰罗姆在翻译《圣经》时,遵照的依然是西塞罗的翻译理念,他强调《圣经》拉丁语译文的自然流畅之美,能够传达古罗马《圣经》的思想与意旨,保持译出语文本的精髓与风格。

正因为如此,杰罗姆翻译的拉丁语版《圣经》成为天主教唯一承认的通行版本,足见其翻译做到了再现古罗马《圣经》之神韵与精华。作为《圣经》翻译的另一位大家,马丁·路德倡导译入语文本应该具有与译出语文本相同的美学意义和艺术价值,否则只是语言上的翻译并不能传达原文之审美风韵。也就是说,译入语文本必须"具有读者能领悟的、在审美上令人满意的本土风格"。杰罗姆和奥古斯丁继承了西方古典美学译论的精髓,主张译者做本国文字的主宰,而不应受到文体格式的限制。16世纪英国著名的《荷马史诗》翻译家乔治·查普曼认为成功的译者应该抓住原文的"精神"和"语气",使译文成为原文的"转世"。德国文学艺术大师歌德则认为翻译是原文的模仿,译者要重现美学信息,移植异国文化、丰富本国文化是译者的真正使命。泰特勒的观点继承了西塞罗、贺拉斯、杰罗姆的意译传统,他认为翻译应完整地传达原作的思想,译文的风格与表达方式应与原文特色相同,译文的谋篇造句应流畅自然。他的翻译思想就是植根于古典文艺美学思想的翻译三原则。西方译论的美学色彩直到19世纪翻译研究出现语言学转向才有了转折,翻译研究才进入语言学研究的新时期。

综上可知,西方古典译论自西塞罗和贺拉斯开始就与美学紧密相关,他们所提出的翻译论述也成为西方美学译论的曙光。西方美学关注美的本质,认为文学之美是美的精髓,这些论断极大影响了西方翻译理论,对后世的翻译家们产生了巨大的影响,大大推动了拉丁文化在欧洲的普及,为翻译研究提供了理论支持。到了近现代,很多美学家积极参与翻译问题的讨论并提出了很多具有启发性的真知灼见。虽然没有充分的证据来说明当前盛行的翻译理论都与美学有关联，但认真探究就会发现每一个理论都会受到美学思潮或多或少的影响，可以说，翻译理论来源众多，美学就是其中的主要来源之一。正是译学和美学的紧密结合最终形成了翻译美学这门学科。

第二节 翻译审美客体

审美客体即审美对象，和审美主体构成一定的审美关系，是审美主体的审美认识和审美创造的对象。翻译的审美客体就是原作，是构成译文美学要素的客观依据。翻译的审美客体的属性中最基本的是译文的依附性。离开原文去追求、探讨译文的美即便不是哗众取宠，也是不真实的。

一、审美客体的属性

所谓审美客体，通常指的是能够引起人类审美感受的事，可以与人类构成一定的审美关系。因此，审美客体具有一定的审美特征，能够被人类的审美感官所感知，然后引起一定的审美感受。据此可知，并不是所有的翻译原文都可以成为审美客体，一篇原文只有具有一定的审美价值才能被认为是审美客体，从而满足审美主体某方面的审美需要。

对翻译审美客体而言，具体是指原文和译文。原文是作者根据现实中的素材再经过自己的再创造所组织起来的语言，这些语篇想要得到读者的认可和欣赏，必须具有语义上的传达功能，更要具有审美上的价值功能。译文不是原文的简单复制，而是译者在原文的基础上发挥主观能动性并进行再创造所得到的产物，表达着原文的美学信息和译者的思想活动。

二、审美客体的审美构成

刘宓庆在《翻译美学理论》中曾指出，审美客体的内涵可以划分为两个主要系统：形式系统与非形式系统。前者是以具有形态的特点为中心，而后者则注重意识形态方面的特点。那么，审美客体的审美构成就可以被分为两种，即语言形式美和意美。

1. 语言形式美

显而易见，这方面主要是指语音、语言表现手段、方法等形式上的美学信息，是一种可以看得见的、以物质形式存在的形态美，如音美、形美。语言形式的美通常可通过人的听觉、视觉等来体现，因为这些美是直观可见、可感的，如文学作品中的文字与声韵组合而成的形音美、形与音义组合而成的音律美，还包括典型的修辞手法如对偶、排比、倒装等，因为这些都是物象的外在描写。

2. 意美

这种美学信息是无形的、非物质的、非自然感性的，人们不能凭直觉进行推断，如情感、意境、意象、神韵等方面的美。意美在语言的结构形态上如词语、句子、段落、篇章等方面是表现不出来的，但是我们却从总体上可以感知到这种美。意美的特性包括：非定量的、不以数计的；难以捉摸的、不稳定的、模糊的；不可分割的某种集合体。因此，在美学上意美被称为"非定量模糊集合广义的审美客体"。可见，意美是一种蕴含在整体形式中的美，是一种宏观上的美，常常与深邃的意义相融合。

综上可知，语言形式美和意美都是构成审美客体的要素，二者的区别在于语言形式美是形式上的美，是外在的、感性的；意美是核心内容，是一篇作品有力的表现武器，是意念、理智的表达，是必不可少的。译者只有在把握语言形式美的基础上体会到作品的意美，才能更好地进行翻译。一篇优秀的译作来之不易，译者需要将原文中的"两美"进行移植：形式美（音美、词美）和内容美（情感、意境、神韵），尤其是后者具有高度模糊性，是一种高层次的审美，需要译者充分发挥主观能动性才能有效捕捉。

三、文学翻译受到审美客体（读者）的制约

审美客体读者处于不同的时代背景，必然会受到不同文化和思想观念的熏陶，其知识结构和生活习惯也会有所区别，这种差异也称为"期待视野"。这种"期待视野"影响着译入语读者对外来文化的接收和理解，若异质文化符合或接近本族文化，读者便容易接受；若异域文化背离甚至与本族文化相冲突，读者便迷茫困惑，产生逆反心理。实际上，译作的畅销程度与目的语接受者的"期待视野"密切相关。如19世纪安徒生英译本在英国遭受冷遇，陷入滞销，原因是作品的思想与英国国教意识形态相违背。即使同一个时代的读者也有不同的群体，对同一作品也有不同的认知和想法。不同的读者因为其各自的阅历不同，其气质、学识、素质和审美理念自然有差异，对文学作品的阐释和反应也迥然不同。读者处于某一特定的社会阶层中，必然受到其阶层和社会各种因素的约束和限制，他们对同一作品的体验也不同。他们在解读同一文本时，不可避免地带着主观再创作的成分，对作品的观点和作者的立场各有看法，因而译者根据读者的不同视野和体验，有意识地再创作，背离原作的规范。例如，"The Bridge of Madison County"（麦迪逊县的桥）被译为《廊桥遗梦》、"Waterloo Bridge"（滑铁卢桥）被译为《魂断蓝桥》等，这些翻译符合读者的"期待视野"，既富有创造性，又能传神地表达原作深层次的含义，体现了原作的神韵之美。

四、文学翻译受到审美客体（接受环境）的约束

翻译不只是简单的语言转换过程，其中还包括译者对原文的认识、解读、鉴赏，并将原文中所传达的美移植到译文中，而这离不开译者对美的创造。不同异质文化成分的移植和转换必定会导致信息的缺失、扭曲，甚至变形。原作通过语码转换，完全进入一个陌生的语境中，它的传播必然受到诸多因素的限制，如语言文化、意识形态等。因此原作不得不进行改变以适应新的接受环境，迎合目的语读者的价值取向和审美观念。译作经过再创造，很容易为广大读者所接受，因而能够在新的接受环境中迅速地传播下去。一个国家或地区的跨文化交际活动越频繁，就越容易吸收文化的异质，越容易接纳它的思想理念和价值观，其文化系统就越富有弹性，且包容性越强。反之，跨文化交际很少，信息不流通，目的语读者更难理解原语言文化的背景和接受环境，译文需要做出较大改变以适应目的语读者的接受环境，再创造的活动明显增加。实际上，一般情况下读者和接受环境互为主客体因素，两者互相牵制、休戚相关，共同参与到文学翻译再创作的活动中。

第三节 翻译审美主体

审美主体和审美客体构成一定的审美关系。文学翻译中的审美主体就是译者，是再现原文审美价值、创造译文美的能动因素。译者不是作家，也不是单纯的鉴赏家。在翻译实践活动中，审美主体不仅与原文这一审美客体的审美构成直接关系，而且还受到审美主体即译者自身审美功能的影响，只有审美主体与审美客体相互统一、相互作用，翻译才能实现最终的审美效果，才能得到一篇优美的译文。也就是说，审美主体一开始就受制于审美客体——原作，翻译审美客体的再现必须要以翻译审美主体的审美功能为基本前提，翻译审美活动的过程是译者通过对原作的审美实践（审美客体的审美信息解码），经受审美体验，达到对审美客体的理性与感性的完美统一，然后实现译文的审美再现（目的语的编码）。

一、审美主体的属性

审美主体具有两种基本属性，第一个基本属性是受制于审美客体。刘宓庆指出，"翻译审美主体受制于原语形式美的可译度；受制于双语的文化差异以及艺术鉴赏的时空差"。也就是说，译者进行翻译工作会受到审美客体即形式美与非形式美表现方式的限制。同时，在转换为译入语时还要考虑因文化差异而带来的艺术鉴赏态

度的不同。首先,原文与译文之间存在的文化差异限制着译者的翻译。文化是审美价值的体现,民族性和历史继承性是审美价值的典型特征。原文的审美价值在原语读者心中所产生的心理感应是无法转换到译语读者心中去的。其次,原文与译文的语言差异限制着译者的翻译。例如,词汇方面的差异是英语词义灵活、语义范围大,但汉语却完全相反;语法方面的差异是英语主谓语形态十分明显,但汉语则不明显;表达方面的差异是英语被动语态多,但汉语很少使用被动语态;思维方面的差异是英语重形合而汉语重意合等。此外,不同历史时期的人们鉴赏历史的眼光、视野、标准是不同的,也就是说艺术鉴赏具有时空差的特点,这同样会限制译者的翻译,也关乎译入语人群对译作的接受程度。此时,审美主体的第二个基本属性——译者的主观能动性就要发挥极其重要的作用。

　　在翻译过程中,译者不仅是审美主体,同样是创造美的主体,是以自身所在的文化体系为参照物来对原作进行理解、消化和吸收,有选择性地进行创造性的行为。文学翻译主体实践的本质是审美,它的主要动力是包含在主体审美态度中的"情"和"感"。译者作为原文本的阐释者,不是"笨拙的模仿者",译者在翻译文学著作时必须将自己融入原文,把握原文的美学信息,了解译文读者审美情趣,在清楚原作审美情趣与译文读者审美情趣差异的基础上,能动地减少二者之间的文化、审美差距,将自身所体验到的美学信息合理地转换、融入译文中,从而让译文读者同样可以产生相同或相似的心理感受,欣赏到同样的艺术效果或审美价值。他的个人情感、认知因素、教育程度和社会环境皆会影响原文信息的传递,这是其最基础的条件,因为他对审美意识具有启蒙作用。其次,审美主体要具有审美意识。所谓审美意识,一是指对美的感知,对美的敏感性;二是指对美的理解,对美的认知性。译者在再创作过程中,平衡原文与译文中的语言、文化、社会、交际、心理等各方面的差距,顺应翻译的语境,尽力表现自己的顺应能力,发挥文化顺应的功能,准确把握文化意义,使读者可以很好地接受,从而进行合理的审美判断,积极能动地进行原文与译文在多维方面的优化和选择,同时注重原语与译语、译者与读者之间的关系,考虑不同文本的风格和不同的预设读者,通过挖掘原文的本质,采用各种翻译方法,使用文学翻译在创造的阶段,来传达作者的意图和思想,揭示作者内在蕴含的思想,传达作者的情感。最后,审美主体还要具有审美经验,通常指通过反复的审美活动产生的审美感知和认识。译者作为原作翻译中的审美主体,不是被动接收译文的美,而是能动地进行美学信息的加工,从而达到再现美学信息的目的,最基本的就是要对译入语与原语的文化有深入的了解,审美主体、审美客体、读者可以取得认知、价值、审美等方面的对等关系,获得最好的审美效果,这是译者必要的文化素养。在此基础之上,译者审美意识感知下的文学著作中的情与志才能由译入语更好地呈现出来,达到再现审美价值的目的。因此,作为审美主体,译者的主观能动性对于高度表现审美客体的审美潜力有积极作用,而且其激发能力能够在一定程度上克服这些障碍,产生好的译作。译者对于美的追求的坚持和情感认知也会在一定程度上克服语言障碍,所以译作读者会和原作读者产生共鸣。

二、审美条件

　　这里的审美条件主要指的是译者自身所有的审美感受、审美体验、审美趣味等方面,这些因素决定着译者能否被原作中的美学信息所吸引,从而顺利进入审美角色进行能动的审美活动。译者的审美标准受到自身文化背景、所处时代、阶级层级、地域特点等方面的影响,对作品中的美学信息会产生不同的审美感受力。此外,译者的审美能力、审美修养、审美情趣会对译文的美学信息产生重要影响,这决定着译者是否能够将原作中的美学信息顺利移植到译作中去。之所以一部著作会有多种不同的译文,就是因为不同的译者具有不同的美感层次,自然形成了不同的审美差异,这就是"一千人中就有一千个哈姆雷特"的原因所在。

　　不过,虽然不同译者具有不同的审美能力,但人类的审美标准存在着共性,这为美学的翻译提供了理论上的可能。译者想要再现原作中的美学信息,除了需要考虑读者的能动作用和审美习惯,更重要的是充分挖掘原作即审美客体的社会价值、美学功能。为此,译者作为审美主体必须具备审美感受力、审美理解力、审美体验、审美情感、审美想象力、审美心境等丰富的审美经验,这样才能在翻译审美活动中相互作用,找到作品中的美学价值、社会价值并顺利移植到译作中。

　　翻译本身是一门艺术性、技术性比较强的学科,译者想要处理好原文中碰到的种种问题和难题,自身必须具有相当高的知识和较强的翻译能力。在翻译实践中,对原作进行结构和重组离不开译者的语言分析能力、表达能力和审美判断能力。尤其是文学作品的翻译,译者更应该在译作中表现出语言美,如此才能真正传达原作中的美学信息。对文学而言,语言就是其生命,文学的艺术世界就是由语言来构筑的,译者需要将原作中的语言进行解读、品味,然后再将其糅合成自己的译语语言。译语的合理使用要以美感为前提条件,只有译语表现出同原语一样的活力和张力,才能使译语读者获得同样的心理情感、美感等体验。

三、审美主体(读者)的能动作用

　　读者也是翻译审美主体之一。读者在阅读译文的过程中具有自身的能动作用,主要表现在以下三方面:

　　1.读者既有的审美标准、意识等影响着他对译文内容、形式等方面的取舍,决定了他阅读译作的重点,更影响着他对译作的态度与评价;读者对译文的审美取向则影响着译者在题材、体裁方面的选择。

2. 读者对译作能动的评价。在阅读译作时，读者通常会根据自己的审美知识、体验、感受等来理解译文的美学信息，用自身所处时代的标准来鉴赏、判断和评价译作。在这一过程中，读者的行为是一种创造性劳动，体现着读者的价值观念、主观倾向、文化素养，因此，不存在绝对客观的翻译作品鉴赏。

3. 读者的审美观念、标准等会受到译作的影响而不断进行改变，这同样是读者能动作用的表现。因为读者通过阅读译作，逐渐会对译文所表现出的美学价值、文化信息进行有效理解和接受，进行了文化方面的积极交流。在这一过程中，读者的视野会因为大量接受异域事物而得到扩展，同样他的审美经验也会得到丰富，有效提高了接受能力，最终改变了他的整个审美观念。而读者审美需要的改变又会影响译作的出版和传播。

第四节　翻译审美活动

审美活动指人对生活美和艺术美的欣赏活动、辨别美丑的活动，同人类其他认识活动一样，它在社会生产实践中产生，随着人对客观世界的认识、改造的不断深入而不断发展。审美活动是主体对客体的一种能动反映，是一种主观意识活动，是人类从精神上把握现实的一种特殊方式。而翻译审美活动就是审美主体（译者）对审美客体（原文）进行审美体验和审美感悟，并将审美客体的品质转化到目的语的表层结构中，再现原文本的美学特征。因此基于文本概念的文学翻译活动的主要目的是能否准确传达原作的审美品质，能否取得与原文对等的美学效果。翻译审美活动主要是一种再造性和创造性的形象思维及情感体验活动，对译者来说，其直接目的不只是审美享受，得到感情上的感染和熏陶，而且还在于审美再现，翻译的审美客体就是译者要翻译加工的原文文本。审美客体必须具有一定的审美构成，其艺术的语言必须能给人审美体验上的愉悦，将原文的内容美和形式美通过译文再现出来。翻译审美活动一般包括审美认识、审美转化和审美再现在翻译审美活动中，译者的审美理想和审美意识具有重要的作用。这不仅决定着译者追求美的境界及对原文审美构成的认识和理解，而且决定着对原文的表达，并最终决定着译文的审美品质。

一、文学翻译的审美意识

审美意识要求译者在翻译过程中用本族语言的艺术形式再现原作的形象、感情和语言的艺术美。文学翻译涉及不同的领域、不同的题材，但是不管什么样的作品都有其美质因素的存在。从严复的"信、达、雅"到林语堂的"忠实、通顺、美"，再到许渊冲的"音美、形美、意美"（三美），这些翻译标准中无不渗透着"美"的信息，而在译文中如何体现"美"就在于译者了。而译者对原作进行审美体验，必须充分发挥审美心理机制，积极运用审美感知、审美情感和审美意志。总而言之，译者必须具有审美意识，使原文中的美质在译文中再现出来。

例1. 原文："By-the-bye, what became of the baby?" said the cat. "I'd nearly forgotten to ask. "It turned into a pig," Alice quietly said, just as if it had come back in a natural way... "Did you say pig, or fig?" said the Cat.

译文：那猫道："顺便问一下，那个孩子怎么啦？我都忘了问你。"爱丽斯一点也不诧异，好像那猫好好地走回来一样。她就平平常常地答道："它变成了猪"……那猫问道："你刚才说猪还是书？"（赵元任译）

评析：译例中，它的美质体现在"pig"和"fig"近音词的双关上。如果将"pig"翻译为"猪"，"fig"翻译为"无花果"，从内容层面来讲，十分忠实于原文，但是却把这种"幽默"变成了"不幽默"，破坏了原语所隐藏的幽默。相比之下，赵元任先生的翻译表面看虽不忠实于原文，但是却成功地表达了这种"无意思的意思"。他运用了一组类似的语音双关，"猪"和"书"来对应"pig"和"fig"，体现了这种幽默的效果，实现了原文的美质再现。译者在文学翻译处理中应具有审美意识，从整体的视角，使原文的美质在译文中再现。

例2. 原文：霞光照处，秃树皆熠熠如尖塔着火，东方一片蔚蓝，成为极妙的背景；花朵谢落，然点点犹如繁星；贱枝残干，风霜之迹斑斑——这一切都构成了我面前无声的韵。

译文：The leafless trees become spires of flame in the sunset, with the blue east for their background, and the stars of the dead calices of flowers, and every withered stem and stubble rimed with frost, contribute something to the mute music.（夏济安译，选自《名家散文选读》）

评析：在翻译中，译者要深入理解作者的审美情感、审美理想，从整体视角出发，全面把握作品的语言特色、美质因素、语言风格，并将译文中有关语言进行合理的处理，把握语言差异、内容差异和文化差异，将原文的美质因素在译文中成功再现，使译文读者感受到与原文读者相同或相似的审美体验，这就要求译者在翻译过程中应具备审美意识。

例3. 原文：I love my love with an E, because she's enticing; I hate her with an E, because she's engaged; I took her to the sign of the exquisite, and treated her with an elopement; her name's Emily, and she lives in the east.

（Dickens, David Copperfield）

译文1：我爱我的爱人为了一个E，因为她是enticing（迷人的）；我恨我的爱人为了一个 E，因为她是 engaged（订了婚的）。我用我的爱人象征 exquisite（美妙的），我劝我的爱人从事 elopement（私奔），她的名字是 Emily（爱弥丽），她的住处在 east（东方）。（董秋斯译）

译文2：我爱我的爱人，因为她很迷人；我恨我的爱人，因她已许配他人；她在我心中是美人，我带她私奔，以避开外人；她名叫虞美人，是东方丽人。（姜秋霞、张柏然译）

译文3：我爱我的那个"丽"，可爱迷人有魅力；我恨我的那个"丽"，要和他人结伉俪；她文雅大方又美丽，和我出逃去游历；她芳名就叫爱米丽，家住东方人俏丽。（马红军译）

译文4：我爱我的心上人，因为她那样地叫人入迷（enticing）；我恨我的心上人，因为她已订婚将做他人妻（engaged）；她花容月貌无可比拟（exquisite），我劝她私奔跟我在一起（elopement）；她的名字叫埃米莉（Emily），她的家就在东城里（east），我为我的心上人呀，一切都因为这个 E！（陆乃圣译）

译文5：我对她的爱因"情"而生，只因她柔情似水。我恨她也因情而起，只因她与别人情定终身。我视她为我的情人，欲携她去远方再续情缘。她住在多情的东方，可人名曰"小青"。

译文6：吾有伊人，柔情美丽；弃我而去，吾觉恨其。

携其佳忆，化蝶浪迹；芳名曰丽，居我心底。

评析：译文1到译文4，各位译者通过不同的方式翻译，就是为了保留原文中的美质因素，即"enticing""engaged""exquisite""elopement""Emily""East"都是以"E"开头。由于英汉语言的差异，要想达到相同或相似的效果，谈何容易，但是译文1到译文4各有各的优秀之处，译文5通过"情"和"青"将原语中的"E"再现出来，译文6通过押尾韵的方式将这个线索贯穿到底，采用四字格的形式，前后对仗，句式长短一致，既"感耳"又"感目"。正是这种审美意识和审美素养，使译者从整体出发，竭尽全力让原文中的美质在译文中再现。

译者阐释原作时不是先感知其各组成要素后才注意到原作的整体，而是先感知原作的整体后才注意到作品的各组成部分，使词语的翻译符合整体风格和美感，正如鲁迅先生所说，写文章要"音美，以感耳"、"形美，以感目"、"义美，以感心"。译作则更进一步讲究语言的审美效果，鲁迅先生不仅对语言美做了基本区分，并且把它们同审美感官相联系，强调了语言的美学价值和审美感受的依赖关系。所谓音美，就是译作语言要适当讲究音韵和谐、节奏明快、语音调配，读来朗朗上口、易懂易记。形美与音美相配合，可增强语言的感染力。这里的"义美"当然和原作的含义有关，但译文语言运用的艺术性并不限于准确完整地传达原作的含义，译文的语言运用本身就可以独有其趣，引起无限的联想，使语义和音形效果交织在一起，对读者造成一种语言感化作用和文化渗透作用。

二、文学翻译的审美过程

翻译美学相关理论中提出，翻译实践就是审美主体在具备一定程度的审美意识、文化修养、审美经验这些审美条件的基础上对审美客体进行充分认识、理解、转化及对转化结果进行审美加工的过程，在此过程中，译者充分把握审美客体中的审美要素，将自己所体验出的美感通过另外一种语言表达出来。英国著名学者彼得·纽马克认为翻译包括两个步骤：首先是理解，即对原文审美构成的分析；然后是表达，其中包括转化加工和再现。

（一）认识

认识是翻译的第一步，是进行表达的前提和基础，只有对原文中的美先进行认识和理解，才能在接下来的表达中传神达意，认识对审美客体中美学信息的传播而言意义重大。因为语言是人类智慧的结晶，与文化密切相关，语言体系反映着文化，因而语言所组成的篇章中必然会反映着各种美的要素，译者想要成功地传递美学思想，就必须对原文中所附载的文化信息有清楚、透彻的认识。具体而言，译者在认识审美客体中的美学信息时通常会经过三个阶段：直观感受、想象、理解。①直观感受。这一阶段主要是译者通过采取一些直观手段如分析、推理、判断等来捕捉审美客体中形式方面的美学信息，即原文语言结构方面的美，如语音、词汇、语义、修辞、文体等层面，这是外在世界对译者的刺激所带来的审美态度萌芽，是"刺激—反应"的结果。②想象。这一阶段主要是译者通过对审美客体的气质、意境、神韵、风格等美学信息的想象，发挥主观能动性，充分利用自身的感悟能力来把握原文中的言外之意，即思想、艺术。美学信息得以传递的重要环节就是想象，其中需要译者具有很强的主观能动性。③理解。这一阶段需要译者对审美客体中有关文化、社会、环境的共时与历时进行认真分析，把握原作中的社会文化信息。简言之，译者需要对原文进行整体考虑，用心领悟，然后将自己的审美经验与主观能动性相结合，充分挖掘原作中隐含的、内在的美学信息。正如刘宓庆指出的，"理解是对审美信息整体深层意义的揭示和多向度的总体把握。"

（二）转化

转化不仅在语言结构方面是至关重要的环节，而且与语际结构转化相伴随，也是审美信息向再现发展中的关键一环，它的基本机制是移情感受；主体必应孜孜于移客体之情于己、移客体之志于己、移客体之美于己，使达至物我同一。也就是调动译者全部积累，克服原作的创作时代、原作者的生活地域、民族文化、心理素质等时空因素与译者之间的差距，努力再现理解的美感。

(三)加工

顾名思义,加工就是译者将自己在认识阶段所获得的各种各样的审美信息、审美感受进行处理,如由表及里、由此及彼、去粗取精、去伪存真等方面的精心改造。译者对审美客体的加工包括两方面:①语言形式美方面的加工。这方面的加工依赖的是译者的语言基础知识和审美判断能力。②意美信息的加工。这方面主要依靠译者的才识。总之,加工就是译者对原作文字进行加工,优选语法和修辞,找出最能表达原作内涵的字词、语句,传达出原文中所蕴含的美学信息。

(四)再现

再现是翻译审美活动的最后一个环节,是译者再现自己的加工结果。翻译再现的本质就是将内在理解转化为外在的直观表现形式,也就是为原文找到对应的、最佳的译语表现形式。换言之,再现就是译者将自己通过认识、转化、加工的心理所得用目的语即译文表述出来。再现审美客体美学信息的手法基本上有两种:模仿和重建。①模仿。所谓模仿,即加入译者主观想象的不完全模仿。这是翻译审美再现过程中必不可少的一种手段,如果是不失神采的模仿,就可以收到预期的审美效果。相关学者将模仿分为三种。其一,以原语为依据的模仿。这种模仿即根据原语审美信息和结构进行复制,从而得出译语方面的美学信息。其二,以译语为依据的模仿。这种模仿即以译语的语言特征、表现结构、社会接受度等为依据,将不符合译语语言规则的原语内容进行调整,从而在译语中进行有效表达。其三,动态模仿。这种模仿又叫"优选模仿",也就是说将原语与译语进行比较,如果以原语为依据就将原语作为模仿对象,如果以译语作为模仿对象更佳,则根据译语语进行模仿。②重建。这是一种更高层次的再现手段,与创作手法类似,该手法的优势是能够完全脱离原语形式方面的束缚,译者可以根据目的语的要求来安排体式,即"彻底译语化"。对这种手法而言,需要以审美客体为参照,尽量保证形式和内容方面的完整统一,不过更要体现译者的审美理念,将译者的审美态度贯穿其中,从而保证原文中的美感再现于译文中。简言之,译者在使用重建手段时需要有一个积极的态度。

事实上,审美主体对审美客体的理解不是一蹴而就的,表达也不仅限于上述四个阶段,译者的翻译审美活动是一个复杂的、反复的动态过程。

第五节 翻译中的审美再现

任何一种翻译归根结底都是语言的诠释和文字的转码。译者作为媒介,努力搭建原作与读者间的桥梁,因而需要对原文学作品进行再创作。译者作为媒介,其语言转换的能力影响着读者对原作的理解和诠释。考虑到目的语的文化和时代背景,译者有时得创造性地使用和变通语言,有原则地背离原作的语言规范,以符合目标语读者的语境。这种背离原作的行为实际上是译者挣脱原作的文本形式,挖掘深层次的内涵,使原作的美得以展现,这非但没有阻碍跨语际交流,反而延长了原作的生命力,赋予原作崭新的面貌。翻译不仅再现原文风格面貌,而且忠实原文的含义,传达了文学作品的艺术美、意蕴美,意义深远而隽永。这是对美的传承,是翻译的一种必然性。译者必须充分理解原作内容和洞察作者的意图,才能使译文既不丢失神韵,又能让译文形神俱备。翻译美学主张用美学的观点和原理来看待翻译,从艺术和科学的角度提升了翻译的空间,揭示了译学的美学渊源,诠释了美学意义,关注翻译中的美学问题。译者要明确翻译的目标,在翻译实践中使用各种翻译手段和方法还原原文美的要素,再现原作的精神风貌,使读者在品读文学作品中如沐春风。

一、文学翻译的审美表现

(一)文学翻译的形式美

文学翻译的形式美要求译者符合原文的行文规范和句式结构,体现原文的形式美和音韵美。译者在翻译的过程中,不仅要考虑读者的审美情趣、价值观和欣赏力,还应该保持原文的语言结构和形式美。如果目的语无法找到对等的词汇来表达原文的含义,译者有必要做出适当改变,不可避免使用创造性叛逆的手法,以期获得与原文相等的效果,如李清照名句"寻寻觅觅,冷冷清清,凄凄惨惨戚戚",林语堂译为"So dim, so dark, so dense, so dull, so damp, so dank, so dead!"林先生翻译水平之高超、手法之妙,令人啧啧称赞,其原因不仅在于译文的形式美,更在于他创造性再现原文的美感的可贵。译者运用 d 字母开头的 7 个形容词再现了诗人内心的凄苦与雨中彷徨的无奈和孤单,使用了双声调和头韵辞格。读者见此译文,内心深有感触,能体味到诗人当时凄凉的场景。前面用 6 个形容词描绘雨中的情景,而后以 dead 抒发诗人内心的苦闷和压抑,译文情景交融,层层递进,极大地激起了读者的共鸣,不仅形式符合原文结构,且创造性地再现了诗句深层的内涵,使人一目了然。

(二)文学翻译的意蕴美

文学翻译的意蕴美需要译者在语码转换过程中,抓住原文主旨,挖掘其深层内涵与意蕴。不同译者的风格、表达力和洞察力的差异,必然导致同一文本有着千差万别的译文。这种多种多样的审美再现使译文丰富多彩、风格迥异,让人流连于不同译文中,赏析不同文本的意蕴美。刘禹锡的《竹枝词》中的名句"东边日出西边雨,道是无晴却有晴"含义秀润,底蕴深厚。许渊冲先生译为:"The west is veiled in rain, the east enjoys sunshine; My gallant is as deep in love as the day is fine."赵甄陶先生别出心裁，翻译为："Sunshine in the east and raindrops in the west; It isn't warm, but warm yet, I dare say." 刘禹锡诗歌之巧妙是运用了"晴"与"情"的谐音双关的修辞格，译者必须有较高的翻译素养才能再现原文的意蕴，两位译者凭借自己对原文的理解，挑战了传统的翻译模式，再现了原文的美的意蕴。许先生摒弃了原文的双关修辞手法，采用明喻（as deep in love as the day is fine）的手法，直截了当把天气和心情联系起来，自然贴切，朗朗上口，不禁让人拍案叫绝，很好地诠释了原文的意蕴。赵先生另辟蹊径，采用 warm 的同义双关语，一箭双雕，warm 在英文中有双重含义，既可以指天气温和晴朗，又可以寓意甜美的爱情，这种双关修辞格体现了原文的神韵，还原了其意境美。译者构思之巧妙、手法之高超，让人心悦诚服。两种译文各有韵味，风格多样，既体现了原文的意蕴美，又迎合了读者的心理，两种译文各有韵味，都不失为翻译中的上乘之作。

（三）文学翻译的内涵美

文学翻译的内涵美体现了作者的审美情感和精神境界，表现了原作的艺术之美。通过把握内涵美，读者可以跨越时空，感知原作者的审美价值观，深入洞察到原文作者的思想高度。译者必须在转换语码的过程中，努力在译语环境中找到与之类似的语言，传达原文的意境和风格。这既是一个再创作也是一个文学翻译审美再现的过程。由于社会环境、思想观念的差异，不可否认有些词语很难找到对等的单词，所以译者采用省略、删减、转换等手段进行翻译，这样就保持了原文的信息，还原了原文的内涵美。如《罗密欧与朱丽叶》的选段中有这样一句："He made you a highway to my bed; But I, a maid, die maiden-widowed." 朱生豪先生译为："他要借你软梯做牵引相思的桥梁，可是我却要做一个独守空闺的怨女而死去！"鉴于中西文化爱情的差异，朱先生将"maid"和"maiden-widow"翻译为"独守空闺的怨女"，这种增减、修改的创造性手段，使译文貌似背离了原作，实则生动地再现了原作的内涵，内容之美让人拍案叫绝。李之仪的名句"我住长江头，君住长江尾。日日思君不见君，共饮长江水"人尽皆知。许渊冲先生曾译为："I live upstream and you downstream. From night to night of you I dream, Unlike the stream you're not in view, Though we both drink from River Blue." 译者中西文化贯通，匠心独运，将"长江"译为"River Blue"，而不是"Yangtze River"。诗句涉及的是恋人相隔千里的离愁和幽怨，译者正是领会了作者的创作意图，以"长江水"喻情，情意如同江水绵长不绝。而"blue"在英文中是忧郁的象征，"River Blue"完美再现了原文的内涵，这种词语的变形有利于读者准确地把握原作的内容，堪称创造叛逆成功的典范。

二、翻译审美再现的标准

林语堂 1933 年在《论翻译》一文中，提出"翻译标准之三方面"，其中有"美的标准"。在中国翻译史上，林语堂首次比较完整地提出翻译的美学思想。他从翻译的审美主体、审美客体、审美心理、审美效果、审美情趣等方面，提出了他的"忠实、通顺和美"的翻译观。在《论翻译》中，他对翻译标准是这样说的："翻译的标准问题大概包括三方面，我们可以依三方面的次序讨论它。第一是忠实标准，第二是通顺标准，第三是美的标准。这翻译的三重标准，与严复的'译事三难'大体上是正相符的。忠实就是'信'，通顺就是'达'，至于翻译与艺术文（诗文戏曲）的关系，当然不是'雅'字所能包括。但是我们须记得所以求'信达雅'的道理，却不是如此简单。我们并须记得这所包括的就是第一，译者对原文方面的问题，第二，译者对中文方面的问题，第三是翻译与艺术文的问题。以译者所负的责任言，第一是译者对原著者的责任，第二是译者对中国读者的责任，第三是译者对艺术的责任。三样的责任心备，然后可以谓具有真正译家的资格。"

一般来讲，翻译客体具有本体属性和关系属性两个特征：本体属性指原文存在的一切形态的美，包括形式系统和非形式系统；关系属性则是指原文与译文的关系、原作与译者的关系等。原文的美体现在形式系统和非形式系统中。具体来讲，形式系统从语音、文字、词语、句段等四个层面都蕴含了一定的审美信息。非形式系统由"情""志""意""象"构成，原语作者的情志、意旨、意象等范畴体现高度模糊的审美信息，捕捉这些高层次的审美信息是一种高层次的审美活动。

翻译活动的审美再现，首先是理解形式系统的审美信息，主要在语音、文字及基本语义层；然后进入非形式信息，包括意境、意象、象征意义、风格美等；再推进到作品的创作技巧及社会文化信息层面，即对与作家、作品有关的文化社会环境的历时与共时分析。翻译审美再现的标准即审美对等，指译者要忠实再现原文内容和美的品质，捕捉原文的艺术风格，挖掘原文的思想蕴含，如情景、艺术概念、主题、人物形象等因素，协调原文形式美和内容美。

例 1. 原　文："It was a splendid population—for all the slow, sleepy, sluggish-brained sloths stayed at home."

译文："这帮人个个出类拔萃——以为凡是呆板、呆滞、呆头呆脑、呆如树懒者，都待在家里了。"

评析：原句在语言形式上运用了压头韵的修辞手法，在一句话中开头字母具有相同辅音音素的词重复出现，如"slow, sleepy, sluggish-brained sloths stayed"，这一修辞手法很好地描绘了人物的懒惰和闲散，同时增加了句子的音韵美。译文很好地再现了原文的审美信息，运用了5个类似的平行的短语"呆板、呆滞、呆头呆脑、呆如树懒，待在家里"，把人物的形象刻画得入木三分，使得译文在语义和音韵上与原文获得共鸣，取得类似的审美效果，这就是我们所说的审美对等。

例2. 原文："难道这也是个痴丫头，又像颦儿来葬花不成？"因又自笑道："若真也葬花，可谓东施效颦了，不但不为新奇，而是更是可厌。"

译 文："Can this be another absurd maid come to bury flowers like Daiyu?" He wondered in some amusement："If so, she's TungShih imitating HsiShih（HsiShih was a famous beauty in the ancient kingdom Of Yieh, TungShih was an ugly girl who tried to imitate her way）, which isn't original but rather tiresome.

评析：在"东施效颦"的翻译中，译者增加了文化的注解，目的是发挥翻译活动的跨文化交流的功能、吸收原文的文化、丰富目的语文化、促进文化的多样性等，这是翻译过程中非形式方面的审美对等。

三、文学翻译中审美再现的表现

文学翻译中审美再现具体表现在语言形式系统及非形式系统的审美再现两个方面。

（一）语言形式系统方面

语言形式是作品的外部形式，是审美客体的自然感知层面，语言审美信息的承载是语音、文字、词汇和句子。作为语言的符号系统，这些层面借助语法、句法及逻辑贯穿起来，成为统一整体。语言反映作者观点，传达艺术形象和意境，文学作品是语言艺术，借助语言，反映真实生活、自然及思维过程。因此文学语言必须生动形象、可感知并且独特。文学作品翻译必须传达语言艺术魅力和特定情感，与原文精神保持一致，从而给读者启发及艺术享受。文学翻译的译者必须具备较高的语言运用能力、恰当的审美判断力及对语言美的感知和转换能力，在语言的三个层面即语音、语言结构及修辞方面再现审美信息。

原 文：The sea awoke at midnight from its sleep / And round the pebbly beaches far and wide / I heard the first wave of the rising tide / Rush onward with uninterrupted sweep.

译文：午夜，大海从梦中醒来 / 遥远辽阔的海滩烁石闪闪 / 我听见涨潮的第一声海浪 / 在绵延无阻地前进。

评析：译者通过对大海海浪声的描写展现了一幅大海的美丽景象，大海醒来，发出了涨潮第一声声响。译文中语言的语音和节奏很好地达到了原文的美学效果，为了再现原文的语音和形式的审美信息，译者借助一定修辞手法来传达，使得原语承载的审美信息得到有效转换。

（二）非形式系统方面

　　语言形式方面的美学特征具有一定物质形态，是自然感性的，可以凭主观感知进行推断的外象成分，除此以外，文学作品的审美特征在于不能被直接感受的、不确定的、无限性的非外象系统，模糊性是它的本质特征。我们称这种审美特征为非形式系统的审美特征，像作品蕴含的作者的气质和精神、通过遣词造句所表达的意境美及独特风格等，这些特征属于文本深层结构，读者必须用心体会。对文学翻译来说，译者除了要分析语言表层结构，还要去体会作品内在美，借助联想、想象进入一个体验的世界，感知作品的独特魅力，非形式方面的审美再现主要包括两个方面：情志与意象。"情志"指的是作者的情感、意旨。一部伟大的作品总是蕴含着作者丰富的人生体验和思想感悟，译者通过用心体会，与作者进行跨越时空的视域交融，并伴随着审美想象和审美感知，从而产生情感共鸣，并在译文中再现作者的情与志，这就是艺术的根本魅力所在，英文诗歌也有很多"言志"的经典之作，如雪莱的《西风颂》即表达了作者对正义社会政治思想的追求，全诗激情洋溢，特别是最后两句成为传颂的经典，例如：

　　原文：O Wind, if Winter comes, can Spring be far behind?

　　译文：呵，西风，如果冬天已到，难道春天还用久等？

　　评析：王佐良的译文气势恢宏，非常恰当地再现了雪莱的志向抱负，借助语言的音美和形美，完美再现了作者的情志。

　　"意象"是指作者的主观情感和外在物象（物、景、境）的结合，或"情"之于"文"的赋形，意象既包括对外在物象的加工构思，形成独特的艺术境界，又包含景与情的交融，寄托作者的审美理想，所以其审美信息更加模糊，是含蓄且鲜明的统一。译者在翻译中要善于捕捉意象与意境的内在含义，传达原文高层次的审美信息。例如：

　　原文：On one of those sober and rather melancholy days in the latter part of autumn, when the shadows of morning and evening almost mingle together, and throw a gloom over the decline of the year, I passed several hours in rambling about Westminster Abbey. There was something congenial to the season in the mournful magnificence of the old pile; and as I passed its threshold, it seemed like stepping back into the regions of antiquity, and losing myself among the shades of former ages.

　　译文：时方晚秋，气象肃穆，略带忧郁，早晨的阴影和黄昏的阴影，几乎连接一起，不可分别，岁云将暮，终日昏暗，我就在这么一天，到西斯敏斯特寺去散步了几个钟头。古寺巍巍，森森然似有鬼气，和阴沉沉的季候正好调和；我跨进大门，觉得自己已经置身远古，相忘于古人的鬼影之中了。（夏济安译）

　　评析：华盛顿·欧文的散文《西斯敏斯特寺》体现了欧文的写作风格：文风优雅，措辞精致，节奏徐缓，行文从容，缓缓叙述中把读者带入一个古老寺院世界——

晚秋昏暗、古寺、幽灵……为了再现原文审美特质，译者把自然物景与主观感悟融为一体，在词语选择上恰当运用凝练概括的四字词语来再现古朴的艺术境界，如"时方晚秋""气象肃穆""古寺巍巍""岁云将暮""终日昏暗""略带忧郁"等。同时，他精心挑选简练优雅的辞藻，如"相忘于古人的鬼影之中了"，将意象与意境融为一体，给予读者丰富的想象空间，完美再现了原文审美信息。

文学翻译的审美再现要求译者首先要有扎实的语言功底，对原作的词句搭配、音韵节奏、篇章语段的结构进行深入客观的剖析和理解，再现原作语言之美；其次，译者要发挥主观能动性，对原作中的情、景、意、象进行全面具体分析，领悟作者意图，把握作品各种风格特征，使形象和神韵、作者创作观点和立场达到完美统一，以再现原作艺术美。同时，我们必须承认，受限于两种语言结构、文化传统乃至思维方式的不同，加上文化差异及译者自身作为审美主体的感知、联想、情感、心理因素的限制，文学翻译的审美再现过程及成果也必然因人而异。但是，人类对美的发掘是无穷的，审美再现是译者永远的使命和目标。译者必须持严谨、审慎的态度，发扬一丝不苟的译德译风，同时还要不断提高自己的思想和业务素质，为翻译文学的发展做出贡献。

四、翻译审美再现的意义

（一）真实还原艺术形象

库勒拉在《美学原理》中指出，文学翻译是一种创造性的劳动，其重要的功能是满足社会的美学要求，使目的语读者和原语的读者得到同样的美学感受，从而满足人们的审美情趣。因此，文学翻译的译者要最大限度地发挥自己的主动性，展开艺术想象力，创造出精练优美、极富文学感染力的译文。译者须运用本族语言的艺术形式，再现原作的形象、感情和语言艺术美。如庞德《地铁车站》的译文：

原文：the apparition / of tliese faces / in the auwd petals / on a wet, black / bough。

译文：人群中 / 出现的 / 那些脸庞；潮湿黝黑 / 树枝上的 / 花瓣。

评析：作为意象派先驱的庞德受中国古典诗歌创造模式影响，其文字精练、用词具体形象、意境深刻。翻译庞德的诗歌，必须注重与原文艺术形象的融合，如环境、氛围、意境等。译文很好地再现了原作艺术形象，展现了若干具体形象组成的形象体系，传达了原作形象，体现艺术效果。

（二）准确表达情感

除了反映艺术形象，文学作品的翻译还必须准确表达某一具体场景、具体人物的特殊情感，在翻译文学作品时，译者必须反映出这种特殊情感，如作品中人物的思想、立场、观点、气质、教养、爱好、习惯、品德和才能等，使译作中所展现的形象情感具有具体鲜明的个性特征，使人印象深刻。

原文：怒发冲冠，凭栏处潇潇雨歇。/ 抬望眼，仰天长啸，壮怀激烈。/ 三十功名尘与土，八千里路云和月。/ 莫等闲，白了少年头，空悲切。

译文：

Wrath sets on end my hair, / I lean on railings where / I see the drizzling rain has ceased. / Raising my eyes, / Towards the skies, I heave long sighs, / My wrath not yet appeased. / To dust is gone the fame achieved at thirty years; / Like cloud-veiled moon the thousand-mile land disappears. / Should youthful heads in vain turn grey, we would regret for aye.

评析：岳飞的《满江红》展现了作者壮志未酬的无奈和悲愤及重振雄风收复河山的伟大情怀，许渊冲的翻译恰如其分地捕捉了作者的情感，并在译文中真实生动地再现了原文的情感，使原作的人物形象栩栩再现，译文作者也由此体会到艺术创作之美。

（三）表现语言艺术

文学是语言艺术，文学作品的每一个层面，从字句到篇章都是一个有机整体，用以表现生活，塑造形象。文学作品的语言手段，也就是文学作品的美学手段。中西方的文学家十分注重文笔，他们叙事写景形象生动、情景交融、引人入胜，体现了高度的概括性和语言艺术魅力。因此，文学翻译作品也必须通过译文语言体现这种艺术和感情色彩。否则，译文语言就会枯燥无味，失去艺术内涵。

第六章　文学翻译的意象视角

前面谈到,文学作品包含言、象、意、境四个层次。象(意象)是文学作品的基本要素,能表现情感、意境、神韵等,具有形象性、情感性、结构性等特点。汪涌豪在《中国古代文学理论体系范畴论》中将道、气、兴、象、和列为中国美学的元范畴,认为象属于天,隐于内,与形而上的道相通,形属于地,显于外,与形而下的器相连。文学作品意象美包括作品画面的视觉美(内意象)和作品语言符号的图形美(外意象)。前面谈到,汉字本身具有图形美,而且中国古诗的文字排列和长短句的错落有致都富于视觉美感,即辜正坤在《中西诗比较鉴赏与翻译理论》中所说的语形视象。译者阐释中国古诗首先是欣赏其文字图形美。庞德等西方意象派诗人对中国古诗文字图形美的敏感和迷恋程度,比中国本土译者有过之而无不及,这一现象值得反思。译者在把握原作文字图形美的过程中发挥再造想象神游于原作的画境和情境(内意象)中。原作意象是作者感宇宙天地万象而起兴、与大自然产生精神共鸣的产物,是心物感应的结果。译者感原作意象而起兴,通过移情体验与作者(原作人物)产生心灵共感,赋予译作意象以个性化感悟的色彩。

第一节　意象的形象性

文学意象的创造是物象—心象—审美意象—语象的过程。作家体验生活,积累起感官印象,然后通过艺术变形使其升华为审美意象,最后将其外化为语言符号(语象)。文学意象与绘画意象有相通之处,中西美学强调诗画融合,异质同构。莱辛在《拉奥孔》中认为绘画是表现静景的空间艺术,诗歌是叙述动作的时间艺术。朱光潜在《诗论》中认为诗善于化静(画象)为动(诗象),以时间的承续暗示空间的绵延。中国绘画善于通过实境表现虚境,中国古诗受其影响,不著一字,尽得风流,诗情画意融为一体。文学语象的绘画性具有暗示性、触发性和超越性,能激发读者想象,在其头脑中唤起生动优美的画面,将读者之神思引向画外之境,把读者带入艺术胜境,"状难写之景,如在目前;含不尽之意,见于言外"。文学意象的诗象美与画象相融合能产生一种复合的通感美效果,即西汉刘向《修文》所说的目悦、耳悦、心悦。钱锺书《管锥篇》认为通感是"寻常眼、耳、鼻三觉亦每通有无而忘彼此,所谓'感受之共产',即如花,其入目之形色、触鼻之气息,均可移音响以揣称之"。"五官感觉真算得有无相通,彼此相生了"。王明居在《唐代美学》中认为通感是主体在感官相通的基础上反复玩味、其"情感、思绪、心智对审美客体的诱惑产生积极感应"的结果,读者如闻其声、如睹其形、如嗅其味、如触其物、如临其境。

中国文学中的意象主要指诗歌和散文意象。唐代司空图《二十四诗品》最早提到诗象"意象欲生,造化已奇",明代李东阳认为诗应"音韵铿锵,意象具足",王廷相认为诗"贵意象透莹"。国内学者朱光潜、袁行霈、谭德晶、严云守、吴晟等都对诗歌意象有深入研究。谭德晶在《现代诗歌理论与技巧》中探讨了诗歌的渲染烘托性意象与意境的关系、诗歌的喻象系统和象征性意象。吴晟在《中国意象诗探索》中探讨了中国意象诗的历史发展、哲学背景、心理机制、内在构造、禅宗悟性、生命探索、表现手法、价值取向、审美接受和美学意义。与诗歌相比,散文善于在写景状物中融入作者的生命体验和感悟,蕴含了深刻的诗意哲理。在中国文学史上赋兼有诗与散文的特点,善于铺陈描摹,极具意象的感官美。陆机《文赋》认为赋"体物而浏亮"。朱光潜认为赋善写"杂沓多端的情态",铺张华丽。

在文学翻译中译者应充分发挥译语的表达力,力求生动地再现原作意象所呈现的优美画面。译者主体具有心理结构,原作客体具有审美形式结构,如果两者之间产生协调效应,译者就获得了审美体验。原作意象是作家审美心理与天地万象达到同构的结果,在文学翻译中译者使自我审美心理与原作意象实现同构,在头脑中重建原文格式塔意象图式,这个意象整合的过程是从表层到深层(言—象—意—境),又从深层到表层(境—意—象—言),循环渐进。意象是意之象、情之象,译者要深刻感受原作意象所传达的作者情怀,触摸其灵魂,全身心沉入原作画境和情境之中,通过移情体验对原作意象产生强烈的共感共鸣。翁显良认为翻译首先是"由浅入深,充分领会其意象情趣",然后用译语构思,"出之以浅",使译语读者"从浅中见深"。顾正阳在《古诗词曲英译美学研究》中深入探讨了古诗翻译形象美的再现。古诗的形象包括山水景物形象,运用修辞(明喻、暗喻、拟人、夸张等)手法和特殊句式(倒装、省略等)塑造古诗中的人物形象。译者应灵活运用译语的修辞手法来传达原作自然景象的视觉、听觉等审美效果,生动再现原作人物形象的外貌仪容、神态举止。

第二节 意象的情理相融性

文学意象包含意与象两个要素,象是表意的手段,意是象的内核,意为主、象为辅。清代王夫之认为诗"以意为主""意犹帅也"。第环宁认为意象是"集知、情、意于一体的以直觉或感兴方式呈现的心意状态"。雷淑娟认为意象是"主观之意和客观之象相互作用下,以直觉思维的形式而瞬间生成"的艺术表象,意象之意是情志,融合了情与理,是"充溢着情感、情绪的思致"。吴晟认为意象是诗人"内在情绪或思想与外部对象相互熔化、融合的复合物",凝聚了诗人的审美联想和哲学思辨。吴建民认为诗人通过艺术构思将"勃勃跃动的情感意绪、生命精神"注入艺术表象,情感与表象相融相游,创造出"生动活泼、充满生命情韵"的审美意象,它表现诗人心中之景,是诗人生命精神对象化的产物。辜正坤在《中西诗比较鉴赏与翻译理论》中提出了义象美(诗歌字词句或整首诗的"意蕴、义理作用于大脑而产生的美感"),包括小义象(单个字词句所显示的意蕴、义理)和大义象(诗篇整体所昭示的意蕴、义理)。诗歌意蕴往往含而不露,带给读者朦胧蕴藉的感受。

　　文学意象具有抒情、表意、言志的功能,其中抒情是核心功能。《礼记》认为音乐通过乐象来抒情,音乐起于志,发于情,情与歌、舞、言、声、音之间相互触发。中国诗人观宇宙天地之万象,内心激荡("气之动物,物之感人,故摇荡性情,形诸舞咏"),他们"遵四时以叹逝,瞻万物而思纷;悲落叶于劲秋,喜柔条于芳春""登山则情满于山,观海则意溢于海"。唐代殷璠提出兴象说,认为自然意象能触发诗人感兴生情,通过审美观照对客体产生直觉的审美愉悦,"一情独往,万象俱开"。

　　诗人内心有激情,意象才能从笔间喷涌而出,表现情真、景真、事真、意真,实现融情入理、情景交融、情事互映。诗人让自我生命意识"无滞无碍地流入对象之中,体察着对象的亲和及同自身一样的生命气息",进入身与物化的境界。相比较而言,西方意象派诗歌注重意中之象的模仿功能,中国美学注重象中之意的生命体验。朱光潜认为主体凝神观照之际心中只有一个"完整的孤立的意象""物我由两忘而同一,我的情趣与物的意态遂往复交流,不知不觉之中人情与物理互相渗透",通过移情作用主体内在情趣与外来意象相融合,一方面,主体"心情随风景千变万化";另一方面,"风景也随心情而变化生长""惜别时蜡烛似乎垂泪,兴到时青山亦觉点头""情景相生而且相契合无间,情恰能称景,景也恰能传情,这便是诗的境界"。

　　在文学翻译中译者既要力求生动再现原作意象之象(画面景物),更要再现原作意象之意(情思、情趣、理趣等)。顾正阳在《古诗词曲英译美学研究》中深入探讨了古诗翻译中的别趣美,包括奇趣、理趣、风趣、灵趣、隐趣。奇趣指原诗构思奇妙,"无理而妙";理趣指原诗所蕴含的人生哲理,诗人托物言志,或借景抒情,或即事明理;风趣指原诗充满诙谐和幽默,富于生活情趣;灵趣体现在原诗"有无相兼、虚实莫辨的变幻莫测中";隐趣指原诗运用双关,"奇美潜在,隐趣顿生"。中国古诗的意趣、理趣往往含蓄蕴藉、意味深长,译者要深刻领会,适度保留原诗意象的朦胧美、模糊美,留给译语读者回味的空间。

第三节　文化意象

　　文学意象往往是一种文化原型意象,表现了一个民族特有的人生价值观、艺术审美观等,蕴含深厚的文化心理积淀,是一种文化符号。荣格认为文化意象包含了集体无意识,它是"我们古老祖先在生活中反复经历的各种经验"的心理沉淀物,是"我们祖先的无数典型经验所公式化了的结果"。原型意象有四个来源:神话宗教意象(如杜鹃、湘竹、碧血、天使、魔鬼等);地域节令意象(如山川林泉、春、秋、黄昏日落、大海荒野、夏、冬、日出等);社会礼俗意象(如登临、折柳、赏菊、唱诗、礼拜等);源自经典文本的历史文化典故,如中国文学的"庄生晓梦迷蝴蝶,望帝春心托杜鹃"等、妇方的《圣经》、古希腊罗马神话典故等。作品文化原型意象具有互文性特点,对其的阐释是互文性阐释,需要译者参照其他源语作品中相关的文化意象相互阐发。

　　文学作品的自然意象往往被赋予人文意味,成为文化象征意象,成为作家精神寄托、安顿心灵的对象,如梅、竹、兰(君子意象)、仙鹤(隐士意象)。作品人文意象既描写人生百态的实象,也包括虚构的神话意象。中国美学的人文意象包含儒家的圣人、君子、英雄,道家的隐士、幽人,佛家的诗僧等。中国古诗善于将历史文化典故自然巧妙地融入作品,富于文化气息和历史厚重感,即辜正坤在《中西诗比较鉴赏与翻译理论》中所说的事象美(诗歌"典故、情节和篇章结构之类在读者头脑中产生的美感")。中西文学都大量描写自然景象,相比较而言,中国文学多描写山水意象来寄托人文情怀,西方文学多描写海洋、森林等意象来传达宗教情感。胡晓明认为"幽谷、林壑、深山、明月、清泉、悠云、空峡"等自然景观有着"安顿灵魂、抚慰心灵、虚静气质、解脱纷争之功效,以召唤疲于仕途、搏于厄运、身心憔悴于世乱与危机之中的诗人"。

　　在文学翻译中原作文化意象的再现是一种文化传递,是文化意象的异域旅行。原作意象所体现的源语文化特色被带入译语文化后会出现不同程度的损失和变异。译者应考虑译语文化对原作文化意象的接受度和容纳度,通过译语尽可能保留原作意象的文化异质性。辛红娟在《〈道德经〉在英语世界——文本行旅与世界想象》中探讨了"道"的意象在西方世界的接受、传播和变形,作者首先梳理了中国哲学中"道"的意象和《道德经》形象,然后分析了译本中生成的"道"的意象和译语读者对《道德经》的想象,最后分析了导致这种意象转变和形象变迁的文化动因。

第四节 唐诗与宋词的意象比较

  唐诗、宋词是中国古诗的艺术高峰，其意象美各有特点。比较而言，诗庄词媚，唐诗（尤其初唐和盛唐诗）庄重雄阔，意象宏大壮丽，境象阔大外张，富于阳刚美；宋词温婉妩媚，意象细腻微小，境象纤弱内收，富于阴柔美。唐诗多描写英雄豪杰，宋词多描写女性形象（外貌、情态、心理、服饰、居所等），如蛾眉、帘幕、香闺、裙襦等。袁行霈在《中国诗歌艺术研究》中认为词以"曲院、小窗、尊前、花间"为典型环境，以"残月、细雨、碧烟、霜华"为典型景色，以"罗裙、熏笼、云鬟、粉泪"为典型事物。唐诗多描写大漠雄关、边塞风情，宋词多描写闺楼思妇，表达春思、春梦、春愁。唐诗气壮，慷慨悲歌；宋词情深，儿女情长。唐诗以气胜，宋词以情胜，诗豪词婉。

  唐诗多描写自然景象，宋词多描写人文意象。宋代咏物词善用比兴寄托手法，通过梅、兰、竹、菊等君子意象来表现诗人的人格美，在此意义上，诗庄词雅。胡晓明认为秦汉诗是"宗教世界之理性化"，晋、唐诗是"经验世界之心灵化"，宋诗词是"对象世界之人文化"，明代诗是"人文世界之自然化"。苏轼的婉约词多表达思念故土、牵挂亲人的情感体验和逍遥林泉、纵浪大化的道家情趣。幽人是道家人格理想，苏轼以幽人自喻，表现了高雅的情趣和超凡脱俗的人格境界。司空图《二十四诗品》也通过"幽人"表现诗之幽境，后来成为宋词最重要的意境形态。

  唐诗多赋情于景，激情澎湃；宋词多景中生情，千回百转，韵味悠长。况周颐《蕙风词话》认为词有"深美流婉之致"，追求"蕴藉有致""情景交炼""淡远有神"，表现"烟水迷离之致""迷离恍惚之妙"。"迷离"（韵味美）是宋词的重要特点。刘熙载《艺概》认为"词，淡语要有味，壮语要有韵，秀语要有骨"。汪涌豪认为汉唐文学追求风骨美，宋元文学追求平淡美，重"静、虚、远、闲"，表现"平、简、清、野"之美。比较而言，豪放词多壮语，重骨气；婉约词多淡语、秀语，重韵味。朱崇才《词话理论研究》认为婉约之"婉"指"婉媚风流"的女性美，"音律谐婉，语意妥帖"的曲、顺之美，"含思凄婉"的凄清幽深之致，"约"指词常描写"缥缈之情思""绰约之美人""隐约之事物"，常用"幽深隐微""圆美流转""曲尽其情"的比兴手法，读来余音绕梁，回味无穷。宋词善写远景，刘熙载称其为空灵之境。宋元文学追求远韵，作家内心静虚，则处己必"闲"、处物必"远"。作家内心闲淡，其笔下景物才能玄远空灵。在唐宋诗词的翻译中译者要深入把握原诗意象的审美特点，力求通过译语生动再现原诗意象所表现的诗情画意、所蕴含的诗意境界和诗性哲理。

第五节 文学作品意象结构的再现

　　文学作品意象结构往往包含中心意象和从属意象，从属意象对中心意象起渲染和烘托作用。中国古诗意象结构的安排深受传统绘画的影响，中国绘画讲究画面的结构布局，突出空间感、层次感、纵深感，于尺幅之间表现宇宙天地。中国古诗也突出意象画面的立体感、层次感。严云受在《诗词意象的魅力》中认为汉诗意象安排遵循三个原则：一是以意为主，按照作品内在意脉来排列意象，以表现作品整体意蕴。况周颐《蕙风词话》强调词要立意，"句中有意即佳""意内言外""取题神外，设境意中"，词的立意要新、深、真、婉、实。优秀作品都具有一种诗意内涵，文学翻译就是要忠实传达原作的诗意。于德英在《"隔"与"不隔"的循环：钱锺书"化境"的再阐释》中认为文学翻译是诗意跨越时空之旅，文学语言是多义性、隐喻性的诗意语言，其意蕴具有开放性，译者与作者"互观共感，两情相契"，深刻把握原文言、象、意构成的有机生命体（审美格式塔），通过译语将其再现出来。

　　二是有机性，诗歌意象之间疏密有致、生气贯注，相互联系映衬。况周颐认为词善用虚实相间、疏密相间、真幻相间的手法。刘熙载《艺概》认为词的章法结构注重"奇正、空实、抑扬、开合、工易、宽紧"，善于"冷句中有热字，热句中有冷字，情句中有景字，景句中有情字"。在文学翻译中译者要深刻把握原诗意象的排列手法和意象间的有机联系，力求通过译语再现出来。刘华文认为中国古诗意象具有"及物性"，它能引发系列的意象群，形成审美完形结构，与主体心理完形结构相呼应，译者力求把源语的意象群整体性地嫁接到译语中，使译文中的形象符合原文中的形象，并保持完整性，还原原文的"神"，实现"神通"。顾正阳认为中国古诗善于通过"动静并存绘景""动静并存叙事""动静并存抒情"来表现动静结合的和谐美和流线美。古诗的清静之境反映诗人恬然安谧之心境，具有"空蒙、纯净、灵秀"的美感，诗人"着意静景"或"静景寓情"。古诗的跃动之境反映诗人激动怨愤之心境，诗人"投注动景"，或"关注画面"，或"倾注事件"。有的古诗在景色和情思描写中以动显静，有的古诗寓静于动，具有朴素、简约、平淡之美，译者应力求再现原诗的"清幽美""飘摇美"和"跌宕美"。

　　三是层深性，诗歌意象通过表层实境去暗示深层虚境，在动境中融入静境，带给读者一种寻幽探秘、曲径通幽、回味无穷的感受。刘熙载认为"词以炼章法为隐，炼字句为秀"，"章法隐"是指意象组合要表现象外之象、景外之景、味外之味，"字句秀"是指作品每个意象都要栩栩如生。中国古代诗人善于将近景与远景相互衬托，尤其对远景情有独钟，他们以玄远之心追求淡远之境，即陶渊明所说的"心远地自偏"。郭熙的"三远"说对远景、近景做了深刻阐述,认为山水景物"远望之以取其势,近看之以取其质""高远者明了,深远者细碎,平远者冲淡"。张晶认为"远"是"超越有限,以至无限"的终极审美,它包含以下内涵:"超越距离的观照方式和物我合一的澄怀虚境""超越形象的创作理法与简约冲淡的神妙意境""超越语言的体悟思维和意在言外的无穷意味",他认为"平远"最能表现"超然之美",其"冲融平淡的意境正是精神无所牵挂、超脱自由的虚空之境"。

在文学翻译中译者要深刻剖析原作意象的层次结构,把握其内在意脉,力求通过译语将其再现出来。中国古诗善于通过以少总多、以小见大的手法展现一种立体广阔的艺术空间。顾正阳在《古诗词曲英译美学研究》中探讨了古诗英译中的"以小见大"美,包括"以小景传大景之情""借咏小物寄托深意""借小事反映社会问题"。译者要深刻把握原诗意象所蕴含的比兴、寄托和象征手法,力求通过译语再现出来。刘华文在《汉诗英译的主体审美论》中阐述了物、物象、意象三个范畴,认为意象具有最高审美价值,意象群是一种完整的审美完形结构,古诗翻译应力求保留原诗意象群的完整性,实现"形合神通"。

第七章　文学翻译的意境视角

在文学作品言、象、意、境四个层面中，境（意境、境界）是最高层面。中国美学的意境有两个源头：一是意象论，它是意境论的萌芽和基础，意境论是意象论的成熟和升华。意境论以情景说为核心，意境是情景交融所产生的艺术效果。王夫之说："情景名为二，而实不可离。神于诗者，妙合无垠。巧者则有情中景，景中情……景中生情，情中含景，故同，景者情之景，情者景之情也。"王国维的《人间词话》提出了情语和景语。童庆炳在《中华古代文论的现代阐释》中认为气、神、韵、境、味是中国美学的元范畴，在文学作品中气与语言相关，神、韵与形象相关，境与意蕴相关，味与文学鉴赏相关。二是从外域佛教传入中国美学的境界论。佛家认为"境由心生"，"六境"（色、香、声、味、触、法）与"六识"（眼识、耳识、鼻识、身识、舌识、意识）、"六根"（眼、耳、鼻、舌、身、意）共称"十八界"，统称"境界"。佛家的境界说直接影响了唐代王昌龄的三境（物境、情境、意境）说。

第一节　中国本土美学的意境论

中国本土美学的意境论由意象论升华而成。就象而言，它经历了易象（天象、地象）—老子"道"象—意象—象外之象的演变过程，象外之象就是意境。中国美学意境包含诗境和词境，诗境论兴盛于唐代，刘禹锡认为"境生于象外"，司空图提出了象外之象、韵外之致、味外之旨。明代朱承爵认为"作诗之妙，全在意境融彻，出言声之外，乃得其味"。清代笪重光认为"空本难图，实景清而空景现；神无可绘，真境逼而神境生"，绘画之道在于"天怀意境之合"。

词境论源起于宋代，兴盛于清代。宋代张炎《词源》倡导清空之境，"词要清空，不要质实，清空则古雅峭拔，质实则凝涩晦昧""清空中有意趣"。清代沈祥龙认为清是"不染尘埃"，空是"不著色相"，"清则丽，空则灵"。周济《宋四家词选》认为质实也是词境，有其审美价值（"初学词求空，空则灵气来；既则格调求实，实则精力弥漫"）。陈廷焯《白雨斋词话》认为沉郁为词之化境、高境、胜境（"词之高境，亦在沉郁，然或以古朴胜，或以冲淡胜，或以巨丽胜，或以雄苍胜：纳沉郁于四者之中，故是化境"），表现为古朴、冲淡、巨丽、雄苍四种风格。况周颐《惠风词话》认为词境"以深静为至",能"融情入景,得迷离惝恍之妙""淡远取神",词有重、拙、大三境:重即凝重,"凝重中有神韵",神韵乃"事外远致也";拙即朴素自然之美,"宋词名句,多尚浑成""朴质为宋词之一格";大即作者宏大的气魄和高雅的风度。

笔者认为况周颐的三境论更多体现了豪放词的特色,而婉约是宋词的本色。比较而言,诗境具有庄重美,词境具有流动美。谭德晶在《唐诗宋词的艺术》中认为宋词情韵悠长,善于将意、景、情融入倾诉式的语句中,获得流动感和音乐性,通过整体性的抒情旋律来表现词境。

王国维的境界说与王昌龄的意境说、司空图的象外说并称中国美学意境论的三个基石。《人间词话·附辞》说"文学之事,其内足以摅己,而外足以感人者,意与境二者而已。上焉者意与境浑,其次或以景胜,或以意胜。苟缺其一,不足以言文学。原夫文学之所以有意境者,以其能观也。出于观我者,意余于境。而出于观物者,境多于意。然非物无以见我,而观我之时,又自有我在。故二者常互相错综,能有所偏重,而不能有所偏废。文学之工不工,亦视其意境之有无,与其深浅而已"。意象与情趣相融才有意境("不隔"),如果意象与情趣分离则有象无境("隔"),同一诗人的作品也有"隔"与"不隔"之分。境界包含无我之境(诗人"以物观物,故不知何者为我,何者为物")和有我之境(诗人"以我观物,故物皆著我之色彩")。有我之境与无我之境只是相对而言,作家有真情真意才能写出真景真境,"境非独谓景物也,喜怒哀乐,亦人心中之境界。故能写真景物、真感情者,谓之有境界,否则谓之无境界"。"昔人论诗词,有景语、情语之别,不知一切景语,皆情语也"。

朱光潜对王国维的境界说做了深刻阐发,认为"情趣与意象恰相熨帖,使人见到意象,便感到情趣,便是不隔。意象模糊零乱或空洞,情趣浅薄或粗疏,不能在读者心中现出明了深刻的境界,便是隔"。朱光潜深受西方学者克罗齐审美直觉说的影响,强调诗人通过移情体验与客体融合,"见"出诗境。宗白华的《中国艺术意境之诞生》探讨了中国美学意境论的民族文化特色,认为意境是中华民族的宇宙人生境界,将中国美学意境论提升到更高层次。

第二节 佛家美学的意境论

佛家的境界说是中国美学意境论的另一源头。意境范畴诞生于唐代有其深刻的历史文化背景,唐代是佛学兴盛时期,唐代美学富于佛学色彩。佛家意境是一种禅境,是心造之境,"冥心真境,妙存环中"。佛家的心境说深刻影响了中国美学,王昌龄强调主体以心感物("人心至感,必有应说,物色万象,爽然有如感会")、以心照境（"一日生思，久用精思，未契意象，力疲智竭；放安神思，心偶照镜，率然而生。二同感思，寻味前言，吟诵古制，感而生思。三同取思，搜求于象，心入于境，神会于物，因心而得"），才能创造诗之三境（物境、情境、意境）。第环宁在《中国古典文艺美学范畴辑论》中认为物境指自然山水境界，情境指人生经历的境界，意境指内心意识的境界，三境属于同一层次。诗僧皎然提出了取境说（"天真挺拔之句，与造化争衡。可以意会，难以言状，非作者不能知也，夫诗者，众妙之华实，六经之菁英"），诗的最高境界是"至险而不僻，至奇而不差，至丽而自然，至苦而无迹，至近而意远，至放而不迁"。

第三节　意境的美学特点

一、意境的虚实相生性

文学作品意境是一种审美复合结构，它是通过意象之间相互连接、呼应和映衬形成的有机系统，是意与象融合所产生的艺术境界和氛围。在意象中象是实、意是虚，在意境中象、意是实，境是虚。意象即老子所说的五色、五音、五味，意境是一种象外，是意象通过整体性融合所产生的虚实相生的结构效应，即老子所说的"大音希声，大象无形"。清代李渔的《审虚实》是中国美学第一篇探讨虚实相生的专论。汪涌豪在《中国古代文学理论体系范畴论》中认为象外是艺术内蕴的感性化释放，是一种超象。李思屈在《中国诗学话语》中认为中国美学的虚实相生观经历了老庄的有无论、先秦儒家的"引譬联类"、汉魏以无为本的虚实相生本体论和以"象罔"体道的虚实相生表现论、佛教的色空思想、唐末司空图的象外说、宋代的空灵冲淡之美的发展过程。

相比较而言，象是具体感性的富于魅力的美的形象，象外是形象之外的虚空境界。王明居在《模糊美学》中认为意境"含而不露，引而不发，意在言外，余韵袅袅"，含隐蓄秀，以少胜多，讲究味外之味、韵外之致。中国美学主体通过在场的言、象（实）去把握不在场的意、境（虚）。童庆炳《中华古代文论的现代阐释》认为在中国美学中"高不言高，意中含其高。远不言远，意中含其远。闲不言闲，意中含其闲。静不言静，意中含其静"。意境是实象与虚境的融合，意境创造是象—意—境—言的过程，作家描象以表意，表意以写境，由实入虚，由虚悟实，返虚入浑，进入意中之境，把握飞动之趣。国内学者中张少康、童庆炳、蒲震元等强调意境的空间性，认为意境是具有张力的诗意空间。

文学作品意境是作家与读者审美体验融合的产物，童庆炳认为意境生成有五个条件，其中就包括读者的审美参与。胡经之认为读者为作品"通体光辉和总体的意境氛围感动与陶冶"，在恬然澄明之中与作者灵魂"在宇宙生生不息律动中对话，在一片灵境中达至心灵间的默契"，感受到"形骸俱释的陶醉和一念常惺的彻悟"，参悟到宇宙和人生的奥义。在文学翻译中译者阐释原作意境需要充分发挥审美感知、情感、想象、判断、直觉等心理机制，对原作画面空白进行填补，把握其象外之意、味外之旨，进入原作虚境。译者全神贯注，排除杂念，内心虚静，对原作进行审美静观。老子说"致虚极，守静笃"，庄子认为"气也者，虚而待物者也，唯道集虚。虚也者，心斋也"。刘勰《文心雕龙》说"是以陶钧文思，贵在虚静，疏瀹五藏，澡雪精神"。在深刻把握原作意境虚实相生的诗意美的基础上，译者要力求通过译语将其再现出来。于德英《"隔"与"不隔"的循环：钱锺书"化境"论的再阐释》认为意境表现一种"无言之大美、超象之虚空"的审美境界，文学翻译就是一种由实渐虚的诗意创生的过程。

二、意境的生成性

　　文学作品意境通过虚实相生的手法而生成，是作家创作与读者阐释共同作用的产物。作家通过语言描绘生动优美的意象画面，传达真挚的情思和深沉的生命体验，读者阐释作品，与作者（作品人物）进行对话，发挥想象和联想在头脑中激活作品意境，领悟其深层诗意哲理。黄念然《中国古典文艺美学论稿》认为诗歌意境是"情景交融""兴象浑融""形神兼备""虚实相生"的生成过程。蒲震元认为意境是作品"特定形象及其在人们头脑中表现的全部生动性或连续性的总和"，是作品艺术情趣和气氛以及它们所触发的联想与幻想的总和，作品象、象外之象、象外之意通过相互生发与传递而联袂不穷，纷呈迭出，就产生了意境。意境创造与鉴赏依靠一种"东方内倾超越式的无限意象生成心理"，通过虚实相生的艺术形象、符号的触发达成"对大宇宙生命创化流行规律的体悟"。蒲震元的观点可归纳为：一是意境必须有形象（意象）的触发才能产生；二是意境产生于虚实相生的手法；三是作品深层意境是主体对宇宙生命的深刻体验，是一种生命境界。作家创作原作要立言破言、以言消言、得意忘言、由象筑境，原作诗意就在作品言、象、意组成的格式塔结构中。文学翻译的过程是原作诗意的再生。译者对原作意境的阐释是与作者对话的过程，是生命的相互敞开，译者由言悟意、由言味象，由象入境、最后力求通过译语再现原作的格式塔意象结构。

三、意境的情景交融性

　　意境是主体之情与外在之景相融合所产生的效果。谢榛《四溟诗话》认为"景乃诗之媒，情乃诗之胚，合而成诗"。刘熙载《艺概》认为词追求情景交融（"词或前景后情，或前情后景，或情景齐到，相间相融，各有其妙"）。黄念然在《中国古典文艺美学论稿》中认为主体之情与客体通过互渗（情以物兴、物以情观）而生成意境。童庆炳在《中华古代文论的现代阐释》中认为意境的形成包含五个条件，其中之一就是情与景必须相互应和，"相兼相惬"。胡晓明《中国诗学之精神》认为儒家诗境将自然生命化、人情化，人心与自然之间从感应到融凝为一，即王昌龄所说的境思，它是物象与情意"欢然拥抱、交契融合、饱满丰盈"的构思体验，物象"引逗、兴发、对应"主体微妙的心灵世界，实现诗思之自然化（兴象浑融）。在道家诗境中诗人身心与大自然"亲近、遨游"，对话交流，息息相通，大自然的"深邃、含藏、自化自足、无争无待、清静温厚、生香活意"等灌注于诗人的诗思之血液，使其获得生命的安顿。佛教禅境将中国美学意境的经验世界提升为心灵世界，诗人之情意"浸濡"于物象，物象为情思所把握，经验世界被心灵化。

意境中情与景的组合有三种表现形态：白描式（情感隐含在意象里）、直抒胸臆式（作品不描写或描写很少的意象，而直接抒情）、情景交融式（作品借景抒情，意象与情感浑然一体）。国内一些学者对意境表现形态做了分类，袁行霈在《中国诗歌艺术研究》中认为情景交融有三类：（1）情随境生，诗人"遇到某种物境，忽有所悟，思绪满怀"，通过物境描写表达自我情怀，达到意与境的交融；（2）移情入境，诗人将感情融入物境，又借物境描写将其抒发出来，使物境带上情感色彩；（3）情景交融，诗人"体贴物情，物我情融"。

龚光明在《翻译思维学》中也认为情景交融有三类：（1）景中藏情，作家之情通过逼真的画面来表达，更显情深意浓；（2）情中见景，作者"直抒胸臆，有时不用写景，但景却历历如绘"；（3）情景并茂，前两种意境模式的融合。

胡经之在《文艺美学》中认为意境包含三种美：（1）虚实相生的取境美，以少见多、以小见大、化虚为实、化实为虚；（2）意与境浑的情性美，意与境和谐融洽、韵味无穷；（3）深邃悠远的韵味美，作品诗味蕴含在"余于象"的意中。

况周颐在《蕙风词话》中认为词境包含低层的一般意境、"空灵可喜"的中间层意境、"高绝"的深层意境。词以婉约、含蓄、隐曲、朦胧、蕴藉为本色，词境是静境、幽境、深境，是静穆之境（淡穆之境和浓穆之境），浓穆之境高于淡穆之境。谭德晶在《唐诗宋词的艺术》中分析了三种词境：（1）迷离渺远之境，"烟雨迷离，山远水重"；（2）雄浑之境，"雄伟壮丽的自然景物与诗人豪放、激昂之情"融合，具有波澜壮阔的气势和雄浑的意境"；（3）深静之境，静穆之境。

在中国美学史上王国维对意境（境界）的形态做了深入研究，提出了境的"隔"与"不隔"、景语与情语、有我之境与无我之境等重要范畴，朱光潜运用现代美学对其做了深刻阐发。在文学翻译中译者要深刻把握原作意境在情景组合上的表现形态，力求通过译语将其再现出来。商瑞芹在《诗魂的再生——查良铮英诗汉译研究》中探讨了以朱光潜为代表的中国诗学意境观，认为它与英美浪漫主义诗学有相通之处，查良铮在翻译拜伦、雪莱等人的诗歌时准确把握了原诗意境，巧用动词，以动态美再现原诗意境。

第四节　意境的含蓄美

文学作品意境具有含蓄美，它由多种因素造成。第一，是主体审美体验的模糊性。老子说："道之为物，惟恍惟惚。惚兮恍兮，其中有象；恍兮惚兮，其中有物。窈兮冥兮，其中有精；其精甚真，其中有信……视之不见名曰夷，听之不闻名曰希，搏之不得名曰微。此三者不可致诘，故混而为一。其上不皦，其下不昧，绳绳不可名，复归于无物，是谓无状之状，无物之象，是谓惚恍。迎之不见其首，随之不见其后。"惚恍就是模糊美。

第二，意境的含蓄美源于虚实相生的表现手法，是有形与无形、有限与无限、实境与虚境融合所产生的效果。诗人万取一收，对万物（万象）进行提炼浓缩，将其凝练为具有象征性、隐喻性、含蓄性的意境。张少康认为意境是"以有形表现无形，以有限表现无限，以实境表现虚境，使有形描写和无形描写相结合，使有限的具体形象和想象中的无限丰富形象相统一，使再现真实实景与它所暗示、象征的虚境融为一体"，表现出"强烈的空间美、动态美、传神美，给人以最大的真实感和自然感"。

意境融合了真境（生动美）与神境（传神美），蕴含了一种复杂深刻的人生况味，让读者玩味无穷，体验到一种含蓄美。李思屈认为中国美学的虚实相生观在本体论上是一种哲学宇宙感，追求崇高感与虚无感的统一，"在空虚里追求人的存在"；在结构论上是道的生成，"性灵所钟"的主体体悟自然，畅神而游，达到"灵魂寄寓"的境界；在技巧论上它体现为"采奇于象外""化景物为情思"等手法。中国古诗善于运用"兴"的手法来婉达其情，创造含蓄朦胧的意境。清代朱庭珍认为"兴"能"取义于物，以连类引起之，反复回环，以至唱叹，曲折摇曳，愈耐寻求"。宋词善于通过寄托比兴手法来表现迷离渺远之境，达到千回百转、情景交融、韵味悠长的艺术效果。朱崇才《词话理论研究》认为寄托比兴之词有两种：男女词（"美人"模式）、托物言志之词（"香草"模式），常描写"缥缈之情思""绰约之美人""隐约之事物"，其意境"幽深隐微""圆美流转"。

第三，意境的含蓄美是言有尽而意无穷的审美效果。《周易·系辞上》说"书不尽言，言不尽意"，庄子认为"语有贵也，语之所贵者意也。意有所随，意之所随者，不可以言传也""可以言传者，物之粗也，可以意致者，物之精焉"。主体通过有（有名、有形）把握无（无名、无形）。陆机《文赋》提出"课虚无以责有，叩寂寞而求音"。魏晋王弼认为："夫物之所以生，功之所以成，必生乎无形，由乎无名。无形无名者,万物之宗也。不温不凉,不宫不商,听之不可得而闻,视之不可得而彰,体之不可得而知,味之不可得而尝。故其为物也则混成,为象也则无形,为音也则希声,为味也则无呈。"物之生、功之成来源于无形和无名(道),主体对无形无名无法听之、视之、体之、味之,因为它混成、无形、希声、无呈,因此无为本、有为用,有归于无,"天下之物,皆以有为生。有之所始,以无为本。将欲全有,必反于无也"。象是连接言与意的桥梁和媒介,王弼强调主体得象忘言、得意忘象("言所以明象,得象而忘言;象者所以存意,得意而忘象"),主体有时主动忘言以得象,有时言不尽意而不得不忘言,命言破言,言下忘言,以言生言。

  文学作品意境的含蓄美依托言、象,寄寓象外,作家通过凝练含蓄的语言去表现朦胧飘渺的意蕴,在作品画面中留出空白,形成虚境,激发读者的想象和联想加以填补。由于中国美学强调少言、简言,所以意境的含蓄美表现为简朴素淡之美。王弼说:"夫镇之以素朴,则无为而自正。攻之以圣智,则民穷而巧殷。故素朴可抱,而圣智可弃。"素朴美是言简意丰的隐秀美,是刘勰所说的"深文隐蔚,余味曲包",隐是"文外之重旨",以"复意为工",秀是"篇中之独拔者",以"卓绝为巧","夫隐之为体,义生文外,秘响旁通,伏采潜发,譬爻象之为互体,川渎之韫珠玉也"。唐代黄滔《课虚责有赋》说"虚者无形以设,有者触类而生"。宋代魏泰认为诗"叙事以寄情。事贵详,情贵隐,及乎感会于心,则情见于词,此所以入人深也"。吴景旭《历代诗话》认为诗"恶浅露而贵含蓄,浅露则陋,含蓄则旨,令人再三吟咀而余味"。唐志契《绘事微言》说"善藏者未始不露,善露者未始不藏。若主于露而不藏,便浅薄。即藏而不善藏,亦易尽矣。然愈藏而愈大,愈露而愈小,更能藏处多于露处,而趣味愈无尽矣"。胡晓明认为中国古诗善于通过语言的简化与直觉的凸显来表现一种"空灵活泼,机趣璨溢"的禅境,将物质的实有世界转化为"一片虚灵",将主体经验世界转化为"一片灵心之流荡"。

  第四,意境的含蓄美源于读者的审美感受和心境体验。作家创造意境时言尽而情意无穷,读者阐释意境时内心触动,有所感而难以言。童庆炳在《中华古代文论的现代阐释》中认为文学作品的含蓄无垠是对读者发出的意义邀请,表现为八种形态:"文约辞微""情隐状秀""言近旨远""清空骚雅""一唱三叹""虚实相生""不言言之""不写而写"。况周颐《蕙风词话》认为"词之为道,智者之事",强调词人的天分和才能,它包含五个层次:天资、性情("词陶写乎性情")、学力("吾有吾之性情,吾有吾之胸抱,与夫聪明才力")、阅历(南唐后主李煜能留下千古名篇,与其坎坷的人生经历密不可分,所以王国维评价李词乃"血书"也)、胸抱(词人的思想道德和人格境界)。在文学翻译中译者需要丰富的人生阅历、细腻的情感和敏锐的洞察力,才能深刻领悟原作意境的深意、深味、深情、深理。

  在文学翻译中译者字斟句酌,细心揣摩作者在遣词造句上的艺术意图,捕捉原著的言外之味、弦外之响。译者对原作深层意境（诗意哲理）的阐释是一种妙悟，是对原作审美品位基础上的感悟。严羽《沧浪诗话》说"大抵禅道惟在妙悟，诗道亦在妙悟""惟悟乃为当行，乃为本色。然悟有浅深，有分限，有透彻之悟，有但得一知半解之悟"。悟源于佛学，悟觉思维是中国传统心思维、象思维的高级层面，主体通过想象（游）和认识（心斋）以自证自悟。译者深刻感悟原作意境的含蓄美，力求通过译语将其传达出来，留给译语读者回味的空间。

第五节　意境的留白美

中国艺术中的诗歌、绘画、书法都强调在作品画面中留出空白，形成虚境，它对鉴赏者具有一种召唤性。艺术家以实境写虚境，实境与虚境相互融合触发，把读者的想象和联想不断引向更深远广阔的空间。蒲震元认为虚境是"蕴含丰富间接形象、充溢特定艺术情趣艺术气氛"，能不断呈现出"想象中的'实'来的艺术之虚"，具有想象的流动性、开阔性、深刻性。李思屈在《中国诗学话语》中认为中国艺术中的空白是"寄寓精神、畅游灵魂的空灵"，以构成"灵气往来的广阔世界"。顾正阳认为汉语古诗词的空白美包含四类：一是整体空白，诗人通过托物言志、咏物抒怀、情景交融、寓情于景等手法将诗意隐藏于整个作品背后，它具有含蓄美和中和美；二是间隔空白，诗人为压缩意象结构将作品意象（群）直接并置或跳跃式组合，达到"以少总多、空灵动荡"的效果；三是意象的空无，诗人描写物象的静态空，即"地域的空旷和环境的寂静"，以渲染气氛的寂寥，或描写动态空，以"渐远渐空"的意象来表现"意境渐浓、情况愈深"的过程，通过物象的空来衬托情的"实"；四是结句空白，诗人在作品结尾留下空白，把读者引入一个时空无限的世界。

在文学翻译中译者首先要诵读原作，玩味其内涵。蒋成禹认为读诗须"吟咏、背诵，沉潜思索，涵濡体察，玩味义理，咀嚼滋味"，才能"见出诗歌的音节、选词、造句的功力"和作者之神气、情感。况周颐在《蕙风词话》中说"词宜多读、多看，潜心领会"，读者要"用精取闳"（读佳词好词），"身入景中""涵泳玩索"。张利群在《词学渊粹——况周颐〈蕙风词话〉研究》中认为"用精取闳"是精读，"身入景中"是善读，"涵泳玩索"是细读。在汉诗翻译中译者要深刻把握原诗意境的空白美，在译语中通过保留空白、提示和填补空白等方法来尽可能传达原诗的意境美，留给译语读者回味的空间。于德英在《"隔"与"不隔"的循环——钱锺书"化境"论的再阐释》中认为文学语言是一种多义性、隐喻性的诗意语言，文学翻译要力求再现原作这一修辞特点。

第六节　作品意境的层深结构

　　前面谈到了文学作品意象结构安排的三个原则，即以意为主、有机性、层深性，这也是文学作品意境结构安排的原则。中国古诗善于通过表层实境去暗示深层虚境，在动境中融入静境，近景与远景相互衬托，以少总多、以小见大，带给读者寻幽探秘、曲径通幽、回味无穷的感受。意境结构就是实象与虚象、实境与虚境、浅层虚境与深层虚境相融合所形成的艺术结构。唐代王昌龄所说的物境（自然山水境界）、情境（主体人生经历的境界）、意境（主体内心意识的境界）属于同一层面，没有形成层深结构。宗白华在《中国艺术意境之诞生》中认为意境包含"直观感相的模写、活跃生命的传达、最高灵境的启示"三层。胡经之认为意境包含象内之象（艺术作品的笔墨形式和语言构成的可见之象）、境中之意（主体"情感表现性与客体对象现实之景与作品形象的融合"）、境外之意（主体的宇宙意识、"生命哲学情调和艺术意境的灵性"）。张利群在《词学渊粹——况周颐〈蕙风词话〉研究》中将词境分为三个递进的层次。

　　（1）一般意境——情景之境：融情景中式（寓情于景）、融景入情式（侧重抒情）、情景之佳式（情景交融）。

　　（2）中间层意境——言外之境：含蓄蕴藉型（蕴藉美、寄托美）、迷离朦胧型（空幻美）、神韵型（神致美、韵味美）。

　　（3）深层意境——静穆之境（淡穆之境和浓穆之境）：心物契合、入境交融的境界；超凡脱俗的心境和艺术审美的境界；高品位的意境风格形态。

　　意境的层深结构不是静止固定的，而是通过虚实相生不断生成的审美效果，是一种不断被主体所感知和体验的过程。蒲震元认为作品意象能触发主体想象，实现表象的深化和通感式转化（视觉、听觉等表象间的互化），作品的实中之虚（"虚、隐、空、无的局部"）和实外之虚（"实境外无涯的虚境"）产生"耐人寻味的艺术幻觉及相应的情趣与气氛"，意境始终处于流动之中，充满艺术张力，这个过程可表示为：实境（直觉形象）—触发虚境（产生幻想或联想）—实境与虚境相互包容、渗透与转化—形成完整意境，也可表示为：原象（实境）—原象的综合或分解（浅层虚境）—触发丰富的象外之象（深层虚境）。在文学翻译中译者要深刻剖析原作意境的层次结构，把握其内在意脉，力求通过译语将其再现出来。

第七节 中国美学意境的文化内涵

一、意境的宇宙生命观

中国美学意境蕴含了主体深刻的宇宙生命体验。中国文化认为宇宙是天地、气、道、阴阳五行、太极、乾坤，倡导天人合一、天人同构同感，宇宙观就是人生价值观，宇宙体验就是人生体验。宇宙天地是功能性而非物质性的。《周易》说"易与天下准，故能弥纶天地之道，仰以观于天文，俯以察于地理"。董仲舒《春秋繁露》说"天地之气，合而为一，分为阴阳，判为四时，列为五行"。王夫之《周易外传》说"天地之可大，天地之可久也"。徐行言在《中西文化比较》中认为中国文化中的天是"化生万物的本源"，是"人格化的、有德性的实体"，是"一切社会法则和价值的来源"。李泽厚认为阴阳之间通过"渗透、协调、推移和平衡"达到"阳刚阴柔、阳行阴静、阳虚阴实、阳舒阴敛"的对立统一。中国文化的宇宙观表现了一种人生理想，蕴含了深刻的人生哲理内涵，达到了人生哲学的高度。在汉语中宇指空间，宙指时间，宇宙融时空为一体。潘知常认为中国美学是"时间地看世界"，道是无形的"时间性的过程，来去无踪""时间率领着空间，道率领天地宇宙"。

中国文化的宇宙观强调天地和谐、天人合一。连淑能《论中西思维方式》认为汉民族追求身心合一、形神合一的"物我不分、物我两忘的诗意境界"，这种"天人同体同德、万物有情"的宇宙观追求尽善尽美的整体和谐境界。方东美《中国人生哲学》认为中国文化的宇宙是"生命流行的境界"，是"冲虚中和"的系统，它通过有限宇宙的形体表现"无穷空灵的妙用"，它是价值的领域、"沛然的道德园地"和"盎然的艺术意境"。胡晓明认为盛唐意境达到了天人合一的高度，它"吞吐山川万象，体合大自然生命，内外融契心物合一""协和宇宙，参赞化育，深体天人合一之道"。

二、意境与主体的气之体验

中国文化中的宇宙是气化而成的，宇宙万物因气而流动变化。气的流动源于道，道是宇宙生命的终极本体，它使气冲盈于宇宙万物（"道生一，一生二，二生三，三生万物，万物负阴而抱阳，冲气以为和"）。宇宙万物的运行变化源于阴阳相生，阴阳相生源于气的流动。王充《论衡》认为"天地，含气之自然也……天地合气，万物自生，犹夫妇合气，子自生矣"。气决定了自然万物的生灭存亡，张载《正蒙》

说"虚空即气……太虚无形,气之本体,其聚其散,变化之客形尔"。连淑能在《论中西思维方式》中认为宇宙"由混沌的无形之气生化而成",汉民族以气"作为万物的本原或本体去解释万物的派生"。宇宙之气充盈于主体(人),就形成人格之气,主体用人格之气去感受宇宙之气。《庄子·人间世》提出"听之以气"("若一志,无听之以耳,而听之以心;无听之以心,而听之以气。听止于耳,心止于符")。

中国美学的意境体验是主体对宇宙之气、自我人格之气、作品文气的审美体验。童庆炳认为气是"弥漫于、流动于诗歌整体中的浩瀚蓬勃、层出不穷的宇宙的生命的伦理的力",它植根于"宇宙和诗人作家生命的本原"。蒲震元在《中国艺术意境论》中认为意境是作家人格力量与宇宙生命之道的多层结合,它以东方宇宙生命理论为哲学根基,以道为终极本体,以气为实体样态,以万物谐和为指归。胡经之认为中国诗人吸纳宇宙元气,思接千古,感物起兴,使"宇宙浑然之气与自己全部精神品格、全身心之气"进行化合,将审美体验之元气化为作品之文气,作品的一字、一音、一线、一笔都是诗人"生命燃烧的元气运动的轨迹"。这是一个宇宙元气—审美体验之元气—作品文气的体验创造过程。胡晓明认为中国美学主体返虚入浑、积健为雄,将个体精神投入自然生命怀抱,采山川之"真气健气为个体感性充溢之体",吸纳"宇宙生命创化之元气"以实现"真体内充",创造出"元气淋漓的雄浑境界",此谓"大用外腓"。

中国美学意境表现了主体的人格境界,主体人格高尚,真力弥漫,其作品才能表现真情真境。王国维的境界说强调主体的生命之气、人格之力,他认为中国文学史上屈原、陶渊明、杜甫、苏轼四位诗人其人格"自足千古"。中国美学主体的人格具有时代特色。胡晓明认为汉代文人"厚重、朴实、博大、敦厚";六朝文人"轻灵、疏朗、飘逸、清新、潇洒";盛唐文人"超诣高蹈",亲近自然;宋代文人追求精神自觉、自尊、自重和生命人格的充实之美,强调养心养气。他们既推崇杜甫的高尚人格、爱国情怀和社会责任感,又欣赏陶渊明淡远闲致的情趣,追求一种"顺应大化、质性自然的人生智慧"。在文学翻译中译者以人格之气去感受作者人格之气、原作之文气,深刻体会原作深层意境所蕴含的宇宙天地之元气,力求通过译语将其传达出来。

三、儒家之道与意境

儒家之道是社会人伦之道,它与宇宙天地之道相一致,是主体通过以德配天所追求的一种道德修养。儒家以德论道,道是大学之道和君子立命之基本原则,德是道之践行。徐行言认为天道是"社会伦理价值的最高来源,以天道模式来建立、理解人类社会。自然以大化流行、阴阳相感化生万物;圣人感知人心达天下和平;宇宙自然博大宽厚，无所不包"。胡晓明认为儒家意境是"兴象浑融"，即"物我通明，意蕴圆融"，景物"化入胸中，沁透腑脾，与心灵打成一片"。

四、道家之道与意境

道家之道是天地之道，是宇宙生命的终极本体。老子《道德经》认为道"玄之又玄"，是"众妙之门"。王明居在《唐代美学》中认为道分有无，归于玄妙。道家强调主体返璞归真，回归自然，实现天人合一、物我不分。蒲震元在《中国艺术意境论》中认为道家主体通过对自然生命本体的深层体悟将宇宙天地超化为人与万物"一体俱化"的艺术天地，这是一种"游"的体验，主体游心太玄达到自由境界。在中国美学史上孔子提出"游于艺"，庄子提出游心说，屈原《楚辞》最早描写了作品主人公逍遥而游的审美体验。潘知常在《中西比较美学论稿》中认为游是主体最高的精神自由和审美愉悦，是宇宙间最为神圣奥妙的大美境界，主体把全身心倾注于道的生命韵律之中。第环宁在《中国古典文艺美学范畴辑论》中认为游包括游目和游心，具有心游的内运性、游戏的憩乐性和畅游的自由感。李泽厚认为道家主体在逍遥游中追求"忘物我、同天一、超厉害、无思虑"的天乐。

道家美学的天道观决定了其意境的自然天成之美，即钟嵘所说的"自然英旨"、况周颐所说的拙境（浑成美、质朴美），它表现了主体闲适清静的内心体验。黄念然认为道家主体通过"清闲静远、萧散冲虚"的体验获得内在超越和"对宇宙本源的诗意追问"。比较而言，儒家意境是浑融玲珑之美，道家意境是淡逸隽永的幽深之美。胡晓明认为道家意境表现主体生命的调协、运转和安顿与心态的"静寂、孤诣、清灵"，通过描写小、淡、柔、静的物境传达"空灵疏淡、优美回环"的情味。中国文人追求内圣外王、儒道兼修，在入世、超世、出世之间自由转换，达则为国效力，穷则归隐田园、逍遥林泉。冯友兰认为中国文人以天地胸怀来处理人间事务，以道家精神从事儒家业绩，追求一种天地境界。胡晓明认为陶渊明是中国文人的人格典范，他"以儒励志，以道修身，身、志双修，命、慧交养"，追求自得、自乐与自恋的境界。

五、佛家之道与意境

佛家主张主体摆脱尘世，摒除俗念，对宇宙和人生进行静观和禅悟，通过心证、心悟以直观生命本质，最终达到大彻大悟的境界（心性之静境）。梁漱溟认为儒家的心学、道家的身学分别强调人的社会生命和个体生命，而佛家"浑括身心"，追求身心合一之境界。刘运好《文学鉴赏与批评论》认为佛家美学是心境美学，追求"缘于心境的意境、缘于理性的直觉、缘于有限的无限"。黄念然认为佛家美学通过"心象与意象的'两镜相入'直探真如本体以成意境",它是主体"艺术心灵与宇宙意象互摄互映的华严境界",主体在"借色悟空、以空照色"中去把握"瞬间的永恒",通过以物观物实现自我本心的自证自悟。胡晓明认为佛家意境表现主体经验世界之心灵化,主体"物我合一,梵我一体",实现"本心清净广大无限之自悟之证"。佛家主体通过禅悟达到心灵的空寂,直抵生命的本质,其心境是静境,也是空境。蒲震元认为佛家主体通过直觉顿悟对宇宙人生做"超距离圆融观照",通过静观万象"超越社会、自然乃至逻辑思维的束缚,破二执,断二取,由空观达于圆觉,明心见性,实现以主观心灵为本体的超越,获取一种刹那中见永恒的人生体悟"。佛家意境是一种灵动、清澈和空明的境界,主体通过圆融模糊的思维对大宇宙生命做高度自由的体悟,在"偏于静态的艺术实境中寻求空明本体,达到圆融体悟造成的意境美",实现"刹那永恒的人生体悟"。在文学翻译中译者要深刻把握原作意境的文化表现形态和内涵,力求通过译语将其再现出来。

第八章 跨文化视野下的文学翻译

第一节 交际理论与文学翻译

西方翻译理论研究历来按两条路线进行：一是文艺翻译理论路线，二是语言学翻译理论路线。从历史的发展来看，翻译语言学派批判地继承了19世纪施莱尔马赫、洪堡等人的语言学和翻译观。从发展的趋势来看，语言学翻译理论路线已占据现代翻译理论研究中的主导地位。随着语言学和翻译理论研究的深入，语言学翻译理论已开始摆脱单个句子研究的局限，而是更加重视话语结构和交际功能的研究。

从20世纪50年代末到60年代，随着语言学的发展，人们从交际方面对语言进行了多方面的探讨。随后，人们开始从交际学途径研究翻译，提出了相对严谨的翻译理论和方法，交际理论应运而生，它开拓了翻译研究的新领域，给传统的翻译研究注入了新的内容。

一、交际理论概述

交际学途径运用交际学和信息论，把翻译看作交流活动，是两种语言之间传递信息和交流思想的一种方式，比较原文和译文在各自语言里的交际功能，认为任何信息倘若起不到交际作用，就毫无价值可言。在这种语言交际理论翻译法中，重点放在尽量以信息接收者所能理解和欣赏的形式来传译原文的意思，也就是说，突出信息接收作者的作用，把它作为语言交际过程的目的。

二、动态对等与功能对等

20世纪50年代以来，语言学在人文学科领域占据统治位置，翻译被视为一种语码转换，是"一种语言的语篇成分由另一语言中对等的成分来代替"的过程，或是"在译语中用最贴近而又自然的对等语再现原文信息"的过程。以"对等论"为基础的语言学翻译途径被奉为翻译界的圣经，原文的地位被神圣化，原文的特征必须在译文中得以保留，也就是说原文的内容、风格及功能必须得以保留，或者译文至少应该尽可能地保留这些特征。

奈达于1964年和1965年先后发表了《翻译科学探索》和《翻译理论与实践》两部翻译理论著作，提出了核心句的概念，并试图建立一种最有效、最科学的三阶段翻译转换模式。书中，奈达提出了四条原则：①忠实于原文的内容；②译文与原文的文学体裁所起的作用一致；③读者对译文的接受程度；④译文将用于什么样的环境。后来，奈达在"动态对等"的基础上又提出了著名的"功能对等"翻译标准。

奈达从语言的交际功能出发，认为语言除了传递信息外，还有许多交际方面的功能，如表达功能、认识功能、人际关系功能、祈使功能、施事功能、表感功能等，翻译就应该不仅传递信息，还传达以上所说的语言的各种功能，这也就是奈达所追求的翻译的"等效"。

在《语际交际的社会语言学》一书中，奈达对"功能对等"做了进一步的阐述，提出了"最高层次的对等"和"最低层次的对等"。简单地说，最高层次对等指译文达到高度的对等，使译语读者和源语读者在欣赏和理解时所做出的反应基本上一致。在这两个对等层次之间可以有各种不同层次的对等。进入20世纪80年代，奈达的翻译理论出现较大变化。

三、文学翻译：跨文化的交际行为

"语义翻译"注重对原作的忠实，处理方法带有直译的性质，而"交际翻译"则强调译文应符合译入语的语言习惯，处理方法带有意译的性质。纽马克强调应当把语义翻译和交际翻译看成一个整体，翻译中不可能孤立地使用某种方法，也不能说哪种方法更好。

第二节 解构主义视野下的文学翻译

翻译理论的发展与时代思潮的影响密不可分。从20世纪80年代末至90年代初，这一思潮在西方翻译理论界的影响日益扩大，并对传统翻译理论产生了巨大的冲击。在西方文论界崛起的解构主义思潮，不仅对西方文论界，同时也对当代国际译学界产生了很大的影响。

一、解构主义及其翻译观

解构主义是法国哲学家德里达在20世纪60年代倡导的一种反传统思潮。他在1967年出版的《文学语言学》《声音与现象》与《书写与差异》三部著作标志着解构主义的确立。解构主义显示出巨大的声势,并形成了以法国的德里达、福柯和罗兰·巴特及美国的保罗·德曼、劳伦斯·韦努蒂等著名翻译理论家为主要代表的解构主义思潮。

德里达认为,语言是传统哲学的同谋和帮凶,但他的颠覆又非借助语言不可,因此,他创造了许多新词,或旧词新用来摆脱这个困扰,其中最著名的如"异延"(dififerance),对本体论的"存在"这个概念提出质疑。如"在场(presence)就是存在吗?""异延"的在场就是缺场,因为它根本就不存在。将这一概念用于阅读文学,则意义总是处在空间的"异"(differ)和时间上的"延"(defbr)之中,没有确定的可能。

解构主义学者将解构主义引入翻译理论,给翻译研究注入新的活力,逐渐形成了解构主义的翻译流派,又称翻译创新派。这一流派跟以往的翻译流派的不同之处主要表现在抨击逻各斯中心主义,主张用辩证的、动态的和发展的哲学观来看待翻译。由于文本的结构和意义既不确定,又难把握,因而解构主义流派否定原文—译文,以及由此派生出来的种种二元对立关系,主张原文与译文、作者与译者应该是一种相互依存的共生关系,而不是传统理论中的模仿与被模仿的关系。解构主义学者认为,原文取决于译文,没有译文,原文无法生存,原文的生命不是取决于原文本身的特性,而是取决于译文的特性。文本本身的意义是由译文而不是由原文决定的。他们还认为"翻译文本书写我们,而不是我们书写翻译文本"。解构主义的翻译思想还体现在"存异"而非"求同",并且解构主义流派超越了微观的翻译技巧的讨论,从形而上的角度审视了翻译的性质与作用,从根本上改变了人们的翻译观念。

二、解构主义翻译思想对翻译理论与实践的启示

解构主义是一种彻底的反传统的思潮,它对翻译理论与实践有如下几个方面的重要启示:

第一,提高了译者和译文的地位,说明了翻译的重要性。解构主义认为,一切文本都具有"互文性"(intertextuality),创作本身是一个无形式的文本互相抄印翻版的无限循环的过程。因此,"互文性"否定了作者的权威性与中心地位,从而提高了译者和译文的地位。德里达认为,原文要依靠译文才能存活。原文文本的存活依赖于译文所包含的特性。古今中外,浩如烟海的文学作品只有部分能存活下来的主要原因之一就是有些作品不断地被翻译和注释,这就证明了翻译在存活文化遗产上的无可比拟的重要性。

第二,提供了新的视角来考察翻译的一些基本问题。解构主义学者注重考虑翻译过程中所体现的语言的本质,各具体语言之间的关系和意义及译文和原文的关系等问题。他们认为,语言研究应向翻译研究靠拢,把文化、语言、翻译研究三者结

合起来，尤其是能从哲学的高度以更为通达的态度来对待可译性和不可译性的问题。解构主义翻译思想的另一重要倡导者沃尔特·本雅明于1955年发表的《译者的任务》主要探讨了语言哲学的问题，尤其是"纯语言"的问题。他在语言哲学的框架下探讨文本的可译性，说明语言的可译性有两层含义：第一层含义是可译性本身显示了语言背后的隐含意义，表现了语言之间彼此的中心关系；第二层含义是可译性，也表现了一种语言与另一种语言之间的己/异（self/other）结构关系。原文可译性的前提就是承认其他语言的存在，原作通过可译性同译作紧密地联系在一起，也就是通过翻译原作生命得以延续。这样，译者就将翻译的重心从语言传递的信息或内容转向了语言所具有的特定的表达方式。这一重心的转移具有一定的积极意义，它让我们对不同语言之间的差异性和互补性有了更清楚的认识。

第三，提高了人们对翻译原则和策略的认识。解构主义翻译思想的积极创导者韦努蒂在其三部著作《对翻译的再思考》《译者的隐身》《不光彩的翻译》中详尽研究了自德莱顿以来的西方翻译史，批判了以往占主导地位的以目的语文化为归宿的倾向，提出了反对译文通顺的抵抗式解构主义翻译策略。一方面，他对"通顺的翻译"和"归化"的翻译原则提出质疑，批判了当代英美翻译流派中以奈达为代表的归化翻译理论，说奈达是想把英语中透明话语的限制强加在每一种外国文化上，以符合目的语文化的规范，以归化的目的对外国文本进行文化侵吞。另一方面，他追溯了异化翻译的历史，认为在异化的翻译中，外国的文本受到尊重，从而打破目的语文化的规范。

三、解构主义对文学翻译的阐释

本雅明指出，"既然翻译是自成一体的文学样式，那么译者的工作就应该被看作诗人（泛指一切文学创作者）工作的一个独立的、不同的部分"。这深刻揭示了文学翻译的本质，并给文学翻译一个十分确切的定位。

解构主义的文本差异观不仅仅是现代的流行语或新的翻译观念的指导理论，它实质上也是历史作品与翻译行为的规律总结。译者不过是一个边缘人，只能居于屈从地位。

范仲英指出，翻译的标准是"把原文信息的思想内容及表现手法，用译语原原本本地重新表达出来，使译文读者能得到与原文读者大致相同的感受"。

解构主义翻译观为考察译者地位提供了新的视角。为了描述翻译过程中任何一个符号都与其他符号息息相关，德里达杜撰了一个新词——"延异"，它包括两层含义：一是时间上的差别、区分，即to differ；二是空间上的不同、延宕，即to delay。他们宣称"作者死了"，否定作者主宰文本意义，强调意义是读者与文本接触时的产物，文本能否生存完全取决于读者。

翻译不应该完全被本土化（归化），而应用主流的译入语来展现外国文化的差异。这便是他所指的释放剩余、异化或抵抗式的翻译策略。在解构主义者看来，译者与作者一样是创作的主体、原著的主人。

从德里达的语言论到他的文学论，我们看到的是他对语言、文学作为"在场"（presence）及两者在"在场"层面上所发生的确定意义的质疑。这种宏观的思维构想与具体的文本讨论是不同的。就前者而言，语言既是"书写"的产物，也是"书写"场所和"书写"行为。

罗兰·巴尔特（Roland Barthes）曾发表《作者之死》，他在阐述读者与文本的关系、分析文章的意义时，大胆地宣称"作者死了"，因为在他看来，一部作品的文本一旦完成，文本中的语言符号就开始起作用了。读者通过对文本语言符号进行解读、解释、探究并阐述文本的意义。纵观古今中外的文学名著的翻译，原文被不断地做出新的阐释，译文不断地被阅读。读者读到的是疑问或原文的注释本。我国最典型的当数"红学"研究。

既然文本没有唯一的、一成不变的意义，也就可以对文本做出多种解释。对翻译者而言，解释权就交给了译者。

第三节　阐释学视野下的文学翻译

一、阐释学概述

阐释学（Hermeneutics）是 20 世纪 60 年代后广泛流行于西方的一种哲学和文化思潮，它探究的重点是意义的理解和解释。阐释学这一术语最早出现在古希腊语中，拉丁文的拼法是 Henmeneuein，意思是"通过说话来达意"，它的词根 Hermes——"赫尔墨斯"是古希腊神话中奥林波斯诸神的使者，宙斯的传旨者，因此，他又是使节和传令官的庇护者。阐释学因神的使者而得名，其最初的形态可能是对神的旨意的诠释。

阐释学最终成为一种普遍的方法论是由德国哲学家施莱尔马赫实现的。施莱尔马赫把语义学和《圣经》注释的局部规则结合起来，建立起总体的阐释学。施莱尔马赫从具体文字的诠释技巧出发，首先研究如何把阐释过程各个方面统一起来这一核心问题。他认为，关键是避免误解。在他看来，一段文字的意义绝不能从字面上一目了然，随着时光的流逝，过去时代的人们能够理解的内容，今天的人们已经不能理解，只有通过一套诠释技巧，利用科学方法重建当时的历史环境，才能把隐没的意义再现出来。施莱尔马赫的阐释学的主旨：一是译者可以不打扰原作者而将读者移近作者，二是尽量不打扰读者而将作者移近读者。这两种途径的区别：前者是以作者为中心（author-centred）的译法，后者是以读者为中心（reader-centred）的译法。他提出的这两种途径各有优劣，突破了传统讨论直译和意译的界线，但缺陷在于，他认为译者必须在这两种译法中选出一个，然后贯彻始终。奈达和简·德·沃德指出，施莱尔马赫认为，译者只有把外国语往本国语掺（而不是反过来把本国语往外国语里掺），在译文中保存原语的特点，才能证明他具有传译文体的能力。总的来说，他在《论翻译的方法》中清晰地描述了译者的角色，把译者视为一个主动灵活的个体，能将作者发出的信息投射于读者能理解的范围。

在施莱尔马赫之后，德国哲学家狄尔泰受当时实证主义精神的影响，进一步发展了诠释学。狄尔泰一直力图把历史科学改造成像自然科学那样确凿的知识，而最能超越时空传诸后世的符号，是文字著述，是文学、艺术、哲学等精神文化的创造。所以，狄尔泰也把文字的理解和诠释看成最基本的阐释活动，但是狄尔泰看到了文字阐释过程中的"阐释的循环"这一现象。1900年以后，狄尔泰向现象学靠近。他运用胡塞尔的"意向性客体"理论，把阐释过程理解为努力排除自己经验范围内的主观成分，重复别人意向的过程。

现代的阐释学是在传统阐释学与现象学结合以后产生的。代表人物是德国哲学家海德格尔和伽达默尔，美国阐释学家赫施的代表作《解释的效用》也受到了现象学的影响。阐释学倾向于集中研究过去的作品，认为批评的主要作用是认识经典的作用。

阐释学以复归作者原意为其理想，这曾招致不少人的反对，因为绝对准确地复制作者的本意，只能是一种幻想。批评者无不希望彻底地解决这个问题，而批评实践却不断提出新问题。因此，美国批评界有人称阐释学为"天真的阐释学"。

二、理解即翻译

译者既是原文的接受者即读者，又是原文的阐释者即再创作者。kind本身有双关意义，翻译无法尽得其妙，比较而言，卞之林的译文对于kin和kind译得较为简洁——无须注释也读得出弦外之音了——因简洁而漂亮。A little more than kin，比亲戚多一点本来我是你的侄子，现在又成了你的儿子，确实不是一般的亲戚关系；and less than kind！然而却比kind少一点不止少了一个"d"，kind的两层意思，一是"同类相求"的亲近感，二是"与人为善"的亲善感；哈姆雷特的旁白是说我同你没有共同语言，我也不知道你所居何心。当然，这个旁白在舞台上是假定对方听不到的。

一方面，翻译总是解释，即对某一作品的个别的、有局限的主观理解方式；另一方面，翻译作品尤其是对文学与艺术作品的翻译也需要解释。

三、文学翻译中的视域融合

哲学阐释学的真正创始人和最主要的代表人物伽达默尔把阐释学作为哲学本性论对待，视阐释学现象为人类的世界经验，通过强调理解的普遍性，确立了阐释学以理解为核心的哲学与独立地位。

伽达默尔理解的历史性使得对象文本和主体都有各自的历史演变中的"视域"，因此，理解就是文本所拥有的过去视界与主体的现在视界的叠合，伽达默尔称之为"视域融合"。"视域"指的是理解的起点、角度和可能的前景。

哲学阐释学对"偏见"或"前理解"做出了全新的解释。传统的观点要求任何一种诠释都应去除"偏见"。但现代的哲学阐释学认为，"偏见"或"前理解"是人的意义阐释过程中不可或缺的前提，它植根于一定的历史文化中。因此，人永远只能处在某种设定的"视域"中，而理解只不过是不同"视域"的融合。伽达默尔把理解当成是读者与文本之间的双向交流，读者的视域在"成见"这个平台上展开，文本的意义在这个平台上显现，后者也暗含了一种视域，两个视域在一个平台上碰撞必然产生交流，于是发生了"视域融合"。

在伽达默尔看来，作品之所以是作品，关键在于它的意义获得了理解，读者的阅读和理解使作品实现了它的本质功能，使它实现了不同于同等重量的砖头的艺术存在。从这里我们可以看到，伽达默尔将读者的阅读理解看成是作品实现自己存在的首要因素。

伽达默尔指出，理解是一种"视域融合"，是历史与现代的回合或沟通，是文本所拥有的过去视界与主体现在视界的叠合。在理解文本的过程中存在着两种不同的视域：一种是理解者的视域，另一种是文本的视域。理解一种文本，解读一种文化、传统无疑需要一种视域。理解就是理解者同文本进行的一场对话，文本只有通过理解者才能体现出来，并在理解中显出意义。

翻译既是一个不同语言文化之间交流的过程，也是一个复杂的心理和思维过程。它以理解为基础和目的，是译文不断接近原文本义的阐释过程。它不是一项简单的复制，它与译者的历史文化境域及个人的主动性密不可分。在对原文的解释翻译过程中，不可避免地会将自身的生活经验、学识涵养、个性气质、审美观念和欣赏习惯等诸多主观因素介入对文本的理解和阐释当中。

过滤现象从意象、内容、形式等各方面都可以从文学翻译作品中体现出来。因此，文学翻译的过程既是视域融合的过程，又是阐释的过程。*Uncle Tom's Cabin* 现至少有九种中译本，其中清朝末年林纾和魏易合译的《黑奴吁天录》、20 世纪 80

年代初黄继忠译的《汤姆大伯的小屋》和21世纪初林玉鹏译的《汤姆叔叔的小屋》这三个译本产生的社会历史背景迥异，具有较强的代表性。还有郭沫若翻译的《浮士德》前后经历将近30年就是为了进入原文文本的世界，领悟作者的原意，使自己和歌德少年和晚年时的思想感情融合。

从阐释学角度来看，文本是内外两种视域的统一，是确定性与开放性的统一。译者的理解也是主观与客观的辩证统一。

1975年，美国著名思想家乔治·斯坦纳发表了翻译研究著作《通天塔：语言与翻译面面观》。韦努蒂把它高度评价为战后"翻译理论界影响最为广泛的权威性"理论专著。

斯坦纳认为，语言的产生和理解过程，实际上就是翻译过程。翻译是语言的基础，而翻译的基础是作为整体而存在的语言。虽然语言的共性是客观存在的，这是理解和翻译的基础。然而，我们在强调语言共性的同时，不能忽略语言个性的存在，否则对语言的解释就会神秘化，并不符合语言的客观性。他指出，语言理解与翻译的关系十分密切，并明确提出了"翻译就是理解"的观点，进而详尽探讨了语言对翻译造成的困难之处。他认为，文学语言的理解不同于交际语言的理解。交际中需要"合作原则"以完成意向的传达，因此，在理解交际语言时须抛开词汇意义中与该交际语境没有关联的部分。而文学语言则相反，越是复义的词语越需要考虑这些复义之间的影射，共同作用以间接表达微妙语义的可能性，还要考虑复义词之间的关系。

为了说明理解的困难及翻译与理解的密切关系，斯坦纳特别以莎士比亚作品为例进行阐述。他认为，要想理解莎剧中的一段话语，不但要分析词汇与语法，而且还要联系到整个剧本、创作手法及伊丽莎白时代人的说话习惯。总之，要做到透彻的理解，从理论上说是永无止境的。

第四节　全球化语境下的文学翻译

一、文学翻译的文学性与文化性

翻译的性质和原理是原作的改写和处理，是跨文化转换，而非语符转换；翻译理论的研究重点是译作功能，而非对原作的描述。评价译作的标准，重点是在译入语文化系统中所起的作用，有别于传统的纯文学标准。

文学风格是主体与对象、内容与形式的特定融合，是一个作家创作趋于成熟、其作品达到较高艺术造诣的标志。作家作品风格是文学风格的核心和基础，但也包括时代风格、民族风格、地域风格、流派风格等内涵。文学风格是文学活动过程中出现的一种具有特征性的文学现象。文学风格主要指作家和作品的风格，既是作家独特的艺术创造力稳定的标志，又是其语言和文体成熟的体现，通常被誉为作家的徽记或指纹。

文学信息极为复杂，它不仅涉及美学，还涉及文化传统和意识形态等诸多方面的因素，因此，文化信息的交流是文学翻译的重要方面。传统的翻译观一般把翻译视为主要以语言转换手段的活动，人们关注的重点自然是语言之间的差异问题。然而，语言交际并非简单直接的语言信息交流，因为信息意义的传递与语言系统的文化有着十分密切的关系，翻译中的许多问题主要是由文化差异，而非语言差异引起的，文本的可译度与文化信息的含量直接相关。文学语言的歧义性意味着文学翻译的艰巨性，而歧义性大多与文化传统有深厚的渊源。外来文化的异质性是相对陌生的，但又具鲜活力，可以促进变化与更新。

二、文学翻译的文学性与科学性

翻译理论家中有人称文学翻译是艺术，有人称它是科学。屠岸说，这两种说法都有道理，翻译是艺术，因此，译作应该是艺术品。翻译是科学，所以作品应该具有科学性或学术性。张谷若认为翻译为"科学亦为艺术，为艺术亦为科学"。翻译既是科学，又是艺术，两者相辅相成，合二为一。张先生还就翻译的性质做了三点概括：1）译事有法可依，即有规律可循；2）高水平的翻译要有法而无法，进入再创造的境界，翻译是科学性与艺术性兼备的；3）法可道出，即翻译的规律是可以经过深入研究加以认识，并将言辞形诸笔端。刘宓庆认为"翻译学具有明显的综合性：它既是科学，又是艺术；它既重实践，又重理论；它既需要感性经验，又需要理性概括和提升。但是我们必须认识到，就翻译学而言，科学性是其第一位的属性，艺术性是第二位的属性。就翻译而言，科学性是它的基本机制，艺术性是它的表现机制，当然两者是密不可分、相辅相成的。但是在认识论上必须做到泾渭分明，在方法论上才能有条不紊。翻译学中的艺术理论固然重要，是不可或缺的，但它只是第二位的，是从属的，它只能解决翻译过程中表现机制的运作规律和动作效果问题，不能解决翻译过程中的意义分析和把握等根本问题。

人们普遍认为，在科技领域，翻译是科学，要求忠实于原文，达到等值或等效，而在文学艺术领域的翻译则是艺术，不可能绝对地忠实于原文，它不是两种语言符号系统的简单转换，也不可能等值或等效。

翻译理论研究也应该从哲理和文艺角度出发，既把注意力集中在笔调、风格、韵味、精神等艺术上，又着重分析，力求客观、精确和科学。

文学是艺术，那么文学翻译不能不是艺术。文学翻译就不能不成为对原作中包含的社会生活映像（一定的艺术意境）进行认识和反映的过程，就不能不成为译者对原作中所反映的社会生活进行再认识和再反映的过程。这就是文学翻译的艺术本质。

文学作为语言艺术，同其他艺术有着很大区别。在其他艺术中，艺术形象是直接诉诸人们的感官，而在文学中，由于所使用的表现工具是语言，艺术形象并不是直接诉诸人们的感官，而是首先诉诸人们的思维。也就是说，用语言塑造的艺术形象不可能给人以直观的可视外形，只有通过想象才能把握。艺术形象的间接性是文学区别于其他艺术的根本特点。我们知道，各民族的语言又和不同的文化传统和文学传统相联系着。

文学创作是作家通过独特的内心生命体验来描绘理想中的艺术世界，文学翻译是译者通过自己的内心审美感受来描绘作者笔下的艺术世界。原作是文学翻译模仿的对象，文学翻译活动最后的静态结果是译作，因此，译作应当以原作的艺术生命作为自己的艺术生命，以原作的艺术价值、审美情趣作为自己的艺术价值和审美情趣。要做到这些，那就必须以"忠实"作为文学翻译的标准。然而，文学翻译不可能达到绝对忠实，这是毋庸置疑的客观事实。

为什么不能做到百分之百的忠实？我们可以从以下两个层面进行分析：第一，文学具有感情、美和想象三个特质。感情、美和想象三者融合，使得文学作品的语言具有诗性，意义变得隽永深刻，意象非常丰富，言外有意、意外有韵、象外有致。对作者来说，文学是心灵的倾诉和呼喊；对读者来说，文学是心灵的聆听和回应。文学作品的情感、美感和想象在每一个读者心灵，即使发生同样的艺术效力，但让读者各自表达，肯定是春花秋月。因为情感、美感和想象本身都具有弹性，它们能使语言充满张力，创造出可以撞击无数读者的心灵深处，可以包容无数读者的内心世界的广阔艺术空间，这就是文学作品本质特征的表现。第二，翻译是语言转换的活动，但两种语言因两个民族大到文化背景小到生活方式的不同而存在很大差异。傅雷由于毕生从事文学翻译实践，因此他对中西语言的实质差异有着较为透彻的认识，他认为，造成差异的根本原因是中西两种不同的"美学原则"和"思想方式"，任何译文总是在"过与不及"两个极端中荡来荡去，而中文尤甚。这就是说，"过与不及"是翻译作品最终达到的一个客观结果，它与原作最终达成这种关系既不可否认，也不可避免。

既然文学翻译不可能做到绝对忠实，我们就应该遵循相对"忠实"的原则。这是为什么呢？我们可以通过对文学特质和文学翻译活动的深入探讨来证明这一点。

文学作品的又一显著特征是其形象性，但这种形象并非对现实世界的真实反映，而是经过作家理想的炼炉锻造出来的形象，因而它不但具有情感性和审美性，还具有已经理想化的想象性。文学作品中的形象是建立在理想基础上的想象。因为作家是按自己的理想去打造文艺作品的，文学的创造性就表现在理想性上。文学作品中表现出来的艺术世界是现实中不存在的理想世界。生命的价值并不在于一定要完全实现理想，而在于追求理想和真理的活动和过程中。在这一活动中，人们积极调整自己的心态，追求、进取，逼近理想和真理。而且在这一过程中，因发挥了自己最大的潜能，实现了自我的最高价值，因而享受到每前进一步的喜悦，感受到不断超越不完美现实的生命升华。

翻译活动的本质属性没有改变。翻译活动是对原作的再创造，以原作展现的艺术世界作为自己的疆域，所以我们可将翻译活动称为二度创作。当然，二度创作要忠实于原作创作（一度创作）。翻译活动是为了沟通，沟通就需要译者的忠实的传导。另外，在忠实的问题上，作者最有决定权，读者最具发言权，他们对译作的期待是"忠实"。所以，译者应正确认识自己的主体作用，潜心领悟、把握原作，通过契合的表达再现一个绚丽缤纷、美妙奇幻的艺术世界。文学翻译在客观上达不到绝对的忠实，不等于主观上确立忠实标准的不可行。

译者用译入语再现原作中的文学形象时，经历相同的思维阶段，即相同的创作过程。所以，一部文学译作从来都是作者和译者共同写作的结果，译者应是作者的合作者，因为原作只有通过译者的创造性劳动才能在译入语中实现和延续其文学价值。在译文读者对译文进行阐释和思考时，译者的创作便像文学创作一样具有了意义，其文学功能也因此而得到实现。文学作品的艺术性就存在于其语言之中，没有语言之外的所谓艺术性。

第五节 国内外翻译与跨文化传播学

无论国内还是国外，现有的把翻译与传播学理论结合起来的研究大多只是零星地、小范围地对翻译功能进行论述，鲜有对信息翻译传播过程中的各要素及其相互间的关系进行深入系统研究的，也很少有把翻译传播与社会历史文化发展变迁结合起来进行系统的实证性研究的案例。

一、国外翻译结合跨文化传播学

传播学孕育于20世纪初，作为一门独立的学科则是形成于20世纪三四十年代。把翻译和传播理论相结合的研究发轫于20世纪60年代。这一时期，美国语言学家和翻译理论家尤金·奈达开始把通讯论和信息论的成果应用于翻译研究，指出语言交际产生于社会场合，如果把它从这个场合中抽象出来，它就不可理解。1991年，英国翻译理论家罗杰·贝尔在其著作《翻译与翻译行为：理论与实践》一书中根据信息论原理提出了翻译过程模式，阐释了译者从信息接收、识别、解码、获取、理解、选择、编码、传输、再接收等九个步骤。

二、国内翻译结合跨文化传播学

在我国,把翻译和跨文化传播学理论结合起来的研究似乎尚未形成势头。吕俊1997年在《外国语》第二期发表了《翻译学——传播学的一个特殊领域》一文,在国内首次提出了翻译的传播学理论,将翻译学置于传播学之下,用传播学理论观照翻译学,即视翻译为传播活动的一种,包括传播主体、传播内容、传播场合、传播目的、传播对象、传播渠道、传播效果等7个彼此密切联系的要素。在文中他把翻译学归于传播学,虽然具有独创性,但这种将翻译学视为传播学的一个分支,把翻译学纳入传播学范畴的主张,似乎给人一种"才出虎口,又入狼窝"的感觉,对翻译界来讲恐怕不是一个容易被接纳的建议,这自然会削弱建立独立的翻译学学科体系的努力,重蹈翻译学附庸于其他学科的覆辙,不过9年后,他又在《翻译学——一个建构主义的视角》一书中,把传播学的结构模式作为翻译学的机体结构进行研究,利用它来为构建翻译学服务。随后,廖七一在1997年《四川外语学院学报》第三期上发表了《翻译与信息理论》一文,将信息传播的基本理论应用于翻译研究。在此后几年中,虽偶有研究翻译与传播学理论的文章出现,如张俊探讨传播理论对翻译学理论建设的意义及对翻译研究的指导作用,张燕琴运用了几种传播过程模式从传播学的角度探讨翻译传播过程的特点、规律和所涉及的各种关系,直到孟伟根结合传播学原理,构想建立翻译传播学理论框架(但好像却没有后续发展了),具有文化和传播的双重性质。还有学者(王志标,2013;胡兴文,2014)从翻译出版角度论述翻译对文化强国战略的重要意义等,基本开始了从传播学研究翻译功能的研究,但以上种种对翻译与传播学理论的研究似乎一直都处于一种表面的、零星的、非连续性的状态,而且基本都是在理论上进行的思辨研究。

从传播学意义上说,人类文化是各民族不同文化传播、汇聚与交流的产物,而翻译正是跨文化交流活动中重要的传播媒介,是不同文化之间平等对话、互相沟通、达成共识的中介。没有翻译,就没有跨文化传播和交流;要进行跨文化传播和交流,也离不开翻译。这种变化使翻译研究的范式从技巧分析到话语建构,从以原文为中心到以译文为中心,从文本内到文本外,从纯语言层面走向文化层面,人们开始探讨翻译与文化的互动关系和影响。这种范式也以其跨学科、跨文化的宏观综合方法而成为相对独立的研究领域,给翻译研究提供了和语言视角并行不悖的文化视角,使我们的研究更加全面而避免失之偏颇。这既有益于我们在新时期完善对翻译研究的理论建设,也对建构新时期的中国文化不无裨益。

第六节 文学翻译新视野——跨文化传播学

一、文化的定义、特征

（一）文化的定义

长期以来在许多人的表述中，文化多呈现为器物、思维、艺术或风俗等静态意象或状态，归属于人类学的知识谱系，但艾伦·斯温伍德却认为其实文化同样是一种实践行为，是以意识、行为与特定的价值观作为基础，然后寻求改变世界的一种手段。

不同领域的学者已经从不同视角、不同层面给出了数百个定义。不过截至目前，由人类学家爱德华·泰勒在1871年提出的定义仍是引用率最高，被认为是最具有科学意义、涵盖面最广、最精确的定义之一，其影响也是最大的。在诸多文化概念中，我们可以大致将其归纳为两种类型：一是针对社会结构意义上的文化，二是针对个体行为意义上的文化。前者指的是一个社会中长期、普遍起作用的行为模式和行动的实际准则，后者是个体习得的产物，包括群体成员为了在参与活动的群体中被相互接受而必须具备的文化要素。对文化的定义与讨论也进一步表明，文化并不仅仅是对社会存在的反映，它本身就是对人类一切行为的技术方式、社会方式和价值取向的解释、规范和综合，是人与自然、人与社会以及人与自身关系的体现。

（二）文化的特征

与本研究的讨论相关联，综合孙英春、胡文仲及萨默瓦等的研究，我们认为文化具有传承性、民族性、系统性、适应性、稳定性与变异性。

文化是人类互动行为发生的大环境，影响人类传播的最大系统就是文化本身。人类的任何传播都离不开文化，没有传播就没有文化，受此影响，各种现代文化社会学派都把文化看成象征符号的总和，进而研究文化的传播是如何在社会关系中产生、发展和变化的。许多传播学者还认为，文化的传播功能是文化的首要和基本的功能，文化的其他功能都是在这一功能的基础上展开的，其实传播本身就是文化的一个组成部分。

二、传播的定义与内涵

英语中的"传播"一词 Communication 源于拉丁语的 Comimmis，其原义为"分享"和"共有"。19世纪末起，Communication 一词成为日常用语并沿用至今，成为使用最为频繁的词语之一。传播是人类所特有的,也是人类生活中最具普遍性、最重要和最复杂的方面,这是传播内涵的复杂性所在。社会传播可以归结为社会活动或社会行为。本研究使用的传播概念,同时具有以下三方面的内涵:

第一,传播具有社会性。这既是产生传播的原因,又是导致传播的结果。传播与社区(community)、公社(commune)有共同的词根。这一现象并非偶然,没有社区就不会有传播,没有传播,社区也难以为继。这从一个侧面说明了传播的社会性,即人类能够通过传播沟通彼此的思想、调节各自的行为。事实上,通过结成一个有机的整体去从事各种社会活动,也是人类与其他动物群体的主要区别。

第二,传播是不同信息之间的交流、沟通与共享的过程,传播者不是简单地输出信息,接收者也不是被动地接收信息,两者是动态的、互动的,即传播者和接收者之间是相互影响、相互制约、相互作用的。传播过程中一切都可能发生变化,同时也总会有新的东西出现。

第三,传播是一个持续不断的、复杂的、合作建构意义的交流过程,由语言和非语言符号形成意义,进而建造人类生存的意义世界。这里的"意义"是主客观相结合的产物,是客观事物在主观意识中的反映,是认知主体赋予认知对象的含义,也是符号所包含的精神内容。

人们使用大量的符号交换信息,不断产生共享意义,同时运用意义来阐释世界和周围的事物。

三、文化和传播的关系

霍尔提出了文化即传播、传播即文化的观点。这种以传播定义文化传承的观点一直影响着跨文化传播的研究发展。

(一)文化是传播的语境和内容

传播产生于人类生存和发展的需要,是人类的一种主要生存方式。任何传播都发生在一定的社会文化环境之中,没有文化的传播和没有传播的文化都是不存在的。文化与传播之间是互相渗透、相互兼容的,各种文化的存在都不是孤立的,而是相互依存、相互依赖。纵观历史文化的发展历程,文化不是一潭死水而是永远流动的,文化从一产生就有一种向外扩张和传播的内在驱动力,一经传播就显示出其本身所具有的生机与活力,因此,传播是文化生存和发展的内在需求,文化则是传播的必然结果。

从传播活动的整体来看,它并不是杂乱无章地在随意进行着,而是在社会各种因素的综合影响下宏观有序地进行着。人们总是生活在一定的社会文化环境中,在探索周围客观世界的实践活动中,不断感知周边事物,并做出反应。人们关注什么、思考什么、赋予事物什么意义,这些思维意识形态等方面都受到文化因素的影响与制约，即文化因素决定了人们的思想意识，影响着人们的思维方式，从而决定着人们的选择和行为模式。同样的内容受不同文化的影响，传播方式和结果会有所不同，而不同的内容在传播过程中又会体现出不同的文化传统和文化特点。

（二）传播促使文化传承和融合

人从出生开始就接受家庭教育和社会熏陶，一代代从前辈那里接受情感模式、思维习惯、价值观念和行为规范，并经过耳濡目染、潜移默化的内化过程，逐渐根植于人们的思想意识之中。正是由于有了人类的传播活动，才得以将社会的文化传统世代相传得以继承下来，使人类的文化财富经过长期积累而构成文化遗产，才使文化在历史长河中得以积存和沉淀。没有传播，任何文化都将失去生机和活力并将最终走向终结和消亡。人的社会化是一种个体接受所属社会的文化和规范，并将这种文化"内化"为自己行为的价值准则的过程。在这个过程中，一个人逐渐学习到了社会文化，主要是通过文化传播不断地接受社会教化，接受所属社会的文化规范和文化准则，最终从个体走向群体，从自然人变成了社会人。

四、跨文化传播

人类社会的历史表明，文化传播的时间越久远，文化积淀就越深厚，文化遗产和文化传统就越丰硕。正是因为有了跨文化传播，使域内与域外、族内和族外的不同文化圈之间相互接触、相互交流并相互融合，从而形成了各个国家、各个民族的不同个性，使之具有独特的文化内涵和文化传统。

（一）跨文化传播的历史渊源

作为一种社会现象和交流活动，跨文化传播的历史可谓源远流长，几乎与人类历史一样悠久，可追溯到原始部落时期。各部落之间的文化交流和沟通，促成远古文化多样性的形成和人类社会的发展，使人类能够昌盛繁荣，可以组成更大的社会团体，如民族、国家与国际社会。在中华民族形成过程中，不同民族不断相互接触和融合，这个过程就充满了丰富的跨文化传播内容。西汉张骞出使西域、唐朝玄奘西行取经、鉴真东渡日本传经、明朝郑和七下西洋、清末民初的西学东渐等，都是跨文化传播活动的具体表现，其中都包含了十分复杂的跨文化传播和交流的因素，堪称人类历史中跨文化传播的典型范例。

这种情况在我国如此，在世界其他地方也不例外。在交通和通信工具日新月异、世界经济一体化趋势日益明显的今天，跨文化传播对我们来说不再是新奇的事情。随着互联网的快速发展及普及，人们可以通过文字、声音、图像等形式与世界各地不同文化背景的人聊天、交流，从而足不出户便可以进行跨文化传播了。尤其随着世界各国物质交往日益频繁，外交联系愈加密切，跨文化传播活动已经成为人类社会生活的重要形式。

（二）"跨文化传播"的术语来源和定义

20世纪50年代，服务于美国国务院外交服务学院的美国文化人类学家爱德华·霍尔在其经典著作《无声的语言》中首次使用了"跨文化传播"一词，其英语表达为intercultural communication。"跨文化传播"也有人称为"跨文化交流"和"跨文化交际"，这些术语在汉语使用上的差别原因之一，就是这门新学科由于刚刚建立，学者还未能在译名上取得一致，另一原因是学者来自不同的学科背景，因此，在选择译名时必然会受其学科背景的影响。

五、翻译的跨文化传播属性

翻译作为一种跨文化、跨语际的信息传播和交际活动，其意义已不再局限于传统理论中"把一种语言的言语产物在保持内容，也就是意义不变的情况下，改变为另一种语言的言语产生过程"。

罗曼·雅各布逊把翻译分为语内翻译、语际翻译和符际翻译三种，按照这一分类，翻译几乎涉及了人类文化传播活动的各个方面，甚至我们每时每刻都在以不同的方式进行翻译活动。翻译在本质上与跨文化传播密不可分，是你中有我、我中有你的关系。正因为如此，跨文化传播与翻译在多方面表现出共同的特征。

（一）翻译与跨文化传播都离不开语言和符号

传播离不开媒介和符号，媒介负载符号，符号负载信息。符号与媒介是一切传播活动赖以实现的中介。传播的核心是信息，它是信息的流动过程。在人类传播活动中，既不存在没有信息的传播，也不存在脱离传播的信息。没有传播，符号便没有了意义，文化也就失去了存在的可能。翻译作为跨文化传播的主要方式，其对语言和符号的需求和依赖更甚于其他因素。离开了语言和符号，翻译根本就无从进行。

（二）翻译与跨文化传播都具有目的性

跨文化传播是人类的一种有意识、有目的的自觉活动，传播主体希望能达到一定的目的和效果，可以说，跨文化传播是异质文化间动态地传递信息、观念和感情及与此相联系的人类交往沟通的社会性活动。在跨文化传播活动中，传播者对信息进行收集、选择、加工和处理，几乎在每一个环节都在有意识地进行跨文化的创造活动，体现着一定的意图性和目的性。

（三）翻译与跨文化传播都具有互动性

翻译活动和跨文化传播都是双向的，是译者（传播者）与读者（接受者）之间信息共享和双向交流的过程。在常见的人际传播和交流中，主要有无反馈的单向式交流和有反馈的双向式交流两种。在双向式传播交流中，传讯者与受讯者的作用是对等的，双方是互动关系，使用着相同编码、译码和解码的功能。

正因为文化是动态的，总是处在不断的传播之中，而文化又是多元的、异质的，所以它的传播并不是封闭的、单向的，而是互动的、双向的，甚至是多维的，这就是跨文化传播以及作为跨文化传播的翻译所共有的特征。

第七节　翻译的跨文化传播功能

人与人之间的交流、文化与文化之间的传播，都离不开语言。语言成就了世界，传播缩小了世界，翻译却沟通了世界。作为一种社会实践活动，翻译既是跨语言的，又是跨文化的，同时还具有传播性。从跨文化传播意义上讲，翻译是桥梁、是纽带、是黏合剂，也是催化剂，它可以传递思想、丰富语言、开发智力、开阔视野，从其他语言文化中汲取对本族语文化有益的成分，从而变革文化、发展社会、推进历史演进。只有通过翻译，才能把人类社会不同文明推向一个更高的层次和发展阶段。

一、翻译是跨文化传播的桥梁

众所周知，翻译是人类社会迈出相互沟通理解的第一步。无论是东方社会还是西方世界，一部翻译史，就是一部生动的人类社会跨文化传播交流与发展史。自从人类有语言文化、习俗风尚以来，各民族之间为了传递讯息、交流文化，没有一桩事不是凭借翻译来达成的。翻译恰如一座桥梁，把两个相异的文化连接起来，在不同文化之间的交流过程中扮演着至关重要、必不可少的角色。在歌德看来，翻译在人类文化交流中起着"至关重要的作用"——不仅起着交流、借鉴的作用，更具有创造的功能。

二、文化翻译产生翻译文化

文化是社会经验，是社会习得，它只能在社会生活的实际交往中完成；文化又是历史传统，是世代相传、不断延续的结果。

人类社会的发展史是一部各种文化不断相互融合的翻译的历史。跨越文化障碍而进行的文化信息的传递过程，是人类社会所特有的活动，需要借助符号进行思想交流和文化传播。

文化翻译的结果是产生翻译文化。所谓"文化翻译"，简而言之，一方面就像"文学翻译"或"文化创作"等概念一样，仅仅是指一种文化传播行为；另一方面是指对文化进行翻译的活动的动态的过程。"翻译文化"是"文化翻译"的结果。

三、翻译传播的社会文化功能

翻译的功能主要体现在社会文化层面。社会的变革和文化的发展往往和蓬勃开展的翻译活动有关。翻译可以引发对特定文化乃至社会制度的"颠覆",也可以助推不同文明向前演进。古罗马的希腊文学翻译促进了拉丁文学的诞生,五四时期的西学东渐及大规模翻译活动促进了现代白话文的形成和发展,并进而推动中国社会历史突飞猛进,这些无疑都是体现翻译的社会文化功能的最佳佐证。

(一)翻译传播促进了文化整合翻译传播具有对异质文化的整合机制

文化是整合的,指的是构成文化的诸要素或特质不是各个成分的随意拼凑,而是在大多数情况下相互适应或磨合共生的。人类文化的交流和传播,是促使文化整合、生成新的文化结构和文化模式的关键性因素。人类发展的历史可以说是不同文化通过翻译不断整合的历史。这就要求译者必须具备敏感的跨文化意识和文化信息感应能力,使翻译效果得以充分体现。另外,翻译文化在目的语社会环境的传播过程中,也会与目的语社会文化因素接触,通过碰撞、冲突、交融的方式达到整合,最终产生新的文化因素和面貌。

(二)翻译传播促成文化增值

所谓文增值是文化在质和量上的一种"膨胀"或放大,是一种文化的再生产和创新,是一种文化的原有价值或意义在传播过程中生成一种新的价值和意义的现象。

翻译文化传播使源语文化财富在译入语文化中被承接和传播开来,成为译入语社会不断积累的文化遗产,使译入语文化在历史长河中得以堆积和沉淀,这种文化的承继和发展便是文化积淀。翻译文化传播的时间越久远,在译入语社会的积淀就越深厚。译入语文化积淀促进了人类文明的共同进化和发展,比如古代印度辉煌的佛教文化在其自己的故土早已沉沦,却通过佛经翻译活动在中国得到保存,并找到了生存、发展和积淀的环境,成为中国文化重要的一部分。

参考文献

[1] 李春. 文学翻译与文学革命 [M]. 北京：中央编译出版社，2018：12.

[2] 甘露，骆贤凤. 文学翻译漫谈 [M]. 武汉：武汉大学出版社，2019：11.

[3] 余玲. 文学翻译与大学英语教学 [M]. 北京：原子能出版社，2019：09.

[4] 王美华，杨莉，李炎书，关娇编. 文学翻译比较与实践教程 [M]. 中国纺织有限公司，2019：12.

[5] 罗丹婷. 英美文学与翻译实践研究 [M]. 北京：北京工业大学出版社，2021：10.

[6] 彭杰. 中西文化对比与文学翻译融合研究 [M]. 北京：九州出版社，2021：05.

[7] 徐坤. 当代英语文学翻译研究 [M]. 成都：电子科技大学出版社，2020：07.

[8] 崔澍，胡茜，龚扬编著. 英美文学与翻译实践研究 [M]. 长春：吉林人民出版社，2020：12.

[9] 王洪涛. 文学翻译研究 从文本批评到理论思考 [M]. 杭州：浙江大学出版社，2018：11.

[10] 宋绍香编译. 中国文学翻译与研究在俄罗斯 [M]. 北京：学苑出版社，2018：08.

[11] 朱娴. 文学翻译与非文学翻译的差异研究 [J]. 环球首映，2021（7）：173-174.

[12] 檀锐，辛建飞. 文学翻译中的损失 [J]. 榆林学院学报，2021（1）：111-115.

[13] 戴从容. 世界文学与翻译的当代张力 [J]. 外国语言文学，2022（6）：17-20，129.

[14] 龚莉. 谈文学翻译的客观性 [J]. 今古文创，2021（26）：115-116.

[15] 盛天强. 关于文学翻译的语言问题 [J]. 空中美语，2021（5）：1202.

[16] 刘小晨. 文学翻译与语言变异刍议 [J]. 文学教育（上半月），2021（5）：146-147.

[17] 王向远. 译文学 翻译研究新范式 [M]. 中央编译出版社，2018：12.

[18] 魏婉. 生态翻译视角下文学翻译教学研究 [M]. 长春：吉林人民出版社，2020：07.

[19] 王丽丽.文学翻译中的中西文化差异与困境[J].文学教育（上），2022（8）：184-186.

[20] 吴润恺，刘冀.文学翻译中风格的再现[J].现代英语，2020（8）：61-63.

[21] 田春霞.文学翻译的美学价值与艺术特征研究[J].才智，2023（9）：69-71.

[22] 陈明洁.文学翻译中的地域文化差异解读[J].中学地理教学参考，2023（6）：96.

[23] 蒋海霞.文学翻译中的译者主体性[J].花溪，2023（5）：86-88.

[24] 刘士聪.文学翻译与语言审美[M].天津：南开大学出版社，2019：08.

[25] 黄伟珍.文学翻译 大文学小翻译[M].成都：四川大学出版社，2022：04.

[26] 章朋.文学翻译与现代文学的发生[J].重庆三峡学院学报，2021（1）：81-92.

[27] 许钧.关于文学翻译的语言问题[J].外国语(上海外国语大学学报)，2021(1)：91-98.

[28] 张媛媛.文学翻译的美学视野[J].文学教育，2019（7）：126-129.

[29] 胡晓华.文学翻译的美学价值与艺术特征分析[J].名作欣赏，2022（26）：164-166.

[30] 刘莹，许加文.浅析翻译美学视域下的文学翻译[J].今古文创，2022（16）：114-116.

[31] 窦柯静.文学翻译中的内化和外化[J].学园，2020（第23）：101-102.

[32] 孙浩然，王显志.功能对等理论下的文学翻译[J].美化生活，2022（14）：105-107.

[33] 陈曦.语境文化对英美文学翻译的影响[J].大观，2022（8）：34-36.